LES FEUX DE L'AUTOMNE

Irène Némirovsky est née en 1903 à Kiev. La révolution d'Octobre pousse sa famille à s'exiler en France. En 1926, elle publie son premier soman, *Le Malentendu*. Son deuxième livre, *David Golder*, la rend célèbre. D'autres suivront. Mais la Seconde Guerre mondiale éclate. Le 13 juillet 1942, Irène Némirovsky est arrêtée par la gendarmerie française, internée au camp de Pithiviers puis déportée à Auschwitz, où elle meurt le 17 août 1942.

IRÈNE NÉMIROVSKY

Les Feux de l'automne

ROMAN

ALBIN MICHEL

© Éditions Albin Michel, 1957.

ISBN : 978-2-253-12131-2 – 1re publication LGF

Première partie

« 1912-1918 »

1

Il y avait un bouquet de violettes fraîches sur la table – un pichet jaune à bec de canard qui s'ouvrait avec un bref claquement pour laisser couler l'eau – une salière de verre rose décorée de l'inscription : « Souvenir de l'Exposition universelle. 1900. » (En douze années, les lettres qui la composaient avaient pâli et s'étaient effacées à demi.) Il y avait un énorme pain d'or, du vin et le plat de résistance – une blanquette de veau admirable, chaque tendre morceau blotti pudiquement sous la sauce crémeuse, les jeunes champignons parfumés et les pommes de terre blondes. Pas de hors-d'œuvre, rien pour amuser la gueule : la nourriture est une chose sérieuse. Chez les Brun, on attaquait dès le début du repas la pièce principale ; on ne dédaignait pas les rôtis dont l'exécution, par ses règles simples et sévères, s'apparente à l'art classique, mais la ménagère donnait tous ses soins et tout son amour à la confection de quelque savant mijotage ; chez les Brun, la belle-mère, la vieille Mme Pain, faisait la cuisine.

Les Brun étaient de petits rentiers parisiens. Sa femme étant morte, c'était Adolphe Brun qui présidait la table et servait à chacun sa part. Il était bel homme encore ; il avait un grand front chauve, un petit nez retroussé, de bonnes joues, de longues moustaches rousses qu'il tordait et étirait entre ses doigts jusqu'à ce que la pointe effilée lui entrât presque dans l'œil. En face de lui, sa belle-mère, ronde, petite, vermeille, couronnée de cheveux blancs légers et voltigeants comme l'écume de la mer, montrait dans un sourire ses dents intactes et d'un geste de sa petite main potelée repoussait les hommages (« Exquis... vous n'avez jamais rien fait de mieux, belle-maman... C'est délicieux, madame Pain ! ») Elle faisait une petite moue faussement modeste et, comme une prima donna feint d'offrir à son partenaire les fleurs qu'on lui porte sur la scène, elle murmurait :

— Oui, le boucher m'a bien servie aujourd'hui. C'était un beau tendron.

Adolphe Brun avait à sa droite ses invités – les trois Jacquelain – à sa gauche, son neveu Martial et sa fille, la petite Thérèse. Comme Thérèse avait quinze ans depuis quelques jours, elle relevait ses boucles en chignon, mais les mèches soyeuses n'avaient pas encore pris le pli que les épingles voulaient leur donner et elles s'ébouriffaient en tous sens, ce qui rendait Thérèse malheureuse, malgré le compliment que son timide cousin Martial lui avait fait à mi-voix, en rougissant beaucoup :

— C'est très joli, Thérèse. Votre coiffure... c'est comme un brouillard d'or.

— La petite a mes cheveux, dit Mme Pain qui, née à Nice, et quoiqu'elle l'eût quittée à seize ans pour épouser un marchand de rubans et voilettes établi à Paris, gardait l'accent de son pays natal, sonore et doux comme un chant. Elle avait de très beaux yeux noirs, au gai regard. Son mari l'avait ruinée ; elle avait perdu une enfant de vingt ans – la mère de Thérèse ; elle vivait aux frais de son gendre ; mais rien n'avait altéré sa bonne humeur. Au dessert, elle buvait volontiers un petit verre de liqueur sucrée et fredonnait :

Joyeux tambourins, menez la danse...

Les Brun et leurs invités se tenaient dans une salle à manger toute petite et pleine de soleil. Les meubles – un buffet Henri II, des chaises cannées à colonnettes, une chaise longue tapissée d'étoffe foncée, fleurie de bouquets roses sur fond noir, un piano droit – se serraient comme ils pouvaient dans un espace restreint. Les murs étaient ornés de dessins achetés aux grands magasins du Louvre et qui représentaient des jeunes filles jouant avec des petits chats, des pâtres napolitains (avec une vue du Vésuve à l'arrière-plan) et une copie de *L'Abandonnée*, œuvre émouvante où l'on voit une personne ostensiblement enceinte pleurant sur un banc de marbre, en automne, tandis qu'un hussard de la Grande Armée s'éloigne parmi les feuilles mortes.

Les Brun habitaient au cœur d'un quartier populeux, près de la gare de Lyon. Les longs sifflements nostalgiques des trains parvenaient jusqu'à eux, pleins d'appels qu'ils n'entendaient pas. Mais ils étaient sensibles à la vibration argentine, aérienne, musicale qui, à certaines heures du jour, s'échappait du grand pont métallique où passait le métro, lorsque, en émergeant des profondeurs souterraines, il apparaissait un instant à la face du ciel et s'enfuyait avec de sourds grondements. A son passage, les vitres tremblaient.

Sur le balcon chantaient des serins dans une cage, et, dans une autre, roucoulaient des tourterelles. D'en bas montait un bruit dominical : des tintements de verres, d'assiettes à tous les étages, à travers les fenêtres ouvertes, et des cris joyeux d'enfants dans la rue. La pierre grise des maisons, trempée de clarté, paraissait rose. Jusqu'aux vitres de l'appartement d'en face, crasseuses et sombres tout l'hiver, qui, fraîchement lavées, ruisselaient de lumière comme d'une eau lustrale. Voici l'antre où le marchand de marrons s'est tenu au chaud depuis octobre ; mais il a disparu et à sa place a surgi une fille rousse qui vend des violettes. Ce réduit obscur est lui-même pénétré d'une fumée blonde : soleil éclairant la poussière, cette poussière de Paris au printemps, aux temps heureux, qui semblait être faite de poudre de riz et du pollen des fleurs (jusqu'à ce qu'on s'aperçût qu'elle sentait le crottin).

C'était un beau dimanche. Martial Brun avait apporté le dessert, un moka qui fit briller joyeusement les yeux du jeune Bernard Jacquelain. On mangea le gâteau en silence ; on n'entendait que le cliquetis des petites cuillers heurtant les assiettes et le craquement, sous les dents des convives, des grains de café cachés dans la crème et pleins de liqueur parfumée. Puis, après cet instant de recueillement, la conversation reprit, aussi paisible, aussi dénuée de passion que le ronronnement d'une bouilloire. Martial Brun, qui était étudiant en médecine, un garçon de vingt-sept ans au long nez pointu, toujours un peu rouge du bout, au long cou comiquement incliné de côté comme s'il écoutait une confidence, aux beaux yeux de biche, parla des examens qui approchaient.

– Les messieurs doivent beaucoup travailler, dit Blanche Jacquelain avec un soupir, et elle regarda son fils. Elle l'aimait tant qu'elle rapportait tout à lui ; elle ne pouvait lire qu'une épidémie de typhoïde avait éclaté à Paris sans le voir en esprit malade, mort peut-être, ni entendre la musique d'un régiment sans l'imaginer soldat. Elle fixa sur Martial Brun un regard triste et profond, dessinant au lieu de ses traits sans prestige ceux de son fils, adorables à ses yeux, et pensant au jour où il sortirait d'une grande école, chargé de lauriers.

Avec une certaine complaisance, Martial décrivit ses études, ses veilles. Il était modeste à l'excès, mais un doigt de vin lui donnait tout à coup l'envie de bavarder, de se faire valoir. En pérorant, il passait son index dans son col haut qui le gênait et il se rengorgeait comme un coq, jusqu'au moment où le timbre de la porte d'entrée retentit. Thérèse voulut se lever pour aller ouvrir, mais le petit Bernard la devança et revint bientôt, accompagné par un jeune homme barbu, assez gras, un ami de Martial, étudiant en droit : Raymond Détang. Ce Raymond Détang, par sa vivacité, son éloquence, sa belle voix de baryton et ses faciles succès féminins inspirait à Martial des sentiments d'envie et de mélancolique admiration. En l'apercevant il se tut aussitôt et, d'un geste nerveux, ramassa autour de son assiette des miettes de pain éparses.

– Nous parlions de vos études, jeunes gens, dit Adolphe Brun. Vois ce qui te pend au nez, ajouta-t-il en se tournant vers Bernard.

Bernard ne répondit rien, parce qu'à quinze ans la société des grandes personnes l'intimidait encore. Il portait des culottes courtes. (« Mais c'est la dernière année... Bientôt il sera trop grand », disait sa mère avec un accent d'orgueil et de regret.) Après ce bon repas, ses joues étaient en feu et sa cravate tournait sans cesse. Il lui donnait une énergique secousse et rejetait en arrière les cheveux bouclés qui lui tombaient sur le front.

Son père dit d'une voix caverneuse :

– Il faut qu'il sorte de Polytechnique dans les premiers. J'aurai fait des folies pour son instruction : les meilleurs répétiteurs, et tout ; mais il sait ce qu'il me doit : il faut qu'il sorte de Polytechnique dans les premiers rangs. D'ailleurs, c'est un bûcheur. Il est le premier de sa classe.

Tout le monde regarda Bernard ; un flot de fierté monta dans son cœur. C'était un sentiment d'une suavité presque intolérable. Il devint encore plus rouge et dit enfin de sa voix qui muait, tantôt aiguë et presque déchirante, tantôt douce et basse :

– Oh, ça, ce n'est rien...

Il fit du menton un mouvement de défi, comme s'il voulait dire :

– On verra ce qu'on verra ! et tira le nœud de sa cravate à la rompre. Une rêverie confuse où il se voyait grand ingénieur, mathématicien, inventeur, ou peut-être explorateur et soldat, sur sa route un cortège de femmes brillantes, autour de lui des amis fervents et des disciples, l'agita. En même temps il louchait vers un bout de gâteau demeuré sur son assiette et il se demandait comment il ferait pour le manger avec tous ces yeux fixés sur lui ; heureusement son père, en s'adressant à Martial, détourna de lui l'attention et le rejeta dans son obscurité. Il en profita pour ne faire qu'une bouchée du quartier de moka.

– Dans quelle branche de la médecine comptez-vous vous spécialiser ? demanda M. Jacquelain à Martial. M. Jacquelain souffrait d'une cruelle maladie d'estomac ; il avait une moustache jaune, pâle comme du foin, et une figure qui semblait faite de sable gris ; la peau était parcourue de rides ainsi que la surface des dunes au vent de la mer. Il regardait Martial d'un air avide et triste, comme si le fait seul de parler à un futur médecin eût recelé quelque vertu curative, mais dont il ne pouvait jouir. Il répéta plusieurs fois, en portant machinalement la main à cet endroit du corps où le mal le mordait, juste au-dessous de sa poitrine creuse :

– Dommage que vous n'ayez pas encore vos diplômes en poche, mon jeune ami. Dommage. J'aurais consulté. Dommage...

Il demeura plongé dans une méditation amère.

– Dans deux ans, dit timidement Martial.

Pressé de questions, il avoua qu'il avait un appartement en vue, rue Monge. Un médecin qu'il connaissait et qui désirait prendre sa retraite le lui céderait. En parlant, il voyait se dérouler devant lui cette suite de jours paisibles...

– Il faudra te marier, Martial, dit la vieille Mme Pain avec un malicieux sourire.

Nerveusement Martial frotta entre ses mains une boulette de mie, l'étira, lui donna la forme d'un bonhomme, la transperça farouchement de sa fourchette à dessert et, levant ses yeux de biche vers Thérèse, dit d'une voix étranglée :

– Mais j'y songe. Croyez bien que j'y songe.

Thérèse eut alors la pensée fugitive que cela s'adressait à elle ; elle eut envie de rire et, en même temps, elle était honteuse comme si on l'eût déshabillée en public. C'était donc vrai, ce que lui disaient son père, sa grandmère et ses compagnes de pensionnat : depuis qu'elle avait relevé ses cheveux, elle avait tout à fait l'apparence d'une femme ? Mais épouser ce bon Martial... Elle l'observa curieusement sous ses cils baissés. Elle le connaissait depuis son enfance ; elle l'aimait bien ; elle vivrait avec lui comme son père et sa mère avaient dû vivre jusqu'au jour où la jeune femme était morte. « Pauvre garçon, pensa-t-elle tout à coup, il est orphelin. » Son cœur avait déjà une tendresse, une sollicitude presque maternelles. « Mais il n'est pas beau, pensa-t-elle encore : il ressemble au lama du Jardin des Plantes. Il a un air tendre et offensé. »

Dans l'effort qu'elle fit pour retenir son rire moqueur, deux fossettes creusèrent ses joues un peu pâles d'enfant de Paris. C'était une fillette élancée, gracieuse, au visage sérieux et doux, aux yeux gris, aux cheveux légers comme une fumée. « Qu'est-ce que j'aimerais avoir comme mari ? » se demanda-t-elle. Ses songeries devinrent douces et imprécises, peuplées de beaux jeunes gens qui ressemblaient au hussard de la Grande Armée sur la gravure en face d'elle. Un beau hussard d'or, un soldat couvert de poudre et de sang, traînant son sabre parmi les feuilles mortes... Elle se leva d'un bond pour aider sa grandmère à desservir. Il se faisait en elle comme un ajustement entre le rêve et la réalité ; c'était une opération singulière et un peu douloureuse : quelqu'un semblait lui ouvrir de force les yeux et faire passer devant elle le feu d'une lumière trop vive.

16

« C'est ennuyeux de grandir, pensa-t-elle. Si je pouvais toujours rester comme ça… » Elle soupira avec un peu d'hypocrisie : il était flatteur d'inspirer de l'admiration à un jeune homme, fût-ce ce brave Martial. Bernard Jacquelain était sorti sur le balcon et elle le rejoignit entre la cage des serins et celle des tourterelles. Le pont métallique vibra : le métro venait de passer. Au bout de quelques instants, Adolphe Brun, qui s'était approché des enfants, dit :

– Voici ces dames Humbert.

C'étaient des amies de la famille Brun, une veuve et sa fille Renée, âgée de quinze ans.

Mme Humbert avait perdu de bonne heure un mari brillant et charmant. C'était une triste histoire, mais un bon enseignement pour la jeunesse, disait-on. Le pauvre Me *Humbert* (avocat de talent), était mort à vingt-neuf ans pour avoir trop aimé le travail et le plaisir, qui ne vont pas ensemble, comme le faisait observer Adolphe Brun : « C'était un don Juan », disait-il, en hochant la tête d'un air d'admiration, de blâme, relevé d'une pointe de très légère concupiscence. Frisant sa moustache, avec un regard pensif, il poursuivait : « Il était devenu coquet. Il avait trente-six cravates (le nombre trente-six était pris dans le sens symbolique d'un chiffre exagéré). Il avait pris des habitudes de luxe : un bain toutes les semaines. C'est en sortant d'un établissement de douches qu'il a attrapé un chaud et froid dont il est mort. »

Sa veuve, restée sans fortune, avait dû, pour vivre, ouvrir un atelier de modiste ; dans l'avenue des Gobelins, une boutique peinte en bleu ciel, portait à son faîte : « GERMAINE, MODES », avec un paraphe d'or.

Mme Humbert lançait sur sa propre tête et sur celle de sa fille ses créations. C'était une belle brune ; elle s'avançait avec majesté, offrant aux rayons du soleil un des premiers chapeaux de paille sortis ce printemps et où s'épanouissait une floraison de pavots artificiels. Sa fille portait une virginale coiffure de tulle et de rubans : une charlotte raide et légère comme un abat-jour.

On n'attendait que ces dames pour sortir et achever en plein air la journée du dimanche. On se mit donc en marche vers le métro de la gare de Lyon. Les enfants allaient en avant, Bernard entre les deux fillettes. Bernard était douloureusement conscient de ses culottes courtes et regardait avec inquiétude et honte le poil d'or qui brillait sur ses jambes vigoureuses, mais il se consolait en pensant : « C'est la dernière année... » De plus, sa mère, qui le gâtait, lui avait acheté une badine, un jonc au pommeau doré dont il jouait nonchalamment. Par malheur, Adolphe l'aperçut et fredonna : « Comme un gandin, la canne en main... », ce qui gâta tout son plaisir. Vif, maigre et remuant, de beaux yeux, il semblait à sa mère la personnification de la beauté masculine et elle pensait, avec, au cœur, un pincement jaloux : « Ce qu'il en fera, des conquêtes, à vingt ans », car jusque-là elle comptait bien le tenir.

Les jeunes filles portaient des costumes tailleur qui couvraient pudiquement leurs genoux dans des bas de coton noir. Mme Humbert avait fait pour Thérèse un chapeau pareil à celui de Renée, un imposant édifice orné de mousseline et de petits nœuds de ruban ; elle disait : « Vous avez l'air de deux sœurs », mais elle songeait : « Ma fille, ma Renée est la plus jolie. C'est une poupée, une chatte avec ses cheveux blonds et ses yeux verts. Déjà, les vieux la regardent », se disait-elle encore, car elle était une mère ambitieuse et qui prévoyait l'avenir.

Emergeant des profondeurs de la terre, le petit groupe sortit du métro Concorde et descendit l'avenue des Champs-Elysées ; les dames soulevaient délicatement le bas de leurs jupes et on voyait dépasser un honnête volant de popeline grise sous la robe de Mme Jacquelain, de satinette puce sous celle de la vieille Mme Pain, tandis que Mme Humbert, à la poitrine opulente, jouant de ses yeux noirs « à l'Italienne », laissait apparaître par mégarde un taffetas gorge-de-pigeon au doux murmure soyeux. Ces dames parlaient d'amour. Mme Humbert laissait entendre qu'elle avait désespéré un homme par ses rigueurs ; afin de l'oublier, il avait dû fuir jusqu'aux colonies et de là il lui écrivait qu'il avait dressé un petit nègre à venir tous les soirs dans sa tente à l'heure du sommeil pour lui dire : « Germaine t'aime et pense à toi. »

– Les hommes, soupirait Mme Humbert, ont souvent plus de délicatesse de cœur que nous.

– Oh, croyez-vous ? s'exclama Blanche Jacquelain qui l'avait écoutée de cet air prude et aigre avec lequel une chatte surveille le lait bouillant dans une casserole (elle avance la patte et la retire avec un bref miaulement offensé) : croyez-vous ? Nous seules savons nous dévouer sans arrière-pensée.

– Qu'entendez-vous par arrière-pensée ? demanda Mme Humbert et, levant la tête et gonflant les narines, elle semblait prête à hennir comme une cavale.

– Ma chère, vous le savez bien, répondit Mme Jacquelain avec dégoût.

– Mais, ma chère, c'est la nature...

– Oui, oui, disait cependant la vieille Mme Pain, opinant de son toquet de jais couvert de violettes artificielles, mais elle n'entendait pas. Elle pensait au morceau de veau (reste de la blanquette), qu'elle servirait le soir. Tel quel ou avec de la sauce tomate ?

Par-derrière venaient les hommes qui péroraient avec de grands gestes.

La foule paisible des dimanches marchait sur l'avenue des Champs-Elysées. Elle avançait lentement, alourdie sans doute par le poids de la digestion, par la précoce chaleur, par le sentiment du loisir. C'était une foule douce, gaie, discrète de petite bourgeoisie ; le peuple ne s'aventurait pas là ; les grands de ce monde n'envoyaient aux Champs-Elysées que les plus jeunes membres de leurs familles, gardés par des nounous aux beaux rubans. On voyait sur l'avenue des Saint-Cyriens donnant le bras à leurs bonnes grand-mères, des Polytechniciens, pâles, à lorgnon, couvés du regard par des familles inquiètes, des collégiens à vareuse croisée et à casquette d'uniforme, des messieurs moustachus, des petites filles en robes blanches descendant vers l'Arc de Triomphe entre une double rangée de chaises où étaient assis d'autres Saint-Cyriens, d'autres Polytechniciens, des messieurs, des dames et des enfants identiques aux premiers par le costume, le regard, le sourire, l'air à la fois cordial, curieux et bienveillant, si bien que chaque passant semblait voir à ses côtés son propre frère. Tous ces visages se ressemblaient : teint pâle, yeux sans éclat, nez en l'air.

On descendait plus bas encore, jusqu'au terre-plein de l'Arc de Triomphe, jusqu'à l'avenue du Bois de

Boulogne, jusqu'à l'hôtel de Boni de Castellane, dont les rideaux de soie lilas flottaient aux balcons dans la brise légère. Enfin, enfin, dans une poussière glorieuse les équipages apparaissaient, revenant des courses.

Les familles étaient assises sur leurs petites chaises de fer. Elles contemplaient les princes étrangers, les millionnaires, les grandes courtisanes. Mme Humbert croquait fébrilement des chapeaux sur un carnet qu'elle sortait de son sac. Les enfants regardaient, admiraient. Les grandes personnes se sentaient placides, satisfaites, sans envie, mais pleines de fierté : « Pour les deux sous de nos chaises et le prix du métro, nous voyons tout ça, pensaient les Parisiens, nous en jouissons. Nous sommes non seulement spectateurs de la pièce, mais aussi acteurs (de la plus humble figuration), avec nos filles joliment parées, leurs frais chapeaux, notre bagout notre gaîté légendaire. Nous aurions pu naître ailleurs, après tout, songeaient les Parisiens, dans ces pays où de voir seulement les Champs-Élysées sur carte postale tous les cœurs bien nés battent plus fort ! »

Et les gens se carraient sur leurs chaises, disaient d'un petit air critique de propriétaire :

– Vous avez vu l'ombrelle rose avec des médaillons de Chantilly ? Ça fait trop riche, je n'aime pas ça.

Ils reconnaissaient les célébrités au passage :

– Tiens, Mona Delza. Avec qui est-elle ?

Les pères retrouvaient pour leurs enfants des souvenirs historiques ; ils montraient les vitres d'un restaurant :

– Ici j'ai vu déjeuner, il y a cinq ans, la Cavalieri avec Caruso. Les gens faisaient cercle autour d'eux et les regardaient comme des bêtes curieuses, mais ça ne leur coupait pas l'appétit.

– Qui c'est, la Cavalieri, papa ?

– Une actrice.

Vers le soir, les petits commençaient à traîner la jambe. Le sucre poudré des gaufres volait dans l'air. La poussière montait lentement dans le ciel, une poussière dorée qui craquait sous la dent ; elle voilait l'Obélisque jusqu'à mi-hauteur, elle corrodait les fleurs roses des marronniers ; le vent l'emportait vers la Seine et elle retombait peu à peu tandis que s'éloignaient les derniers équipages et que les Parisiens rentraient chez eux.

Les Brun, les Jacquelain, les Humbert et Raymond Détang s'asseyaient pour goûter à la terrasse d'un café. Ils commandaient :

– Deux grenadines et neuf verres.

Ils buvaient en silence, un peu fatigués, un peu étourdis, contents de leur journée. Raymond Détang frisait entre deux doigts sa barbe légère et poitrinait pour la voisine. Il faisait chaud. On allumait les premiers réverbères et l'air devenait mauve, sucré aurait-on dit, comme un bonbon à la violette. On avait envie de le sucer. Les femmes soupiraient : « Ah, qu'il fait bon... » et : « On ne voudrait pas rentrer, pas, Eugène ? » Mais Eugène, ou Emile (le mari) hochait la tête, regardait sa montre et répondait simplement : « A la soupe. » Bientôt sept heures et tous les petits ménages parisiens s'attableraient sous la lampe. L'arôme du pot-au-feu et du pain frais lutterait pendant quelques instants contre cette odeur de poussière parfumée que les femmes chères avaient laissée sur leur passage, lutterait contre elle et, finalement, la submergerait.

Les Brun et leurs amis se séparèrent au métro de l'Etoile. On acheva les comptes – « Et je vous dois encore deux sous pour le pourboire du garçon... Si, si, qui paie ses dettes s'enrichit... » – Puis chacun rentra chez soi.

2

En 1914, Martial Brun commanda, pour la porte
de son futur logement, rue Monge, une plaque de
cuivre où étaient gravés ces mots :

DOCTEUR MARTIAL BRUN
Nez. Gorge. Oreilles.

L'appartement ne serait vacant qu'au terme
d'octobre ; on était au 14 juillet. Martial rendit visite
à son ami, le médecin qui l'occupait encore. Après
l'avoir quitté, dans l'escalier, il sortit la plaque de sa
poche, la fit miroiter ; remontant à pas de loup, il
l'apposa un instant contre le bois de la porte, inclina
davantage son long cou, pensa : « Ça fait bien » et se
mit à méditer profondément. Il y avait un banc de
chêne ciré placé sur le palier ; des vitraux de couleur
répandaient dans la cage de l'escalier une lumière
diaphane d'église. Martial imagina une théorie de
patients venant consulter le docteur Brun. A voix
basse, il dit : « L'excellent docteur Brun... Martial
Brun, le médecin réputé... Connaissez-vous le docteur
Brun ? Il a guéri ma femme. Il a opéré ma fille de ses
végétations. » Il lui sembla sentir déjà cette odeur

d'antiseptique et de linoléum frais qui s'échapperait de son cabinet de consultation. Terme des études ! Obtention des diplômes ! Moment béni où le Français peut se dire : « J'ai bien semé. Je récolterai maintenant. » Et, en esprit, il ordonne l'avenir. Il assigne à chaque événement sa date précise dans la suite des années : « Je m'installerai en octobre. Je me marierai. J'aurai un fils. La seconde année, je pourrai aller à la mer... » Sa vie est faite d'avance, tracée jusqu'à la réussite, jusqu'à la vieillesse, jusqu'à la mort. Car, naturellement, il y a la mort. Elle a sa place dans les calculs domestiques. Mais ce n'est pas une bête sauvage, tapie, à l'affût, prête à bondir. On est en 1914, que diable ! Le siècle de la science, du progrès. La mort elle-même se fait petite devant ces lumières. Elle attendra sur le paillasson le moment convenable, le moment où, ayant accompli sa destinée, vécu une longue existence bien remplie, fait des enfants et acheté une petite maison à la campagne, le docteur Brun, à cheveux blancs, s'endormira dans la paix. L'accompagnant dans cette carrière, le docteur Brun voit en esprit Thérèse. Il l'a toujours... il s'arrête devant le mot « aimée » qui lui semble, on ne sait pourquoi, friser l'inconvenance. Il a toujours souhaité en faire sa femme et la mère de ses enfants. Elle a dix-huit ans, et lui, trente. Ces âges sont bien assortis. Elle n'est pas riche, mais elle a une petite dot, constituée par des fonds de tout repos : des valeurs russes. Ainsi, tout est prêt : la maison, l'argent, la femme. Sa femme... Mais il n'a pas encore fait sa demande. Il s'est contenté d'allusions, de soupirs, de compliments, de furtifs serrements de main, mais c'est assez. « Elles sont si malignes... »

Une fois de plus Martial se dit avec fermeté à lui-même :

– La journée ne se passera pas avant que je lui aie demandé si elle veut m'épouser. Ce serait plus simple de s'adresser directement à l'oncle Adolphe, mais il faut être moderne. C'est à elle de décider.

Il devait la voir le soir même, car ils sortaient ensemble. C'était le 14 juillet et ils iraient regarder les bals, place de la République. Adolphe Brun était très sévère pour tout ce que voyait ou lisait Thérèse : il ne lui permettait pas les feuilletons ; il épluchait les romans et n'autorisait que les matinées classiques au Français, mais la rue parisienne, à ses yeux, ne présentait aucun danger. Ses spectacles, son air, sa gaîté, sa fièvre, il les permettait à Thérèse comme un vieil Indien laisse jouer ses petits dans la prairie : pour d'autres, contrée sauvage et pleine de périls – pour lui, la plus paisible des campagnes.

Au son des orchestres, devant le manège des chevaux de bois, ou peut-être dans la rue obscure qu'ils longeraient pour rentrer – les jeunes gens devant, les parents derrière – il lui dirait... Que lui dirait-il ? « Thérèse, depuis longtemps je vous aime... » ou « Thérèse, il ne tient qu'à vous de me rendre le plus heureux ou le plus malheureux des hommes. » Peut-être dirait-elle : « Moi aussi, Martial, je vous aime. »

A cette pensée, Martial sentit battre son cœur ; il sortit une petite glace de sa poche et se regarda avec inquiétude, penchant le cou plus que jamais et balayant presque le miroir de ses longs cils, car il était myope. Il avait enlevé ses lorgnons pour se mirer : « Il faut qu'elle voie mes yeux », songea-t-il, « les yeux, c'est vraiment ce que j'ai de mieux... » Il contempla une seconde ses yeux effrayés, son nez rouge et pointu et la barbe noire qui lui mangeait les joues. Puis il soupira tristement, remit le miroir dans sa poche et descendit lentement l'escalier.

– C'est une fille sérieuse. Les honnêtes femmes ne recherchent pas la beauté. Nous fondons une famille... Il faut que les goûts s'accordent...

Puis il faiblit :

– Je l'aimerai tant, songea-t-il.

Il dînait chez les Brun. Rien n'avait changé chez eux. Rien ne changerait jamais. Le père en bras de chemise lisait son journal à sa place accoutumée, à la tête de la table, la même table, le même fauteuil, le même journal, le même oncle Adolphe que Martial avait l'habitude de voir, avec son crâne nu, ses gros yeux bleus, sa longue moustache rousse. La grand-mère était à la cuisine ; Thérèse mettait le couvert. Dans cette salle à manger il viendrait plus tard avec sa femme et ses enfants. Il se sentit très heureux. Il prit la main de Thérèse qui la retira doucement, mais qui lui sourit, et ce sourire confiant, un peu moqueur et amical lui remplit l'âme d'espérance. Bien sûr, elle avait tout deviné.

Après le dîner, Thérèse alla mettre son chapeau.

– Vous venez avec nous, maman ? demanda Adolphe et il fit un clin d'œil malicieux à son neveu pour l'inviter à écouter la suite : vous ne craignez pas que ça vous fatigue ?

– Me fatiguer ? protesta la vieille dame avec indignation. Parlez pour vous, avec vos varices ! J'ai les jambes solides, moi, Dieu merci ! Puis, il faut bien quelqu'un pour surveiller Thérèse.

– Eh bien, et moi donc ? Et Martial ? Vous nous comptez pour rien, non ?

– Vous, vous... Quand vous voyez les lampions, vous êtes là comme un enfant, la bouche ouverte. Et Martial est trop jeune pour qu'on lui confie une fille.

– Oh, trop jeune, protesta Martial ravi. Pour se donner une contenance, il ramassa le journal que son oncle venait de laisser tomber ; il n'y a rien de nouveau ?

– Le procès Caillaux s'ouvre lundi.

Martial feuilleta distraitement le *Petit Parisien*, lut à mi-voix : « M. Maurice Barrès a été élu président de la Ligue des Patriotes », « A Sarajevo, après l'attentat, agitation antiserbe... »

Il replia le journal, le lissa soigneusement du plat de sa main. Il fit un petit mouvement des épaules comme s'il avait froid. Il pensa même : « Tiens, qu'est-ce que j'ai ? J'ai un frisson. J'ai quitté de trop bonne heure, cette année, ma ceinture de flanelle... » Il se faisait une règle de la garder jusqu'au 15 août, car l'été, dans ses commencements, n'est pas une saison sûre. Sûre... le petit mot illumina tout à coup son esprit. Ce qui l'avait fait tressaillir, ce n'était pas le début d'un rhume, mais quelque chose d'intérieur, qui n'avait aucun rapport avec le physique... Une inquiétude. Non, le mot était trop gros. Une tristesse... Voilà, tout à coup il était triste. Il avait été rayonnant tout le jour, et tout à coup... De l'orage qui secouait en ce moment toutes les chancelleries d'Europe le simple mortel ne savait rien, mais il percevait dans ces hautes sphères une sorte d'agitation, de fièvre, un choc d'électricités contraires qui l'affectaient par moments, comme on voit les moutons, bien à l'abri dans leurs étables, lever la tête avec angoisse quand la tempête souffle au loin. L'assassinat de ce prince autrichien... La foule, l'avant-veille, manifestant devant la statue de Strasbourg... Des mots, des rumeurs, des bavardages, des mots... un mot... Mais un mot qui n'était pas de notre siècle, heureusement.

– Ça sent la poudre, dit-il tout haut, d'un ton qu'il s'efforçait de rendre plaisant, en montrant le journal à Adolphe : ça sent la guerre...

– Eh bien, si c'est la guerre, on se battra, dit Adolphe en frisant ses moustaches et en bombant le torse : on mangera des rats, comme pendant le siège. Allons, vous venez ? ajouta-t-il avec impatience en se tournant vers les femmes : nous allons manquer le feu d'artifice.

– Ce soir, sans faute, je ferai ma demande, se dit Martial et, chose étrange, il comprit que cette fois-ci il la ferait, qu'il ne reculerait pas. La tristesse demeurait dans son cœur, et non seulement la tristesse, mais une sorte d'attention extrême de tout l'être, comme s'il était seul dans une chambre et qu'il écoutait au-dehors un pas.

Thérèse le trouva debout dans le petit vestibule. Il regardait la porte, le cou tendu en avant, l'œil fixe, le nez rouge et le front mouillé de sueur. Elle se mit à rire :

– Vous m'avez fait peur. Qu'est-ce que vous faites là ? Allons, venez, papa est dans l'escalier. Fermez la porte. Ne marchez pas sur ma jupe, maladroit ! Vous déchirez mon volant.

Ils sortirent tous quatre dans la rue déjà animée par le bruit de la fête. Aux carrefours, on accordait les violons. Devant les petits cafés, la place était tracée pour les bals, un rectangle de trottoir éclairé par des lanternes vénitiennes et la lune. On voyait remuer sur le sol l'ombre des arbres. La nuit avait quelque chose de doux, d'enveloppant, de lascif qui enivrait la jeunesse. Des fillettes en canotier et en blouses blanches passaient en courant, relevant très haut leurs jupes sur leurs mollets. Des soldats dansaient avec de petites bonnes. Dans l'avenue de la République, c'était la foire, les baraques, une odeur d'huile chaude, de pain d'épice, de poudre, de ménagerie, du bruit, des cris, des coups de fusil et des pétards.

Martial saisit le bras de Thérèse :

– Ici, maintenant, tout de suite, pensa-t-il.

Il cria à son oreille et, plus tard, elle devait se souvenir de l'accent rauque, angoissé de sa voix, mêlé à des rugissements de lions captifs, à des mesures de *la Marseillaise* et au ronflement des manèges :

– Thérèse, je vous aime. Voulez-vous être ma femme ?

Elle avait mal entendu. Elle lui fit signe de se taire, lui montra en souriant les gens autour d'eux. Il la regardait avec des yeux effrayés et haletait d'angoisse. Elle eut pitié de lui et lui serra doucement la main.

– C'est oui ? s'écria-t-il. Oh, Thérèse...

Il ne put rien dire de plus. Il lui avait pris le coude et il la soutenait avec un respect, un soin infini, comme s'il portait un vase précieux dans une grande foule. Elle était touchée par ce geste. Elle pensait : « Il veut me faire comprendre qu'il me protégera, qu'il m'aimera toujours. » Il n'était pas beau, pas éloquent, mais c'était un brave garçon et elle avait de l'affection pour lui. Elle avait toujours su qu'elle finirait par être sa femme. Oui, quand elle était une toute

petite fille encore, quand il la promenait sur son dos...
Un jour, elle avait neuf ans : il l'avait portée jusqu'au
haut de la colonne de Juillet. Elle se sentait bien dans
ses bras, et parfois elle ouvrait un œil pour regarder
la place, très loin au-dessous d'elle... Oui, ce jour-là,
elle avait pensé : « Quand je serai grande, je me
marierai avec Martial. »

Ils avaient quitté maintenant l'avenue. Ils suivaient
des rues plus tranquilles, plus sombres. Ils traver-
sèrent la Seine. Les parents venaient derrière et
disaient :

— Il fait sa demande. Il parle avec chaleur, il ouvre
les bras. Elle écoute sans rien dire. Voilà, c'est fait.
Ça devait arriver. C'est un brave garçon.

— Vous danserez bien encore à la noce, maman ?
dit Adolphe à sa belle-mère en tendant le jarret.

Mme Pain essuya ses yeux. Elle se rappelait sa
propre fille. Mais ce ne fut qu'une bouffée de mélancolie. Elle était trop vieille pour penser longtemps
aux morts. Dans la vieillesse, les morts sont si proches
de soi qu'on les oublie. On ne voit bien en esprit que
ce qui est lointain. Elle imaginait le mariage de Thérèse, la noce, le bon repas... l'enfant qui naîtrait.

Elle hocha la tête et, la voix chevrotante, les yeux
encore pleins de larmes, elle fredonna machinalement :

Joyeux tambourins, menez la danse !...

Ils étaient arrivés sur le pont de la Tournelle. Ils
contemplèrent le feu d'artifice sur la Seine, Notre-
Dame illuminée, l'eau, le ciel. Une eau noire, un ciel
tout rouge, menaçant, en feu.

31

Martial se tenait près de sa fiancée. Ils étaient fiancés. Il se disait confusément : « Je tourne la page. Je commence une nouvelle vie. Avant, qu'est-ce que j'étais ? Un homme seul. Un malheureux. Désormais, quoi qu'il arrive, nous serons ensemble. Rien ne nous séparera. » Tout était bien, tout était accompli.

3

Un enfant de dix-sept ans – Bernard Jacquelain –
vêtu d'habits courts et étriqués, car il avait grandi
trop vite, sans chapeau, les cheveux rejetés en arrière,
serrant les dents, serrant les poings pour retenir les
sanglots qui montaient à sa gorge, suivait dans la rue
un régiment en marche. C'était le 31 juillet 1914, à
Paris.

Par moments Bernard jetait autour de lui des
regards curieux, avides, effrayés, comme un petit
garçon que l'on conduit pour la première fois au
théâtre. Quel spectacle, cette veille de guerre, car il
n'y avait que des ramollis, des ganaches comme
Adolphe Brun, ou des... (il mâchonna entre ses lèvres
un juron bref et énergique qui avait toute la saveur
de la nouveauté, car on ne le lui avait enseigné que
peu de temps auparavant, au lycée), des... comme
Martial Brun pour prétendre qu'il n'y aurait pas la
guerre, qu'au dernier instant les gouvernements recu-
leraient devant la responsabilité d'une tuerie euro-
péenne... Ils ne comprennent donc pas qu'il y a là
quelque chose de sublime, se disait Bernard. Savoir
qu'un mot, un geste va déclencher la guerre, une
aventure héroïque, quelque chose comme tout le

chambard de Napoléon, le savoir et reculer ! Il faudrait ne pas avoir de sang dans les veines. Une seconde il s'imagina qu'il était le tsar, le président de la République, un grand chef militaire. Il fit un geste et murmura, les yeux baignés de larmes :

– En avant ! Pour l'honneur du drapeau !

« Oui, il y aura la guerre, se dit-il encore. Et moi, Bernard Jacquelain, j'aurai vécu des minutes héroïques comme Austerlitz et comme Waterloo. Je dirai à mes enfants : "Ah ! si vous aviez vu Paris en 1914 !" Je leur raconterai les cris, les fleurs, les ovations, les larmes ! »

En réalité, il n'y avait rien de semblable. Les rues étaient calmes, les volets de fer des magasins baissés. On voyait passer des fiacres chargés de bagages. Mais Bernard savait qu'il y avait eu des manifestations patriotiques le matin même dans divers points de la capitale et, pour le reste, il brodait, il pénétrait par la pensée dans ces appartements invisibles, il sondait les cœurs et les reins de la population parisienne :

– Voilà une femme qui regarde les soldats et qui pleure. Pauvre femme... Elle pense à son mari, à son fils. Et cette autre qui les suit des yeux si tristement. Elle ressemble à maman... Qu'est-ce qu'elle dira, maman, quand elle saura que je veux m'engager, « devancer l'appel » comme on dit ? Car j'y suis décidé, je n'attendrai pas ma classe ! C'est que tout le monde est d'accord : dans trois mois, ce sera fini. Et alors, qu'est-ce que je ferai, moi ? Rester au lycée, bûcher comme un imbécile, récolter des pensums comme un gosse quand il y a cette chose, cette gloire, ce sang, cette guerre ! Non, merci ! Non, merci ! Non, merci ! Je veux partir, et tout de suite, et loin,

et tout ! Dieu, qu'il fait beau, que le soleil est chaud !
Que c'est beau, cet uniforme de soldat, ces culottes
rouges ! Et les chevaux ! Qu'y a-t-il de plus beau
qu'une belle bête nerveuse qui caracole, qui ronge
son frein, qui a de l'écume dans les naseaux. Je veux
être cavalier, dragon, à cause du casque. Oh, des
jeunes filles qui envoient des baisers aux soldats ! Ce
qu'ils doivent être fiers. Les soldats sont aimés des
femmes. Je voudrais être aimé, mais pas par une seule,
par beaucoup de femmes, qu'elles se disputent mes
faveurs, et moi, j'apparaîtrai parmi elles en bel uniforme et je les regarderai... A ce regard elles sentiront
leur maître. Mais tout cela, ce sont des enfantillages.
Les femmes ne m'intéressent plus. Non ! Pas même
la petite bonne du cinquième qui me fait de l'œil dans
l'escalier. Je veux vivre pour la poudre, la guerre et
la gloire ! Voilà un vieux qui a sûrement fait 70 ; ce
qu'il doit être ému ! Vous en faites pas, Monsieur, je
suis là, moi, le petit Bernard Jacquelain, et je vous
fiche mon billet que je ramènerai la Victoire sous nos
drapeaux ! Oh, j'ai envie de chanter, de crier, de gam-
bader ! Ça, ils pourront me dire ce qu'ils voudront,
mais je m'engage, je m'engage, c'est décidé. J'ai dix-
huit ans dans huit jours. A quel âge peut-on s'engager ? C'est bien le diable si je ne trouve pas un
joint. Oh, la musique ! Les voilà qui jouent. Voilà les
clairons qui éclatent, les tambours... Mon Dieu, que
c'est beau ! S'avancer au son de cette musique et puis
charger ! Sabre au clair ! Baïonnette au canon !

L'émotion et la fatigue, car il avait parcouru la
moitié de Paris sans s'arrêter, lui coupaient le souffle.
Il dut s'arrêter un instant et s'appuyer contre le mur.
La musique guerrière faisait passer des frissons dans

son dos, lui emplissait les yeux de pleurs. Il lui sembla tout à coup être écorché à vif, tous les muscles, tous les nerfs saignants, exposés au vent des clairons, et que chaque note était jouée sur lui, sur sa propre chair. Chaque coup de tambour martelait ses os. « Et c'est bien ainsi que ça se passe, se dit-il. Ou du moins que ça se passera quand je serai soldat. Je ferai partie du régiment comme... comme une goutte de sang fait partie de tout ce fleuve rouge qui coule dans mon cœur. »

Il se redressa fièrement : il demeura au garde-à-vous, écoutant la fanfare qui s'éloignait. L'air vibrait encore comme la corde d'un violon. Aux oreilles de Bernard, tout chantait, le fleuve, les vieilles pierres, les maisons, la foule. Elle était dense maintenant ; elle se pressait autour des kiosques à journaux. Des hommes palabraient, avec de grands gestes, des moulinets de canne. On entendait : « Le tsar... L'empereur Guillaume... » Les figures étaient pâles, tirées et soucieuses. Bernard les considéra avec dédain :

– Des vieux ! Ça ne fait que parler. Moi, j'agis, moi, je m'engage, se dit-il.

Les coudes collés au corps, levant le menton, avançant au pas gymnastique et s'imaginant qu'il chargeait derrière le drapeau déployé, Bernard traversa la rue, entra dans une pâtisserie, acheta deux gâteaux, les mangea debout d'un air farouche, puis il prit le métro pour rentrer chez lui ; il voulait annoncer dès ce soir sa décision à sa famille. « Maman pleurera, mais papa m'approuvera. C'est un patriote. Maman aussi, mais les femmes, c'est faible. L'essentiel, c'est de parler en homme. Je dirai : "Papa, je t'aime et je te respecte. Je t'ai toujours obéi. Mais ici, quelqu'un commande qui est plus fort que toi : c'est la Patrie, papa, c'est la voix de la France !" »

Il s'élançait dans l'escalier quand la concierge l'arrêta : ses parents étaient chez les voisins, les Brun, et l'attendaient.

« Tant mieux, songea Bernard avec un frisson de plaisir. Je leur dirai, devant les Brun... Ça les épatera tous... »

Il lui était particulièrement doux d'épater Thérèse. Depuis quelque temps, elle faisait à peine attention à lui ; elle était fiancée... « Fiancée, murmura-t-il en haussant les épaules : une fille de mon âge, on trouve naturel qu'elle se marie, qu'elle ait une vie de femme, quoi... Tandis que moi, quand j'aurai dit que je veux m'engager, ils se mettront à chialer comme des veaux. Mais, au fait, il va partir, le fiancé ! Le mariage est remis aux calendes grecques. D'ailleurs, je m'en fiche bien ! Oh, là, là... Les femmes !... »

Il arrivait, toujours courant, chez les Brun ; la clef était sous le paillasson. Il entra. Il vit ses parents et Martial dans la salle à manger. Sa mère le regarda et dit tout bas, l'air effrayé : « Qu'est-ce que tu as ? »

Il répondit : « Rien », mais il pensa avec fierté :

« Il doit y avoir dans mes yeux quelque chose d'extraordinaire. Je suis un mâle, un guerrier. »

Il adressa un petit bonjour protecteur à cette assemblée de femmes et de vieux (les trente ans de Martial lui semblaient proches de la décrépitude).

Il le regarda curieusement. Martial, assis devant la table, la nappe repoussée, triait des lettres qu'il sortait d'une vieille petite valise ouverte devant lui. Depuis sa sortie du lycée, Martial n'habitait plus chez les Brun, mais il laissait chez eux une malle et des effets qui n'avaient pas de place dans sa petite chambre d'étudiant. Avec des soins minutieux il classait des papiers, déchirait les uns, mettait les autres dans des chemises de couleurs différentes :

– Ici, oncle Adolphe, ce sont les photographies de la famille. Ici, les instantanés de Thérèse que j'ai pris au Tréport quand elle avait quatre ans. Mes diplômes. La facture du graveur pour la confection de la plaque de cuivre que vous connaissez...

Il se tut et soupira pensivement :

– Docteur Brun. Nez. Gorge. Oreilles.

– Dans une enveloppe je mets l'argent, oncle Adolphe, que vous voudrez bien lui porter, avec mes excuses pour n'avoir pas acquitté ma dette plus tôt : je n'ai vraiment pas eu une minute à moi. Ici, un souvenir qui me vient de ma mère, une montre à son chiffre que je prie Thérèse d'accepter.

– Vous me la donnerez après notre mariage, mon ami, dit doucement Thérèse.

C'était la première fois qu'elle faisait allusion en public à l'union projetée. Elle rougit et repoussa le bijou qu'il lui tendait, une montre en or, à l'ancienne mode, au bout d'une longue chaîne.

– Vous vous marierez après la guerre, je pense, dit Bernard de sa voix enrouée de jeune coq, avec une cruauté peut-être inconsciente.

– Nous n'attendrons pas jusque-là, dit Martial. Je ne pars pas tout de suite, du moins pas tout de suite là-bas...

D'un mouvement de la main il montra une zone indéterminée au loin :

– Mon maître, le professeur Faure, s'est arrangé pour me garder auprès de lui. On équipe en province de nouveaux trains sanitaires. Dès qu'ils seront au point – cela peut demander vingt, vingt-cinq jours – ils partiront là-bas...

Il répéta :

– Là-bas... et moi avec eux. Mais cela nous donnera le temps de célébrer le mariage.

– Vingt, vingt-cinq jours ! s'exclama Bernard. Mais tout sera fini !

Martial hocha la tête :

– Ce sera une longue, une très longue guerre.

La vieille Mme Pain, qui n'avait rien dit jusque-là et qui était demeurée, les mains croisées sur le ventre, absorbée dans ses réflexions, intervint :

– A votre place, mes enfants, j'attendrais... Ce n'est pas un mariage, ça. Le marié au diable, en province, la mariée à Paris ! Huit jours ensemble peut-être...

– Huit jours ? Vingt-quatre heures, madame Pain, ce sera déjà beau !

– Eh bien, tu vois ? Vingt-quatre heures, et puis on vous sépare. Peut-être pour six mois, est-ce qu'on sait ? Tu dis toi-même que ce sera une longue guerre ! Non, non, mes enfants, laissez les choses s'arranger : quand les gens se seront bien battus, ils en auront assez et on reprendra une vie ordinaire. Pour le moment, tout le monde est comme fou, mais ça ne peut pas durer.

– Je ferai ce que Thérèse voudra, dit vivement Martial : si elle ne désire pas être liée à un soldat... Etre la femme d'un soldat, je sais que je lui offre une destinée très dure, très différente de celle que j'avais rêvée pour elle...

– Mais, Martial, dit Thérèse, nous sommes liés.

– Ce n'est pas la même chose, grommela Mme Pain, pas la même chose du tout.

Mais Thérèse secoua la tête sans répondre, les lèvres serrées, avec un air de résolution que la vieille Mme Pain connaissait bien :

– Elle n'en fera qu'à sa volonté, remarqua-t-elle à mi-voix. Enfin, ce n'est pas comme si Martial courait de grands dangers : un docteur...

– En effet, dit Bernard avec dédain : d'ailleurs, retenez bien ce que je vous dis – quand il arrivera avec son beau train sanitaire bien équipé, nous autres, on sera déjà à Berlin.

Il rougit fortement, rejeta en arrière, de sa main tachée d'encre, les mèches rebelles de ses cheveux :

– Papa, maman, n'essayez pas de me retenir. C'est une décision irrévocable. Je devance l'appel. Je m'engage.

– Imbécile, tais-toi ! cria son père avec colère.

– Papa, maman, je vous répète que c'est une décision irrévocable.

– Mais tu n'as que dix-sept ans, gémit Blanche.

– Dix-huit dans trois jours.

– Mais tu n'es qu'un enfant !

– C'est ce que l'ennemi verra, répondit Bernard, et il pensa : « Ça, c'est envoyé ! »

Alors Adolphe Brun intervint dans la discussion. D'une main il frappa la table ; de l'autre il saisit sa moustache gauche et la tordit avec fureur :

– Vous me faites rire, tous ! Vous ne connaissez pas la politique. On dirait des provinciaux gobeurs ! Je suis un vieux Parisien et on ne me la fait pas. Votre guerre, elle finira en eau de boudin ! je vous le prédis, moi. Beaucoup de bruit pour rien. Des sabres agités et, pour finir, les diplomates se mettront d'accord, et chacun rentrera chez soi. Pourquoi ? Mais parce que ça a toujours été comme ça ! Oui, je sais bien, la guerre de Cent Ans, Napoléon, mais ça, c'est de l'histoire ! Tandis qu'en notre temps tout finit toujours par s'arranger. On en fera des chansons, une revue de fin d'année, et voilà ! Vous comprenez qu'on ne la fait pas à Bibi, répéta-t-il en s'efforçant de donner à son honnête figure l'expression de roublardise qui seule devait convenir, croyait-il, à un Parisien pur sang. Il cligna plusieurs fois de l'œil :

— L'année prochaine, à cette date, on en reparlera, de votre guerre, conclut-il. Et on rigolera.

Il répéta dans le silence :

— Et on rigolera.

A cet instant on entendit le bruit des trains qui passaient. Aigus, déchirants, les coups de sifflet retentissaient tandis que les wagons semblaient foncer hors de la gare avec des grondements, des clameurs, un souffle rauque et précipité comme un troupeau de bêtes furieuses à la charge. On écoutait ; on n'avait jamais entendu rouler tant de trains, si vite.

— Ce sont des convois militaires, sans doute ?

— Déjà ?

— Dame, il doit y avoir des troupes embarquées depuis hier.

— Voici trois nuits, dit Thérèse, qu'on les entend rouler sans arrêt.

Blanche Jacquelain éclata en sanglots, tandis qu'Adolphe Brun, très pâle, répétait machinalement :

— Moi, je vous dis qu'on rigolera.

4

Il y eut encore un spectacle que Bernard put voir avec des yeux de non-combattant et une âme innocente : le mariage de Martial et de Thérèse.

C'était au commencement de 1915. « Le marié revient du feu », avait dit Adolphe Brun à ses amis en les conviant au repas de noce : « Il est pour vingt-quatre heures à Paris ; il nous dira ce qui se passe. »

Car on accueillait alors les soldats comme des ambassadeurs d'une puissance étrangère chargés de redoutables secrets, secrets que seul le souci de la discipline les empêchait de révéler à leurs proches. Le dernier d'entre eux, le plus humble troufion ou un médecin aide-major de bataillon comme Martial « savait des choses », pensaient les civils. Ils avaient des lumières sur ce que tramaient les grands chefs militaires, sur la date de la prochaine offensive et sur les desseins obscurs de l'ennemi.

– Alors, c'est pour quand ? pour quand ? dit avidement Mme Humbert au docteur Brun lorsqu'elle l'aperçut. Elle sous-entendait : « La Victoire. A quand la Victoire ? » Et comme Martial ne répondait pas, elle le menaça du doigt avec enjouement : « Petit cachottier, il ne veut rien nous dire », minauda-t-elle, et redevenue sérieuse :

– Enfin, vous allez pouvoir nous expliquer ce qu'ils font, pourquoi on n'avance pas ?

Martial n'était pas demeuré longtemps dans son beau train sanitaire de l'arrière qui pouvait, assuraient les journaux avec orgueil, contenir jusqu'à huit lits par wagon, au total cent vingt-huit blessés par train. Ils servaient pour la parade, pour la consolation des civils et pour l'édification des neutres ; les blessés voyageaient dans les trains de marchandises et les wagons à bestiaux, saignaient, agonisaient, mouraient le long des petites lignes départementales. Dès les premiers, les mauvais jours, Martial avait obtenu d'être envoyé dans un poste de secours de l'avant. « C'était un héros, on n'en pouvait douter », songeait Bernard qui le contemplait avec une admiration jalouse, car il était encore au dépôt, lui : il n'était qu'un enfant ; il portait l'uniforme de l'armée, certes, mais les croix, les blessures glorieuses étaient pour les autres, se disait-il en regardant le bras en écharpe de Raymond Détang. Ce dernier, en congé de convalescence, avait assisté au mariage et prenait part maintenant au dîner des Brun, dans leur petite salle à manger encombrée de meubles. Il pleuvait ; la sala-mandre allumée répandait une douce chaleur, un peu étouffante. On avait bu à la santé des nouveaux époux, aux Alliés et à la Victoire. Bernard n'était pas blasé encore sur le plaisir de boire tant qu'il lui plai-sait, sans risquer d'être grondé par son père et sa mère. Il était assis entre les deux soldats. Martial, maigre, hâlé, les joues creuses, le nez pincé, tourmen-tait sa barbe noire. Raymond Détang, gras, le teint fleuri, avait coupé la sienne et les dames lui en faisaient de grands compliments. Raymond Détang, par son apparence, par ses paroles, par l'air bonhomme avec lequel il flattait et rassurait les civils (« Vous en faites pas, ils sont frits, je vous le dis, c'est une question de mois »), par ses récits de guerre, par sa rondeur répondait mieux que le silencieux Martial à l'image idéale du combattant, telle que les civils la voyaient dans leurs cœurs.

— C'est bien ça, disait Alolphe Brun en l'écoutant et en buvant pensivement son champagne : c'est bien ça. Ils ont toujours le mot pour rire. Il paraît qu'il y en a eu un à qui un obus avait coupé les deux jambes. Il a dit : « Veine alors ! Plus besoin de bains de pieds ! » et il est mort. C'est bien ça, c'est le soldat français...

— Monsieur Détang, c'est vrai qu'on est arrivé à rendre les tranchées presque confortables ? demandait Mme Jacquelain.

Bernard, cependant, que le champagne douait d'une singulière lucidité, mais d'une lucidité qui survenait par bouffées et que voilaient tout à coup des pans, des étendues de brouillard, le jeune Bernard trouvait entre ces deux hommes (Martial et Détang) une ressemblance étrange, un air de famille. Il chercha longtemps à comprendre en quoi cela consistait. « Ils ont l'air d'avoir la fièvre », se dit-il enfin, en regardant leurs yeux profondément enfoncés. Oui... même ceux de Raymond Détang luisaient d'un inquiétant éclat. Tous deux se raidissaient, se redressaient un peu trop, comme au garde-à-vous, comme si, malgré eux, leurs muscles, leurs nerfs fussent demeurés tendus, à l'affût, en état d'alerte. « Ils ne sont pas tout à fait comme nous », songeait Bernard en se rappelant les soldats retour du front qu'il avait vus. Ils étaient rares. La zone de guerre avait happé les hommes, les avait broyés et ceux qui n'étaient pas mangés encore, elle ne les rendait pas volontiers. On parlait de permissions régulières qui seraient accordées bientôt, mais, pour le moment, les gens se retournaient dans la rue avec curiosité, respect, amour lorsque passait un de ces héros fabuleux, de ces rescapés de la mort, de ces soldats, de ces « poilus » comme on les appelait en hésitant, en s'excusant d'employer un terme si vulgaire (les femmes préféraient dire : Monsieur). « Et moi, pensa Bernard, dans quelques jours, je serai pareil à eux. Il y aura une incommensurable distance entre moi et mes parents, mes amis. Martial... Détang... Dire que le premier m'a toujours paru un fieffé imbécile et le second, un bellâtre ridicule. Et ils ont fait tant de choses ; ils en ont tant vu. Ils ont tué des hommes. Détang dit qu'il les prend à la baïonnette, qu'il en a embroché un comme un poulet. Quant à Martial, lui, naturellement, ce n'est pas son rôle, mais panser des soldats sous le feu, sous les obus... Et dire qu'il aurait pu rester à l'arrière et qu'il ne l'a pas fait pour mieux servir, qu'il a retardé son mariage, lui qui y tenait tant... » Ne sachant comment témoigner ses sentiments, Bernard toucha timidement le bras de Thérèse :

— Vous penserez un peu à moi, lorsque je serai parti ? demanda-t-il.

Et, aussitôt, il se gourmanda : c'était bête de dire ça, pleurard, indigne d'un guerrier. Mais il se sentait tout à coup le cœur gonflé de tendresse. Tout ce qui l'entourait, les visages familiers, la petite salle à manger si chaude et si calme, la table sur laquelle il avait joué avec Thérèse au jacquet et au nain jaune, tout, jusqu'au pichet à bec de canard qui l'avait tant amusé quand il était petit, jusqu'à la salière de verre rose en face de lui, tout lui parut doux, amical et plein d'une signification précieuse et profonde. « Tout de même, pour la dernière fois peut-être, j'ai chaud, je suis bien, je ne manque de rien, pensa-t-il. Je peux être tué en arrivant là-bas. Brr, ça fait un drôle d'effet de se dire ça... »

Un petit vent froid passa entre ses deux épaules, si vif et si brusque qu'il tourna la tête comme si quelqu'un lui avait soufflé dans le dos :

« Si je suis tué, je n'aurai jamais connu rien de meilleur que ça : papa, maman, la famille, les amis. Je n'aurai jamais voyagé, ni aimé... "Je veux bien mourir, ô Déesse, mais pas avant d'avoir aimé..." Martial... Une nuit avec la femme qu'on aime, sa femme... Thérèse... Non, il ne faut pas se laisser aller à ces pensées. Je dois respecter Thérèse. Ce n'est pas possible que je sois tué tout de suite en arrivant là-bas ? Mais aussi, si cela arrive, quelle gloire ! Tout le monde m'aimera, me plaindra. Je vivrai dans la mémoire des gens, je vivrai en héros. Oui, tombé là-bas, sur le champ de bataille, face à l'ennemi, je sentirai monter vers moi cette vague d'amour. Cela me consolera, cela me bercera. Qu'est-ce que c'est, la Gloire ? c'est d'être aimé par le plus de monde possible... Non seulement par mes parents et mes amis, mais même par des inconnus. Et moi aussi, je suis heureux de mourir pour eux. Car il n'y a pas à dire, s'il n'y avait pas des types culottés comme moi pour vous défendre, vous n'en mèneriez pas large, Mes-

46

dames », conclut-il en s'adressant en esprit aux femmes qui lui semblaient toutes adorables, bonnes et douces.

« Elles penseront à moi. Elles me plaindront... Elles m'enverront des colis, des lettres, des friandises. Et si je reviens... avec la Médaille militaire... On la fêtera ici. On boira à ma santé. Moi, je pourrai dire comme Détang : "Je tenais l'ennemi à la pointe de ma baïonnette. Pan ! Je le cloue au mur comme un papillon." Oui, mais, si c'est l'ennemi qui... Bah ! N'y pensons pas. Toute chose en son temps. Pour le moment je suis heureux », se dit-il, et il but de nouveau ; il se carra sur sa chaise comme un vieux troupier, les jambes écartées, les mains dans ses poches. Ce n'était pas très correct, tant pis ! c'était le sans-gêne des héros : ils n'avaient qu'à s'y faire. Détang lui offrit un cigare qu'il alluma en guettant sa mère du coin de l'œil. Allait-elle comprendre qu'il était un homme enfin, qu'on ne défend pas le cigare à un homme, à la veille de monter au feu ? Mais non ! ça ne ratait pas : elle joignait les mains, comme lorsqu'il était enfant et qu'elle le voyait jouer avec des allumettes :

– Oh, Bernard !

« Eh bien, quoi, oh, Bernard ? pensa-t-il : ces femmes sont inouïes, ma parole ! »

– Ça ne va pas te faire mal, mon enfant ?

– Mais non, voyons, petite mère, mais non, répondit-il avec une tendre indulgence. Il ajouta même : « Tu penses, j'y suis habitué », quoique ce fût le premier cigare de sa vie. Il souffla une bouffée de fumée d'un air grave.

Thérèse n'avait pas de robe blanche, pas de bouquet de lis, pas de couronne de fleurs d'oranger.

C'était une mariée de guerre, en petit tailleur gris, en chapeau noir.

« Vingt-quatre heures, songeait Martial, vingt-quatre heures, dont six sont écoulées déjà. Un jour et une nuit ! c'est tout ? Mon Dieu, c'est tout ? Et si je ne reviens pas ? Dire que nous aurions pu naître il y a cinquante ans... ou dans vingt-cinq ans, quand il n'y aura plus de guerre... Ah, ce n'est pas de chance ! Détang dit que j'aurais pu, en faisant jouer des relations, être renvoyé à l'arrière. Mais ça ne serait pas honnête. Il y a si peu d'hommes dans les postes de secours de l'avant que des étudiants, des vétérans de la territoriale se trouvent aux prises avec les plus redoutables responsabilités. Il est vrai qu'ailleurs je pourrais être aussi utile et... Non ! Non ! je triche ! On ne compose pas, on ne transige pas avec la patrie. On ne se prête pas à demi. On donne tout, sa vie, son travail, tout ce qu'on aime. »

Il passa lentement sa main sur ses paupières baissées, revoyant en esprit la cave à demi inondée où il accueillait les blessés. Là-bas était sa maison. D'ici longtemps il n'en connaîtrait pas d'autre. Il sourit en se rappelant cette journée du 14 juillet, lorsque dans l'escalier de la rue Monge il faisait des projets d'avenir. C'était triste et drôle d'y penser... « Ah, sale guerre », soupira-t-il.

Adolphe Brun le regarda d'un air scandalisé. Oui, il avait oublié la règle du jeu. Ici, parmi les civils, il ne fallait pas médire de la guerre. Il fallait la trouver belle, sauvage, mais exaltante. Mon Dieu, il y avait de ça, certainement. Mais, comme médecin, il voyait surtout l'autre face de la guerre, sa grimace horrible. Comment apparaissait-elle au jeune Bernard

Jacquelain ? Dix-huit ans, la poitrine large, les muscles solides, de bons réflexes, des yeux perçants... Quel gibier pour la guerre ! Il le déplorait, mais sa pitié demeurait celle d'un médecin – lucide et froide. Dans une opération chirurgicale, les membres sont sacrifiés pour sauver le corps ; les hommes sont arrachés et jetés au feu pour que le pays vive... lui parmi les autres. Il l'acceptait. Avec douleur, mais il l'acceptait. « On ne triche pas », répéta-t-il mentalement.

Il regardait l'heure cependant avec impatience, se demandant quand il pourrait décemment partir avec sa femme. Une petite pendule dorée lui faisait face sur la cheminée ; elle battait très vite, avec le bruit d'un rongeur qui grignote un meuble. Bientôt trois heures... A trois heures, il quitterait les Brun ; il descendrait l'escalier avec Thérèse à son bras ; ils partiraient pour Versailles où, dans un petit hôtel qu'il connaissait, ils passeraient leur nuit de noces. Et le lendemain, lorsqu'elle dormirait encore (... sa femme... ses cheveux dénoués répandus sur son cou, sur ses épaules, comme lorsqu'elle était enfant, ces cheveux légers et parfumés... ce brouillard d'or...). Elle dormirait, et lui, il la quitterait tout doucement, sans adieu, sans même l'embrasser, parce que son cœur fondrait s'il devait lui donner un dernier baiser et voir couler ses larmes.

Le repas, enfin, était terminé. Mme Brun porta à la cuisine le plat vide, celui qui avait contenu son chef-d'œuvre, son triomphe, un gâteau de Savoie fourré de crème au marasquin. Il n'en restait pas une miette. Elle avait été tellement émue par la confection de ce mets que tout le reste s'était effacé à ses yeux, le mariage, le départ de Thérèse... Mais rien ne serait changé puisque, dès le lendemain, Martial de retour au front, Thérèse reprendrait sa chambre de jeune fille et sa vie, comme si rien ne s'était passé. La vieille Mme Brun s'en réjouissait avec le doux cynisme des vieillards, comparable à celui des enfants.

Dans la salle à manger, les hommes, l'un après l'autre, s'étaient tus. Adolphe Brun lui-même n'avait pu tenir longtemps sa partie dans le concert des femmes ; la voix éclatante, cuivrée de Mme Humbert dominait tout comme la grosse caisse d'un orchestre, et à certaines tirades patriotiques elle avait le timbre aigu et déchirant d'un fifre, tandis que celle de Renée flûtait à ses côtés et que Mme Jacquelain soupirait comme une mandoline. Thérèse faisait un visible effort pour paraître gaie, parlait et riait ; elle commençait, en ce moment, son apprentissage de femme de soldat, qui ne pleure pas, ne se lamente pas en public, qui parle peu d'elle-même, jamais de celui qui est « là-bas », qui l'attend quand tous ont cessé de l'attendre, qui se souvient quand tous autour d'elle ont oublié, qui espère contre toute espérance.

Ces dames parlaient de la guerre : « Dans les tranchées, on est gai, disaient-elles : les soldats disent qu'ils les quitteront à regret ; ils les ont organisées, ils les ont rendues confortables ; ils y ont creusé des cellules où on dort fort bien... »

– Les hommes, pardi ! s'exclamait Mme Humbert : il suffit qu'ils soient loin de nous pour qu'ils se sentent heureux ! Ne dites pas le contraire, messieurs, j'en connais pour qui la guerre, ce sont des vacances.

– Si on laissait faire les femmes, dit Mme Jacquelain, il n'y aurait plus de guerres...

– Mais celle-ci est la dernière. Vous savez bien que

ce n'est pas une guerre comme les autres. C'est une guerre pour la paix. C'est admirable, ça ne s'est jamais vu.

– D'abord, nous sommes sûrs d'être vainqueurs. Songez donc, avec la Russie...

– J'ai une amie, une couturière qui est établie à Moscou. Elle m'a écrit, dit Mme Humbert, que le tsar est un homme charmant, un grand ami de la France.

Elles descendirent de ces hauteurs pour s'entretenir des spectacles ; les théâtres parisiens avaient fait leur réouverture en décembre. Mme Jacquelain s'écria que c'était sacrilège : « Comment peut-on sortir le soir quand nos chers poilus sont si malheureux ? Moi, je n'aurais pas le courage... »

Mais Mme Humbert n'était pas de son avis :

– Voyons, ma chère petite, tout est dans le choix des spectacles. Ainsi, à la Comédie-Française, on a donné *Horace*. C'est magnifique, *Horace* ! Quand j'étais jeune fille, quand j'entendais sur la scène : « Qu'il mourût ! » j'éclatais en sanglots. J'avais le caractère viril. Oh, moi, j'étais déjà très patriote. Je n'ai pas attendu l'invasion, comme certains... J'ai un ami, officier aux colonies. Il me disait : « Germaine, vous avez le caractère romain, antique. » Marthe Chenal a chanté *la Marseillaise* à l'Opéra. Eh bien, qu'est-ce que vous voulez, il faut ça pour ranimer la flamme de l'enthousiasme. Les civils ont besoin de ça.

– Nous sommes jeunes, nous avons besoin de distractions, dit Renée.

Elle adressa à Détang un long, un provocant sourire. Sa mère et elle avaient toujours rêvé de découvrir un mari riche. Mais la guerre faisait des ravages effrayants parmi les hommes. « Bientôt, il ne s'agira plus de choisir. Ce sera comme chez le boucher où, depuis le mois d'août, il faut prendre ce qui vous tombe sous la main », soupirait d'un air désabusé Mme Humbert en cousant des chapeaux, le soir, sous la lampe. « Bientôt un garçon comme Détang, sans fortune et sans avenir, n'importe quel garçon, à condition que la guerre veuille bien le rendre avec un bras ou une jambe sur deux, formerait déjà un appréciable lot. »

– Il n'est pas bête, disait Renée à sa mère ; il s'emballe juste autant qu'il le faut. C'est très curieux : il ne marche à fond pour rien. Il fait parler les autres. Lui-même, il parle beaucoup, mais pour ne rien dire. Une vraie nature du Midi. S'il en réchappe, m'a-t-il dit, il veut faire de la politique, et je crois qu'il n'a pas tort. Il peut réussir.

– Oui, répondait sa mère : mais il faut que tu te surveilles beaucoup et que tu ne lui accordes pas la plus petite faveur. C'est un de ces hommes qui ne se marient qu'à la dernière extrémité. Je connais le genre : ton père était comme ça.

– Vous ne pensez pas au commerce parisien, dit-elle encore à Mme Jacquelain : il faut bien que le commerce vive. Heureusement, les femmes recommencent à s'habiller. J'ai créé un modèle de chapeau ravissant. Il s'inspire des circonstances : c'est un bonnet de police. Très crâne, une allure, un chic fous. Avec une grenade brodée, un galon et un gland d'or, ou bien avec des plumes et une cocarde, cet hiver on ne portera pas autre chose.

Dans le bourdonnement des conversations, la petite pendule de la cheminée sonna très vite, avec un tintement argentin, trois petits coups timides. C'était le moment du départ. Martial tressaillit et se leva. Comme il partait le lendemain, il ne reverrait ni ses amis, ni sa famille. Les baisers, les poignées de main commencèrent, une recommandation fut glissée à voix basse, suppliante par Mme Jacquelain : « Si mon fils est envoyé de votre côté, vous vous occuperez de lui ? » (Elle imaginait le front comme une espèce de lycée où les grands pouvaient défendre et protéger les petits contre les attaques injustes des Allemands.) M. Jacquelain dit de sa voix sourde et rauque : « Vous penserez à moi... », car il s'était arrangé pour obtenir de Martial, au cours du dîner, des conseils médicaux et il lui avait fait promettre de rédiger, « dès qu'il aurait un moment de libre », un régime pour sa maladie d'estomac.

Martial hocha la tête et tira nerveusement sa barbe, où des fils blancs apparaissaient ; Thérèse s'était levée en même temps que lui.

– Je ne suis pas très souvent libre là-bas, fit-il remarquer doucement.

Mais M. Jacquelain n'en voulait rien croire :

– Il y a des moments d'accalmie, vous n'opérez pas tout le temps. La nature humaine n'y suffirait pas. On dit dans les journaux qu'il y a peu de malades et que les blessés guérissent très vite, grâce à leur bon moral. Est-ce vrai ?

– Heu... le moral... certainement...

Mais Adolphe Brun avait attiré contre lui son neveu, le tenait embrassé, puis, le repoussant, le regardait de ses gros yeux clairs, pleins de larmes. Il voulait parler, blaguer... lancer quelque bonne plaisanterie que Martial pourrait répéter aux autres poilus et qui leur ferait dire :

– Ces vieux, tout de même... Ils ne s'en font pas. Ils savent encore rire.

Mais il ne sut rien trouver. Il balbutia seulement, en frappant sur l'épaule du docteur, une épaule mince et pliante sous le gros drap de l'uniforme :

– Va, mon petit... Tu es un brave.

5

Le poste de secours était installé dans la cave ; la maison, solide, antique, reposait bien sur ses fondations. C'était une demeure bourgeoise, dans les Flandres françaises, à trois kilomètres des tranchées allemandes. Elle avait eu un air trapu, têtu, rassurant avec ses robustes piliers encadrant la porte basse à grands clous rouillés. Une partie de la maison restait debout, celle où, au-dessus d'une fenêtre à meneaux, était sculptée dans la pierre une figure de femme, étroite, longue, mystérieuse, coiffée de bandeaux. Le village avait passé de main en main au cours des combats de l'automne 1914. Pour le moment, il était occupé par les Français. Dans cette guerre immobile, commencée depuis quelques mois, on se disputait farouchement une fontaine, un bois, un cimetière, un pan de mur écroulé. Les bonds en avant de l'ennemi n'étaient plus à craindre, mais les bombardements devenaient de jour en jour plus redoutables ; les décombres s'ajoutaient aux plâtras. Les jours de soleil, ce qui avait été un joli petit village français (chaque portail orné d'une rose épanouie) ressemblait à un chantier en démolition. Les jours de soleil étaient rares. Sous la pluie, dans le brouillard, c'était un cimetière de maisons, un spectacle qui serrait le cœur. Mais le poste de secours résistait toujours.

– Ça peut s'écrouler, la cave ne bougera pas, avait dit Martial. Alors, naturellement, ça tient.

Il était très fier de la solidité de sa cave ; il regardait avec plaisir les murs épais, les voûtes de pierre au-dessus de sa tête et des espèces de niches creusées dans le roc ; l'une d'elles était sa salle d'opérations ; l'autre lui servait de lit ; la troisième était une chambre de luxe réservée aux officiers supérieurs blessés. Martial, dans sa cave, donnait libre jeu à un instinct de propriétaire que les circonstances n'avaient jamais satisfait en lui : orphelin à huit ans, il avait passé d'un dortoir de lycée à une chambrée de caserne, puis à un garni d'étudiant. Partout, même dans le sinistre hôtel de la rue Saint-Jacques, la première année de ses études, il avait essayé de « se créer un intérieur », comme il disait avec emphase ; il avait recollé des tentures qui pendaient en lambeaux ; il avait lessivé des plinthes, passé à l'encaustique des tables de nuit boiteuses, arrangé les livres et les portraits de famille sur une étagère. Que d'heures heureuses s'étaient écoulées pour lui lorsqu'il ordonnait en pensée son futur appartement de la rue Monge : le salon avec son canapé jaune, une plante verte sur le piano... sa chambre (le grand lit et l'armoire à glace), le cabinet de consultation. Tout cela lui avait été retiré et était remplacé par une cave dans une maison étrangère, dans le Nord. Malheureusement, en certains endroits du sol l'eau apparaissait : le canal était proche et, rompu en plusieurs endroits par des bombes, il menaçait à chaque instant de crever et d'inonder tout. Ce n'était peut-être pas un climat rêvé, mais tout le secteur était envahi par les pluies et la boue. On dormait dans une épaisse gadoue blanchâtre qui clapotait et remuait sans arrêt ; on mangeait de l'eau de pluie mêlée à la soupe – plus d'eau que de soupe – on se battait, on tombait, on mourait dans la boue.

Un escalier très vaste et commode montait hors de la cave ; sur ses grandes marches, inégales et rugueuses, reposaient les hommes. Ils venaient d'être pansés ; ils attendaient leur évacuation vers les ambulances. Les uns dormaient sur leurs musettes, d'autres à même la pierre ; une odeur d'iodoforme, de sang et d'humidité suintait de ces murs. De fades et douceâtres bouffées de chloroforme passaient dans l'air. Du réduit où il travaillait, le médecin voyait descendre les blessés fraîchement débarqués des derniers combats. D'abord les gros souliers informes, chargés de paquets de glaise jaune, qui frappaient en vain le sol pour se débarrasser de la terre tenace, des entrailles de la terre éventrée qu'ils emportaient avec eux ; puis des capotes maculées, déchirées, trempées, raidies par une sorte de carapace de boue, puis des figures creuses que la barbe mangeait jusqu'aux yeux. Quelques-uns bottés, casqués, masqués de boue apparaissaient comme des blocs informes de limon en marche ; il y en avait dont chaque poil de la moustache était enfermé dans une gangue de glaise. C'était le lieu de la guerre où l'on ne distinguait plus les cadavres des siens de ceux de l'ennemi – la boue les recouvrait du même linceul.

On descendait des civières ; on posait sur des étais de bois qui servaient de tables d'opération des corps saignants, pantelants, gémissants ; on les installait sur le sol quand sur les étais la place manquait. Il y avait un coin qu'on avait fermé d'un paravent improvisé – une bâche de toile jetée sur deux râteaux de fer découverts dans le jardin et fichés dans le sol : c'était la chambre mortuaire.

Les premiers temps, ce qui fatiguait le plus le docteur, c'était ce mouvement incessant autour de lui, tous ces visages inconnus qui passaient, reparaissaient, disparaissaient, une cohue, une foule où se mêlaient soldats français et prisonniers allemands, des blonds, des bruns, les traits défaits des mourants, les pâles figures étonnées des enfants blessés pour la première fois qui tâchent de crâner, de porter beau, de sourire, les paysans qui font : « Hou-là ! Hou-là ! » et geignent et semblent vouloir arracher de leurs corps leur mal comme s'ils retiraient un soc de charrue enfoncé hors du champ embourbé – les faibles qui pleurent comme des femmes, les silencieux, les courageux, les lâches et ceux qui disent sans pudeur : « Veine alors ! C'est fini pour moi » lorsqu'ils ont la « bonne blessure », et même ceux qui, comme dans les journaux destinés à alimenter le patriotisme des foules, murmurent en pâlissant de douleur : « Bah, c'est pas grand-chose ! On va pouvoir remettre ça. »

Combien il en avait vu ! Ses courts sommeils eux-mêmes étaient peuplés d'une foule innombrable. Il s'endormait et il rêvait qu'il était pressé de tous côtés par des inconnus, qu'ils entravaient ses pas, qu'ils lui saisissaient les mains, qu'ils lui soufflaient au visage une haleine à l'odeur de tabac et de gros vin, qu'ils tendaient vers lui des moignons sanglants, qu'ils l'appelaient, qu'ils pleuraient. Il les repoussait avec douceur, mais ils se cramponnaient à ses vêtements et chacun voulait l'entraîner vers soi. Ils le tiraient par-derrière et le faisaient trébucher et tomber. Puis ils le piétinaient avec leurs gros souliers comme dans une charge. Ils criaient, et le son aigu et déchirant de leurs voix éveillait le docteur. Il se retrouvait alors entouré de blessés gémissants et se remettait à la besogne.

Il pleuvait. La pluie tombait dans les tranchées, dans les champs creusés de cratères, sur les cadavres gris ou bleu horizon, sur les ruines. Elle transformait le sol en marais fétide. Elle finit par crever les égouts encore intacts et toute l'eau se précipita dans la cave. Elle jaillit du soupirail, s'écoula en cascade, éclaboussa la civière où on venait de déposer un homme dont les deux jambes étaient arrachées. La lumière s'éteignit. En même temps, l'escalier de la maison fut inondé. Avec des cris, des plaintes, des jurons, les soldats légèrement blessés se précipitèrent au-dehors. C'était la nuit. Les bombes tombaient. Parfois une fusée venant des lignes ennemies demeurait un instant dans le ciel comme une étoile, puis tombait et éclairait un pan de mur écroulé et les yeux jaunes d'un chat errant parmi les pierres. On évacua la cave. Avant de s'y décider, le docteur demeura un moment immobile, la tête inclinée et l'air pensif comme lorsqu'il fallait se résoudre à une opération : le spécialiste « nez, gorge, oreilles » s'était, sous la pression des circonstances, mué en chirurgien dans les cas urgents. Un instant il eut l'idée de faire puiser l'eau avec des bouteillons et des seaux de toile, mais elle montait toujours.

Il s'occupa donc de faire partir les hommes ; les

valides soutenaient les autres ; les brancardiers portaient les civières. L'homme aux jambes arrachées fut porté le premier hors de la cave. On monta l'escalier avec de l'eau jusqu'à mi-cuisses. On traversa la maison. Il y avait une chambre intacte, une belle chambre à coucher, avec un grand lit en acajou orné de cols-de-cygne et des draps fins arrachés qui pendaient jusqu'à terre.

Dehors Martial put organiser tout son cortège qui partit vers l'ambulance la plus proche. Le chemin fut périlleux sous les balles et les obus. La nuit finissait lorsqu'ils arrivèrent ; on voyait, au-dessus d'un champ bouleversé, paraître une ligne de feu : c'était l'aurore de novembre, un aigre matin rouge où volaient les corbeaux.

Martial avait marché les yeux fixés sur la civière ; c'était le plus atteint de tous ces hommes et il aurait voulu le sauver ; il espérait pouvoir le faire. Le blessé était un paysan, grand, gros, lourd, fort. Il ne parlait plus ; il avait fixé sur Martial un regard farouche et plein d'un espoir qui faisait mal, puis il avait serré les dents et fermé les yeux. Il n'était pas évanoui. Il ne poussa pas un cri quand l'eau sauta jusqu'à lui. Il s'était laissé emporter sans un gémissement. Maintenant il avançait, oscillant sur un brancard, entre les deux porteurs. Martial avait eu le temps de lui faire une piqûre de caféine avant le départ, sur le seuil.

A l'ambulance, il fit l'appel de ses hommes ; quand la civière passa près de lui, il se pencha et écarta la couverture qui couvrait le visage du blessé :

– N. de D. ! Mais ce n'est pas lui !

C'était un autre, un petit chafouin, jaunâtre, qui,

dès qu'on s'approcha de lui, commença à gémir d'une voix haute, aiguë, insupportable. Il avait le fémur cassé.

– Mais, bon Dieu, où est l'autre ? cria Martial.

Les deux porteurs se regardèrent, effarés : ils s'étaient trompés de patient. L'homme aux jambes arrachées que le docteur avait reposé sur son brancard après lui avoir fait une piqûre avait dû être oublié dans le poste de secours ; il agonisait sans doute dans la maison abandonnée.

Martial écumait de fureur. C'était encore un trait nouveau en lui, né de la vie militaire, cette colère qui s'emparait si facilement de son âme. Si courtois, si timide dans le civil, il se laissait aller, depuis qu'il était soldat, à des éclats de rage qui, dès qu'ils étaient passés, lui inspiraient à la fois de la honte, du remords et une sorte de fierté. Même le plus doux des hommes ne déteste pas faire trembler ses semblables, et les deux brancardiers tremblaient en l'écoutant, en regardant ses poings brandis, des poings frêles au bout de longs bras maigres :

– Triples brutes ! Crétins... Mais vous êtes donc les derniers des c... ?

Il leur jeta à la face toutes les injures qu'il connaissait et en inventa d'autres :

– Maintenant, il va falloir aller le chercher, conclut-il.

– Le chercher ? Ah, mince alors, protestèrent les soldats : mais il fait jour !

Martial ne voulait rien entendre : il lui fallait son blessé. Il se rappelait ce regard levé vers lui, ce regard d'un homme qui remettait entre ses mains sa vie, précieuse et unique. Un homme si brave ! Un homme qui n'avait ni geint, ni hurlé, ni crâné, qui avait souffert dignement, silencieusement... Un homme, quoi ! Et c'était justement celui-là qu'on abandonnait.

Avec les deux brancardiers, il reprit la route. Un obus éclata ; Martial roula à terre. Quand il se releva, il était sauf, mais les soldats avaient disparu ; la civière était demeurée sur le chemin et comme on ne voyait pas trace des hommes, Martial pensa qu'ils s'étaient sauvés. Il secoua machinalement sa capote pleine de terre et reprit sa marche, tantôt rampant, tantôt avançant, la tête et les épaules courbées, comme lorsqu'on s'oppose à une tempête violente. Naturellement, il pleuvait. A travers le fracas des obus et le sifflement des balles on entendait le grondement d'une rivière proche qui, grossie par les pluies, débordait et roulait en torrent quelque part dans la brume.

Enfin Martial aperçut les premières maisons du village, ce qui en restait du moins. Dans le brouillard semblait flotter une fontaine au milieu d'une vapeur d'eau. Une ferme écroulée laissait debout un portail béant, solitaire, sorte d'arc de triomphe ouvert sur des ruines. Martial s'orienta. Voici la maison ; voici la douce figure mystérieuse de femme sculptée dans la pierre ; une eau grise clapotait autour d'elle.

– Quel bonheur que ces deux ânes bâtés aient eu le temps de le sortir de la cave, pauvre type, songea-t-il. Mourir pour mourir, autant vaut que ce soit hors de la flotte. Mais il ne mourra pas. Il avait un air têtu, costaud.

Il entra dans la maison. Presque aussitôt il se heurta contre le grand corps mutilé, étendu sur sa civière, la tête rejetée en arrière, les joues sans une goutte de sang. Mais il vivait. Il regardait. Il le regardait ! Martial lui saisit la main :

– Ben quoi, mon vieux, mon pauvre vieux, on t'a salement plaqué ? Mais je suis là, tu n'es pas oublié... Ne t'en fais pas, je te guérirai, va... balbutiait-il, tandis que le blessé souriait ; du moins une crispation légère des lèvres fit comprendre à Martial que l'homme aux jambes arrachées s'efforçait de sourire.

– Des brancardiers vont venir nous chercher, se dit le médecin. Mes deux gaillards sont rentrés à l'heure qu'il est, et on va envoyer quelqu'un.

Si le défilement des routes le permettait, les brancardiers venaient en plein jour prendre les blessés pour les conduire aux ambulances. Autrement il faudrait attendre la nuit, mais elle viendrait vite en cette saison. Par cette pluie, bientôt tout ne serait que ténèbres, clapotement de l'eau dans l'ombre, bataille aveugle et sourde – une sécurité relative, malgré tout.

– On va rentrer tous les deux, hein, mon petit gars ?

Il lui parlait presque avec tendresse ; il éprouvait pour ce soldat quelque chose de paternel, une pitié virile, robuste et agissante que personne jusqu'ici ne lui avait inspiré. Il refit son pansement, lui donna à boire, attendit.

Mais personne ne venait.

– Si tu n'étais pas si gros, on se débrouillerait tous les deux, hein ? Mais je ne peux pas te prendre sur mon dos... tu vois ça d'ici... la puce et l'éléphant, plaisanta-t-il. Qu'est-ce que tu faisais dans le civil ? Paysan ? Vigneron, hein ? T'as une tête de vigneron. On serait mieux chez soi à siffler un petit vin blanc ?

Il lui parlait sans attendre ni désirer de réponse,

pour lui-même autant que pour le blessé, pour s'étourdir, pour faire passer le temps.

Le bombardement ne cessait pas. Par moments, une véritable convulsion secouait les ruines. Depuis longtemps il ne restait plus un carreau aux fenêtres ; la pluie et le vent entraient librement dans la pièce. Tout à l'heure, à la nuit, il sortirait et trouverait du secours ; il savait que ces ruines, qui semblaient désertes, s'animaient à la fin du jour. Soldats revenant des premières lignes, blessés, brancardiers surgiraient de ces pierres.

L'homme et lui se trouvaient dans la chambre à coucher, près du lit aux cols-de-cygne ; les murs étaient tapissés d'un papier jaune parsemé de fleurettes ; il y avait, sur la cheminée, une lampe à abat-jour à ramages, des photos encadrées au-dessus et, dans un coin, un guéridon d'acajou à pied de bronze. Malgré tout c'était réconfortant de se trouver entre quatre murs, sous un toit. Il fallait oublier certaines choses, naturellement – les vitres éclatées, le plafond écroulé par places, le plâtre et les gravats sur le tapis, la cave inondée, les détonations sourdes et profondes. Mais avec un petit effort d'imagination et en tenant son regard fixé sur ce grand lit – il souleva les draps qui traînaient, les arrangea, borda le matelas épais et doux – on se sentait presque heureux.

– Quand la guerre sera finie, quand je serai vieux, quand j'aurai pris ma retraite, Thérèse et moi...

Il n'acheva jamais sa pensée ; elle fut coupée comme au couteau par un éclair aveuglant : un obus de 105 avait éclaté dans la chambre du poste, tuant Martial sur le coup. Toute une partie du plancher, enfoncé, écrasé, effondré s'abîma dans la terre, entraînant le cadavre avec lui. Mais le blessé sur sa civière ne fut pas atteint. Retrouvé un peu plus tard par une section qui venait d'être relevée et qui quittait les premières lignes pour aller au repos, transporté à l'ambulance, amputé des deux jambes, il vécut et vit encore.

6

Bernard, blessé, marchait sur une route qui, dès les
bords de l'Aisne couverte de cadavres, fuyait vers
l'arrière. Le mouvement des hommes, des chevaux,
des camions, des canons, les files de réfugiés traînant
leurs charrettes pleines de meubles, les femmes atte-
lées aux brancards, jusqu'à ces tronçons d'arbres nus,
morts depuis quatre ans, décapités par les obus ou
empoisonnés par les gaz que le vent de l'automne ou
celui de la mitraille avaient violemment courbés dans
le sens de la déroute – tout semblait fuir.

La VIᵉ armée française avait été attaquée du nord
de l'Aisne à la Montagne de Reims par les VIIᵉ et
Iʳᵉ armées allemandes. L'ennemi avait franchi la
rivière ; il parvenait jusqu'à la Vesle. On disait vers le
soir du 28 mai que la ligne de la Vesle était rompue,
que les Anglais se retiraient, que Soissons était perdu.
De tout cela, Bernard ne savait rien. Il avait été blessé
au début de l'attaque. Maintenant, avec un groupe
d'hommes, tous atteints dans les derniers combats, il
cherchait le poste de secours. Mais celui-ci n'existait
plus, détruit par l'artillerie ou submergé par les vagues
de l'avance ennemie. On dit à Bernard qu'il fallait aller
plus loin. On le repoussa lorsqu'il voulut monter dans

un camion : il y avait trop de blessés. Il avançait, les yeux aveuglés d'une sorte de nuage de sang ; il avait l'épaule déchirée et un éclat d'obus dans la joue.

De chaque côté de la route, ou plutôt de la piste formée dans la route détruite, s'étendait une plaine dévastée, creusée, fouillée, bouleversée, un chaos de pierraille, de glaise jaune et gluante, de trous d'obus, de croix (elles-mêmes brisées, tombant les unes sur les autres, trouées de balles, arrachées par l'artillerie), de boîtes de conserve vides, de casques, de bottes, de lambeaux de vêtements, de débris de fer et de bois. Par places on voyait un pan de mur encore debout, ou trois pierres, ou une légère élévation de terrain, une butte de gravats — et c'est tout ce qui restait d'une maison, d'un village, d'une église. Ailleurs des tanks culbutés, à demi enlisés, tendaient vers le ciel des débris d'acier, le tout voilé de poussière. C'était la cohue des grandes journées de guerre, une marée roulante faite des charrois de trois armées. Les caissons de munitions, les lorries, les fourgons de vivres, les autos d'ambulance, les camions chargés d'essence, de troupes ramenées en arrière, vers de nouvelles positions, coulaient autour de Bernard comme un fleuve gris de fer. Les mines avaient crevé le chemin ; des ponts de madriers étaient jetés sur les entonnoirs.

Par moments toute la file s'arrêtait devant un véhicule renversé qui barrait la route, dans un embouteillage tragique, sous un violent feu d'artillerie. Par moments surgissaient des troupeaux de bêtes suivies par les villageois en fuite ; éperdues, mugissantes, folles, les vaches fonçaient contre les camions ou s'échappaient dans les champs.

C'était une journée de feu, un printemps étouffant. Les hommes marchaient dans la poussière, l'avalaient, la crachaient ; elle se mêlait à leur sueur et à leur sang.

– Mon Dieu, mon Dieu, pensait Bernard en avançant comme dans un rêve, tantôt remontant sur la route, tantôt retombant dans cette étendue de terre convulsée, mon Dieu, faites que j'en sorte, que j'en voie la fin !... que je me repose...

Il avait vingt-deux ans. Il avait eu dix-huit ans à la déclaration de la guerre, dix-neuf ans dans l'Argonne, vingt ans dans un hôpital de Marseille, vingt et un ans sur les sommets du Mort-Homme. Il avait vieilli sans avoir eu le temps de mûrir ; il était semblable à un fruit hâtif dans lequel, mettez-y les dents, vous ne trouverez qu'une chair dure et âcre. Quatre ans ! Il était fatigué.

– Je veux me reposer, murmura-t-il avec une obstination douloureuse, parlant tout seul dans la poussière, je veux me reposer, pas seulement aujourd'hui, mais toujours, pour toujours. Je ne veux pas mourir, mais fermer les yeux et me fiche de tout. Qu'on avance, qu'on foute le camp, qu'on soit vainqueurs ou battus, je m'en fous, je ne veux plus rien savoir. Je veux dormir.

Mais, parfois, quand il retrouvait un peu de forces, il pensait :

– Non ! je ne me reposerai pas toujours. Qu'on me laisse seulement sortir de là et je jouirai de tout ce qui m'a été refusé. J'aurai de l'argent, des femmes, je jouirai, quoi...

Jamais il n'avait ressenti cela auparavant. Les premières années de la guerre il avait été grave, austère, avec des bouffées de gaîté juvénile, mais tendu tout entier par une volonté héroïque de durer et de vaincre. Peut-être avait-il trop présumé de ses forces ? Physiquement, il était robuste, résistant à la douleur et à la fatigue, devenu homme enfin, large d'épaules, droit, vif, alerte. Moralement, il avait été atteint d'une blessure que rien désormais ne pourrait guérir, qui irait s'élargissant chaque jour de sa vie : c'était une sorte de lassitude, de brisure, un manque de foi, la fatigue et un furieux appétit de vivre. « Mais vivre pour moi seulement, pour moi. Je leur ai donné quatre ans », songeait-il, et dans ces mots il sous-entendait tout un univers hostile acharné contre lui – chefs, ennemis, amis, civils, inconnus et sa propre famille. Les civils, surtout ! ceux-là... C'était le moment où l'arrière avait jugé que c'était assez de sacrifices, assez de pleurs pour du sang que l'on ne pouvait ni racheter, ni empêcher de couler. Les mercantis, les politiciens, les profiteurs de tout genre, les ouvriers gâtés par les hauts salaires vivaient pour eux-mêmes et laissaient le front panteler, saigner et mourir. « Et pourquoi ? C'est inutile, songeait Bernard : personne ne vaincra. Tout le monde est à bout. Chaque pays finira par se retrouver sur ses frontières, vidé, épuisé, mourant. En attendant, les civils vivent. Nous pourrissons dans des trous », songeait-il encore, les nuits de tranchées, les nuits de faction ou à l'instant qui précédait l'attaque : minutes sinistres, inoubliables.

Il y songeait aussi sur cette route, parmi tous ces soldats qui se hâtaient comme lui, qui souffraient comme lui. Personne ne pouvait l'aider. Personne ne pouvait alléger sa croix.

– C'est lourd, soupirait Bernard dans une sorte de

délire et chancelant sous le poids du barda qu'il portait encore sur son épaule meurtrie. Pauvres types ! comment pourraient-ils m'aider ? Il y en a de plus atteints que moi. Moi, moi... Mais je ne suis rien. Ma vie ou ma mort ne signifient rien. Ce sont des bobards de civils : « Les héros, la gloire... donner son sang pour la patrie... » En réalité, on n'a pas même besoin de moi. Il faut des machines pour la guerre moderne. Tout un bataillon de héros serait avantageusement remplacé par une machine blindée, perfectionnée, qui, sans patriotisme, sans foi ni courage, anéantirait le plus possible d'ennemis. Et cela, les civils le sentent. Ils répètent encore pour la forme qu'ils nous aiment, qu'ils nous admirent, mais chacun d'eux pense et sait que nous ne sommes rien et qu'une machine aveugle est plus précieuse que nous. C'est cela qui est grave. On était des hommes... Puisqu'on ne peut pas devenir une machine, puisqu'on n'est plus un homme, on se sent rétrograder jusqu'au sauvage, jusqu'à l'animal. Qu'est-ce qu'on dit ? « Faut pas chercher à comprendre. Faut pas penser. » Faut s'abrutir, quoi ! Faut être ça, dit-il en regardant un cheval crevé.

Ils bordaient les deux côtés de la route, ces cadavres aux longues dents, chevaux blessés, chevaux fourbus, chevaux éventrés par un éclat d'obus, ce qui restait d'un régiment anglais en déroute. Quelle confusion de races, de sang et de langages autour de Bernard ! Il vit des Ecossais, des Hindous, des Noirs, des prisonniers allemands. Tous ces visages si divers portaient la même expression : une sorte de rictus de fatigue qui donnait à ces jeunes visages l'apparence de la mort. L'enfer... Et à quelques kilomètres de là, à Paris... « Non ! Paris est bombardé, ils souffrent aussi... Mais plus loin, dans des villes... à Cannes... Ou dans de belles maisons fraîches, à Genève... à Madrid... aux Etats-Unis, des jeunes gens qui ne s'en font pas, des gens qui se baignent dans la mer, qui boivent des punchs glacés... Oh, manger une glace... Le soleil sur une blessure, quel supplice ! Et le soleil sur un casque... Ma cervelle bout. Qu'est-ce que papa disait à ma dernière permission ? "Ils ne seront pas difficiles, ceux qui reviendront. Ils se contenteront de peu !" Quelle erreur ! Mais tout ce qu'ils disent est bête, songea-t-il encore avec rancune. Bête, bête, bête... »

Il trébucha, sentit qu'il perdait pied : le sang avait crevé le pansement appliqué à la hâte par un infirmier au moment de la bataille ; le sang chaud coulait sur lui, et il ne savait plus si cette fade et puante odeur d'équarrissage montait des chevaux morts ou de lui-même. Il tomba, puis se dit : « Personne ne me portera, pas ? Alors, marche ou crève, mon petit vieux. » Il se releva avec un effort surhumain, avança encore. Un petit groupe de blessés venait derrière lui, chacun serrant les dents, chacun traînant ses jambes lasses. Puis une civière avec un blessé, puis une autre avec un mort. Puis des nègres qui roulaient de gros yeux effarés. Puis des soldats gris aux longues capotes. Puis un Hindou monté sur un petit cheval noir. Puis encore des camions, des chars et des canons. Bernard avançait toujours...

7

La guerre durait ; un canon à longue portée tirait sur Paris ; les Alliés se préparaient à « trois, dix, vingt ans de guerre, s'il le faut », mais tous savaient que la paix allait venir. On ne pouvait imaginer comment elle viendrait, quel serait son pas, sournois et feutré de diplomate ou l'arrogante démarche du guerrier vainqueur ? Quel serait son nom ? Paix blanche, victoire ou défaite ? Mais à des signes mystérieux on sentait son approche. On répétait par habitude : « Il n'y a pas de raison pour que ça finisse. Ça finira quand on sera tous morts », mais par-ci, par-là une voix encore timide insinuait : « Tout de même, ça ne peut pas durer éternellement. Ça finira par la force des choses. » – Quelle force ? Quelles choses ? Mais ici, les gens prenaient peur, battaient en retraite, murmuraient : « Ça finira parce que tout finit. » Des jeunes, brutalement, lançaient : « Ça finira parce que tout le monde en a assez. » C'était un concert de protestations : « Paniquard ! Défaitiste ! Vous n'êtes pas un vrai patriote. » Mais ce n'étaient que des mots : la vérité était là. On en avait assez. On était étourdi du tumulte des armes, saturé de gloire et de sang.

Mme Pain rentrait de chez la fruitière, déchargeait son sac plein de légumes sur la table de la cuisine et annonçait :

– Il n'y en a plus pour longtemps, maintenant. Il n'y a qu'à attendre !

– Mais elle peut se permettre la patience, pensait Mme Jacquelain, le cœur déchiré d'angoisse. Elle n'a personne là-bas.

Elle était finie, l'union sacrée des premiers jours, quand chacun souffrait pour tous, quand la gloire et le deuil étaient équitablement partagés entre tous les Français. Au bout de quatre ans, chacun avait son destin à lui, et il ne se confondait pas avec celui de la France. Thérèse était veuve, mais depuis si longtemps, après avoir été mariée pendant si peu de jours qu'elle ne pouvait pleurer Martial comme un époux, mais plutôt comme un frère ; elle lui gardait un souvenir tendre et fidèle, avec ces bouffées de regret poignant où on se dit : « S'il avait vécu... » Mais ni elle, ni personne ne considérait que sa vie était finie parce que Martial était mort. On parlait de lui, son portrait se trouvait à la place d'honneur, dans la salle à manger : une photographie encadrée, ornée d'une rosette tricolore et d'un nœud de crêpe. Il était représenté en uniforme ; il semblait plus grand, plus imposant que dans la réalité ; il avait redressé le cou devant l'objectif, refréné l'habitude qui le poussait à tirailler sa barbe ou à frotter ses yeux las... Il regardait devant lui avec une expression étrange, sage, attentive, douce, mais où se lisait une froideur à peine perceptible, une sorte de détachement, comme si dès ce jour, dans ce village de l'arrière où on l'avait photographié une semaine avant sa mort, il avait dit adieu pour toujours au monde. Tous les jours Thérèse mettait des fleurs fraîches devant ce portrait.

Tel était le sort de Thérèse et il ravageait de jalousie le cœur de Mme Jacquelain. Elle était pâle, décharnée, le visage tordu de tics. Elle ne dormait plus, s'alimentait à peine. Dans son lit, elle pensait à Bernard couché dans les boues de la Somme ou dans les sables des Flandres ; en mangeant, elle songeait qu'il avait faim ; en se reposant, qu'il était fatigué ; en lisant les listes des morts, elle se disait : « Demain ce sera peut-être lui. » Quand le fils d'une de ses amies était tué, elle pleurait parce qu'elle voyait son fils à elle sous les traits du jeune mort. Quand, au contraire, elle apprenait qu'un soldat était sauvé, à l'abri, elle reprochait amèrement à Dieu que le sien fût encore – et pour combien de temps ? – en danger.

Bernard se battait dans l'Aisne.

Raymond Détang avait épousé Mlle Humbert, et il s'était arrangé pour rester à Paris.

Les Brun n'avaient plus pour vivre que la pension de Thérèse, « mais pour les fonds russes, je ne m'inquiète pas, disait M. Brun, toujours optimiste : les Russes finiront par payer. Ce sont de véritables amis et quoique je regrette le tsar qui était bel homme, malgré tout je ne suis pas fâché que ces gens soient en République : leur système de gouvernement était arriéré. Je ne suis donc pas inquiet du tout : ils paieront leurs dettes. Mais, en attendant, en attendant, c'est difficile... »

C'était difficile ; on vivait comme avant, mais on ressemblait à des gens qui se sont mis en route par une belle matinée, sous le vent léger, avec des ombrelles et des chapeaux de paille, et qui voient tout à coup le temps changer, la tempête souffler et la pluie mouiller les volants de mousseline.

Tout semblait discordant, défiguré, étrange. Cette guerre qui ne ressemblait plus à celle de 1914, mais, avec ses tanks, ses avions, ses chars, ses soldats masqués contre les gaz, n'était plus que l'industrialisation de la guerre, une entreprise de massacre en série, un travail à la chaîne. Ce Paris qui résonnait de toutes les langues du monde, ces cafés où le Français ne se sentait plus chez lui, ces seigneurs d'énormes fortunes réalisées sur les munitions, sur le ravitaillement, sur les fournitures de guerre, cet écho qui portait aux oreilles françaises, scandalisées, mais curieuses, un murmure de chiffres sans cesse grandissants : « Un million... Deux, dix, vingt millions... Il y a des gens qui gagnent des millions pendant que nos fils... Ce ne sont pas des bons Français... Ce ne sont pas des patriotes, mais... l'argent... » On ne disait pas encore : « Le plaisir... » On n'aurait pas osé. Et d'ailleurs, cela avait semblé de tous temps à la petite bourgeoisie un vocable presque malsonnant. On ne prenait pas de plaisir, on ne s'amusait pas dans un monde « bien », parmi les gens « comme il faut ». Non ! personne n'aurait osé parler du plaisir et, cependant, de bouche à oreille on chuchotait que, à Paris même, sous les bombes, dans certains quartiers, dans des caves qui ne s'ouvraient qu'aux initiés, des militaires en permission, des femmes, des étrangers dansaient le tango et d'autres danses, forcenées, obscènes, qui portaient des noms sauvages, que, toutes les nuits, des Américains saouls cassaient les vitres chez Weber, que des aviateurs, des « as » de guerre, au volant d'une auto lancée à cent à l'heure, montaient sur les trottoirs et écrasaient les femmes. Ces rumeurs étaient bizarres, presque incompréhensibles, sinistres en quelque sorte, jugeait Adolphe Brun. Il y avait quelque chose dans tout ceci qui l'effarait : il ne reconnaissait plus le peuple français. Il avait un langage nouveau qui n'était plus le bon argot des années 1900, mais où pullulaient des termes anglo-saxons ; il avait des mœurs nouvelles et, surtout, certains mots ne provoquaient plus en lui les mêmes réactions qu'autrefois. Les mots les plus sacrés : « Epargne... Honneur conjugal... Virginité... » devenaient peu à peu des termes désuets, presque risibles. Il y avait un tel contraste entre ce qu'on lisait dans les journaux et ce qu'on entendait dans les rues, les métros, les magasins que cela inspirait un malaise analogue à celui qu'on ressent lorsqu'on rêve qu'on est au milieu d'une grande foule et que tout le monde est nu... et soi-même.

Les bombardements périodiques, en revanche, ne le troublaient pas. Il se mettait à la fenêtre en chemise de nuit quand gémissaient les sirènes. Il éprouvait de ces alarmes une sorte de fierté. C'était de l'histoire, quelque chose de déjà vu, de déjà connu en lui par toute une race, un danger noble.

Thérèse était infirmière, ainsi que Renée Détang. Les deux femmes travaillaient dans le même hôpital. Renée sortait souvent avec de jeunes soldats américains et riait avec mépris lorsque Thérèse refusait de la suivre :

– Que tu es bourgeoise, que tu es popote, ma pauvre fille ! Et pourtant, tu es libre. Moi...

Elle regardait dans la petite glace de son sac son délicieux visage au nez de chat, aux longs yeux verts ;

de petites boucles d'un or métallique et dur s'échappaient du voile :

– Moi, j'estime que la vie est courte et qu'il faut en profiter. Je ne fais rien de mal.

– Non ?

Lorsque Thérèse se moquait de quelqu'un, ses yeux pétillaient et son visage rond, au nez retroussé, prenait une expression candide et hardie.

– Je m'amuse, dit Renée.

– J'avais bien compris. Tu me dégoûtes.

– Tu crois que c'est drôle, une vie comme la tienne ? L'hôpital, puis à la maison, frotter les parquets à la paille de fer ? Fourbir des casseroles ? Pourquoi ? Tu n'as pas de mari. Confectionner un joli col pour mettre sur ta robe d'uniforme, le dimanche ? Pourquoi ? Tu n'as pas d'amant. Tu n'es donc jamais tentée, Thérèse ?

– Non, fit Thérèse à voix basse. Non, jamais.

La tentation flottait autour d'une femme dans les paroles qu'elle entendait, dans les paroles qu'elle respirait. Un grand et beau gars en uniforme qui vous sourit dans la rue et on pense : « Demain, il partira. Personne ne le saura. Pourquoi pas ? » Des bijoux, des parfums, des toilettes dans une boutique de la rue de la Paix, quand on a les cheveux imprégnés de l'odeur d'iodoforme et de sang, un uniforme austère, un voile qui cache le front, et peu d'argent. Lorsqu'on est marraine de guerre, lorsqu'on a choisi un paysan qui écrit à la Noël : « Je vous remercie bien, ma chère bienfaitrice, pour le chandail neuf et les pipes. J'ai dit à ma femme combien j'étais gâté... » et que l'on voit son amie sortir avec des Américains... Tentation, et la plus dangereuse de toutes... regretter l'amour quand le mari n'est plus... Mais ce n'était l'affaire de personne.

– Je ne sais pas ce que tu veux dire. Je suis toujours occupée, je ne m'ennuie jamais. Frotter les parquets ? Eh bien, j'aime cela ! J'aime une armoire qu'on a bien cirée et qui brille, le parfum d'un civet que l'on a mis longtemps à cuire, un chapeau neuf que l'on copie d'un modèle pour Américaines avec deux fleurs et un ruban.

– Tu ne retrouveras pas un mari en restant entre quatre murs.

– Je ne cherche pas de mari. Mais, dis-moi, le tien ? Il ne voit donc rien ?

– Il ne voit rien. D'ailleurs, il n'est pas jaloux.

– C'est drôle. Moi...

– Tu serais jalouse, Thérèse ? Bah, retenir un amour de force, ça n'en vaut pas la peine.

– Oui, mais moi, j'aime me donner de la peine.

– Comme pour le civet et pour le chapeau ?

– Exactement. J'aime me donner du mal. J'en retire du plaisir. Quand j'aimerai...

– Tu aimeras donc ?

– Pourquoi pas ? J'ai vingt-deux ans et j'ai été mariée deux mois. J'ai sincèrement pleuré mon mari. Je l'aimais bien, mais je n'ai jamais été amoureuse de lui. L'amour... Mais ce que tu appelles l'amour me fait honte et un peu peur.

– Il n'y a pas d'autre amour en 1918, dit Renée en se levant.

Elles se dirent adieu. Elles avaient attendu sous une porte cochère que la pluie cessât. Elles se séparèrent. C'était une journée étouffante. La courte averse avait à peine mouillé la poussière. Voici qu'elle se soulevait de nouveau, qu'elle voilait l'air et qu'à travers elle, étincelaient les derniers rayons d'un soleil tout rouge. Un énorme officier américain, écrasant contre lui une petite bonne femme ronde qui lui arrivait jusqu'à la ceinture, passa, et, derrière lui un autre qui, en regardant Thérèse, fit avec ses lèvres le bruit d'un baiser. Comme elle détournait la tête, il sortit ostensiblement de sa poche une poignée de billets froissés et mêlés : billets de mille francs et de cent francs, une vile monnaie au cours du change. Autour de la place du Champ-de-Mars, près de la tour Eiffel, des marchands de tapis orientaux, des vendeurs de cacahuètes et de cartes postales obscènes guettaient les clients. Une bande de collégiennes croisa Thérèse ; les jeunes voix pépiaient :

– Ce qu'on a rigolé hier dans la cave. C'est fou !

Des filles qui portaient des voiles de deuil et des bas roses rôdaient. C'était la guerre. On avait été bombardé toute la semaine. On le serait encore peut-être. Les Allemands avançaient toujours. C'était la guerre. Cette plaie sur le grand corps du monde avait fait couler des flots de sang généreux. Maintenant on pouvait deviner déjà qu'elle se refermerait difficilement, que la cicatrice ne serait pas belle.

8

Le petit sera heureux, pensa Mme Jacquelain en
sortant du cirque où elle venait de louer une loge
pour la représentation du soir. Une folie... tout était
si cher. Tant pis ! Bernard, en congé de convalescence
après avoir été blessé dans la bataille de l'Aisne, Bernard, pour son dernier soir à Paris, méritait d'être
gâté.

– Comme il va être content. Il aimait tant le cirque.
Combien de fois j'ai dû batailler avec son père pour
qu'il me permette de prendre Bernard au spectacle,
songea-t-elle. Mais les papas sont sévères. Le travail
et le plaisir ne vont pas ensemble, disait-il. Pauvre
petit... Toujours le premier de sa classe. Mais pour
les vacances de Noël et pour les vacances de Pâques,
ça, j'étais intraitable : une matinée au théâtre deux
fois par an, je lui payais ça, à mon Bernard. Quelle
joie ! Il en rêvait huit jours à l'avance. Les belles
matinées classiques du Français... Sa petite figure
toute pâle, toute crispée en regardant la scène :
« Maman, que c'est beau ! "Que vouliez-vous qu'il
fît contre trois ? – Qu'il mourût !" C'étaient des
hommes, ça, maman ! » Il a toujours eu de si beaux
sentiments. Et le cirque ! Les chevaux ! Il aimait tout

ce qui piaffe, tout ce qui caracole, le bruit, les lumières. Je trouve que cette blessure l'a fatigué, se dit-elle encore. Il n'est pas... il a bien changé. Je ne peux pas dire en quoi, mais ses manières, ce qu'il dit... Il n'a plus cette spontanéité si gentille... Mais, naturellement, j'oublie que c'est tout à fait un petit homme maintenant. Quoique vingt-deux ans, songea-t-elle avec une douce indulgence, comme elle avait songé : « Huit ans. On coupe ses boucles, mais c'est encore un bébé » et « Quinze ans, il a beau faire l'homme, on lui presserait le nez, il en sortirait encore du lait. » Oh, la fin, la fin, la fin de la guerre ! Qu'on lui rende son petit, son enfant, vivant, avec une toute petite blessure de rien du tout, juste assez pour verser des larmes de fierté, pour le dorloter : « Ne te couche pas si tard... Ferme ta fenêtre... quelle imprudence, tu oublies donc que tu as été blessé ! » Oui, qu'on lui rende son petit et que la vie d'autrefois recommence. Lui avec ses livres, dans la salle à manger, sous la lampe, elle lui tricotant des chaussettes. Il aurait beaucoup à travailler pour rattraper le temps perdu. Elle était ambitieuse pour lui. « Mais ce n'est pas possible qu'on soit aussi sévère aux examens, se dit-elle avec indignation, pour ces pauvres gamins qu'on a envoyés au front, que pour les autres. Ils passeront tous, avec les félicitations du jury ! » Il entrerait premier dans une grande école, enfin, un des premiers... et après, oh, après ! Il gagnerait bien sa vie. Il se marierait. Il aurait des enfants. Le paradis...

— Mais ce n'est pas tout, ça, pensa-t-elle en s'arrêtant sur le trottoir. Voyons, il reste deux places dans la loge. J'inviterai Thérèse et sa grand-mère. Qu'est-ce que je mettrai ? Il faut faire honneur à mon poilu. Ma robe de taffetas mauve avec le camée de tante Emma. Nous dînerons de bonne heure, parce que les métros sont pleins.

Affairée, joyeuse, elle courut derrière l'autobus qui déjà s'éloignait :

– Il faut que je passe chez les Brun inviter ces dames, se dit-elle.

Thérèse accepta avec plaisir, heureuse à la pensée de revoir le jeune soldat. On s'était donné rendez-vous au cirque même, devant l'entrée, délicate attention de Mme Jacquelain qui s'était dit : « Il faut que ces messieurs paient l'ouvreuse et les programmes en arrivant. C'est une dépense, mais c'est plus galant. »

Thérèse avec sa grand-mère attendait dans la foule et cherchait du regard le bel adolescent en uniforme qu'elle avait vu, pour la dernière fois, pendant sa permission en 1915. Car, depuis, très prise à l'hôpital, elle n'avait pu le rencontrer pendant les séjours qu'il faisait à Paris. Elle regardait droit devant elle en souriant et, tout à coup, elle poussa une exclamation de surprise : ce grand et maigre jeune homme, avec cette petite moustache brune au-dessus de la lèvre mince, d'une ligne nette et coupante, ce jeune homme aux yeux bruns enfoncés, une cicatrice sur la joue, qui s'avançait entre les Jacquelain, c'était son petit compagnon de jeux, Bernard ?

– Oh, grand-mère, regarde-le...

Mais Mme Pain, très occupée par le mouvement autour d'elle et garantissant des deux mains sa robe de faille noire – c'était celle qu'elle avait confectionnée pour la première communion de Thérèse (Thérèse l'avait retapée, raccourcie, remise au goût du jour) –, Mme Pain ne voyait rien.

On s'installa dans la loge. Thérèse était assise entre sa grand-mère et Mme Jacquelain. Le visage de cette dernière était pâle et préoccupé. Thérèse pensa que c'était le départ du lendemain qui, déjà, gâtait sa joie. Pauvres mères ! Que de larmes, que de nuits sans sommeil pendant quatre ans, que d'angoisses ! Elle pressa affectueusement la main de Mme Jacquelain qui lui dit dans un murmure :

– Je suis bouleversée, Thérèse. Mon mari et Bernard ont eu une scène.

– Une scène ? A quel propos ?

– Eh bien, lorsque je suis rentrée avec ma loge, tout heureuse de faire une surprise à mon garçon, il m'a embrassée et il m'a dit : « Tu es bien gentille, maman, mais j'avais disposé de ma soirée, je devais retrouver des camarades. – Ta soirée ? Ta dernière soirée, Bernard ? – Pas la dernière, je ne pars qu'après-demain, m'a-t-il dit : j'ai resquillé un jour de perme. Oui, ils ont des expressions, au front !... – Dernière, avant-dernière, lui ai-je dit, tout ton temps m'appartient, j'ai trop souffert », et je me suis mise à pleurer. Malheureusement, son père est intervenu. Il n'est pas toujours adroit ; il l'a heurté, et puis...

Elle se tut, le cœur gros, célant la partie la plus importante, la plus douloureuse de l'affaire : Bernard avait eu besoin d'argent ; il était sorti la veille ; il avait joué au poker ; il avait perdu. C'était son camarade de lit à l'hôpital qui, de retour en même temps que lui à Paris, l'avait invité. Bernard avait perdu cinq mille francs. C'était une somme que l'on eût consenti à abandonner pour une opération ou pour lui faire suivre ses études, enfin pour une dépense sérieuse, légitime, raisonnable, mais pour le jeu ! « Un joueur, toi, Bernard ! » Elle avait beau dire à son mari qu'il ne s'agissait que d'un entraînement passager, de mauvaises fréquentations, « papa » n'en avait rien voulu entendre. « A son âge, à vingt-deux ans... Un gamin... Perdre cinq mille francs au poker !... D'abord, qu'est-ce que c'est que ce jeu-là ? Une espèce de baccarat. Mais j'avais quarante ans, moi, quarante ans, et j'étais chauve quand j'ai risqué pour la première fois de l'argent au jeu, cinq francs aux petits-chevaux, à Dieppe. Et, ce soir, c'est là-bas que tu as l'intention de passer ta soirée au lieu de prendre un divertissement honnête avec tes parents et tes amis ? » Et Bernard... Mon Dieu, Bernard... Qu'est-ce qu'ils en avaient donc fait de son bon petit garçon ? Bernard : « J'en ai marre des divertissements honnêtes... » Une expression de voyou ! Elle tremblait de penser à la tournure qu'aurait pu prendre la discussion si elle n'avait eu l'esprit d'intervenir et de rappeler à son mari que les émotions lui faisaient mal à l'estomac. Mais quelle algarade, quelle scène ! « Tu ne respectes pas ton père, mon enfant. Tu sapes les principes de la famille. » Bernard écoutait avec un visage fermé et froid et une sorte de pitié dans le regard. Mon Dieu ! Se disputer lorsqu'il partait le surlendemain vers cet enfer d'où il ne reviendrait peut-être pas ! Elle contemplait l'écuyère qui crevait des cerceaux de papier et ses larmes formaient autour des lumières flamboyantes comme une sorte de prisme, si bien que tout dansait, vacillait et sautait sur la piste.

– Chère madame Jacquelain, ne vous faites pas de soucis, dit doucement Thérèse : ça passera, il a un bon fond, mais que voulez-vous ? Ils ont vu tant d'horreurs, ils ont besoin de spectacles qui leur fassent oublier ce qu'ils ont vu.

– Mais justement, dit Mme Jacquelain en s'essuyant les yeux : qu'y a-t-il de mieux que le cirque pour vous changer les idées ?

– Oui, bien sûr, mais, pour un jeune homme, c'est peut-être un peu... enfantin.

– Mais, alors, que croyez-vous qu'ils font à ces réunions ? demanda Mme Jacquelain avec scandale et une grande curiosité : qu'ils s'enivrent, qu'ils invitent des femmes ? Mais pourquoi ? Je veux dire : pourquoi a-t-il tellement changé ?

Elle se tourna vers Bernard et demanda avec anxiété et la voix palpitante d'espérance :

– Tu t'amuses, n'est-ce pas, mon chéri ? Tu t'amuses bien ?

– Mais oui, maman.

– C'est drôle, songea-t-il, qu'ils ne puissent pas comprendre. Ce cœur secoué pendant quatre ans par des émotions violentes a besoin de battre plus fort qu'autrefois, de battre à un rythme qui n'est plus celui de l'enfance. Le poker... Mais non, il n'était pas joueur. Mais il aimait jeter l'argent. Jeter l'argent ! Aux yeux de ces petits-bourgeois, quel sacrilège ! C'était un goût, d'ailleurs, qu'il ne s'était pas connu avant les dernières permissions. Beaucoup de goûts nouveaux s'étaient éveillés en lui et qui n'étaient pas tous de basse qualité. Les livres, par exemple... Dostoïevski, Marcel Proust, les poésies de Rimbaud et d'Apollinaire. Quelque chose en lui devenait raffiné, exigeant, d'une obscure sensualité. L'argent perdu au poker... son père devrait bien le payer. Il n'avait pas coûté trop cher à ses parents pendant quatre ans. Son père en serait quitte pour acheter moins de remèdes, moins de saletés, voilà tout.

Son père suçait sa moustache d'un air irrité, sa mère pleurait. Mais qu'est-ce qu'ils imaginaient, Seigneur ? Qu'il revenait tel qu'il était parti ? Qu'après quatre ans de guerre il serait aussi naïf, aussi enfant qu'autrefois ? Quatre ans... Il avait le palais corrodé comme par un alcool violent. Tout semblait fade, tout était sans goût. D'ailleurs, rien n'avait d'importance. C'était cela qui creusait un abîme entre ces gens et lui. Ils étaient si terriblement sérieux, les pauvres... Lui... Oh, il ne s'en faisait pas. Tout s'arrangerait, rien n'avait d'importance. On vit aujourd'hui, on meurt demain. Alors, là-dedans, cinq mille francs perdus au poker et la juste colère du père de famille, quelle blague ! Il ferma à demi ses yeux, réprima un bâillement. Pas une femme potable... Les femmes... Ce qu'il avait vu et pratiqué... A l'arrière, dans les hôpitaux, elles étaient toutes à prendre. On disait qu'elles devenaient faciles depuis la guerre. Mais il pensait qu'elles n'avaient jamais été autrement. C'était leur nature : l'homme est fait pour tuer, et la femme pour... Image brutale et simple de la vie. Trop brutale, trop simple ? Abrupte et sans nuances ? Peut-être. Ce n'était pas sa faute. Et puis, on s'en fout... Ses yeux s'abaissèrent sur Thérèse. En voilà une qui devait être aussi accessible... Mais il n'avait pas le temps de commencer l'attaque. Il partait le surlendemain. Il regarda la piste où trottaient de petits chevaux à longue queue. Sa mère se tourna vers lui avec un sourire ravi :

– Tu te rappelles, Bernard, comme tu aimais ça ? Les jeudis de congé, tu te rappelles ?

Il considéra avec froideur le souvenir qu'elle faisait surgir devant lui. Délices de la vie familiale ! Modestes plaisirs de la petite bourgeoisie parisienne ! Les distributions gratuites de gaufres et de sirops d'orgeat dans les grands magasins, les jours de pluie, et, quand il faisait beau, une chaise de fer sur les Champs-Elysées en contemplant les heureux de la terre dans leurs belles voitures. Une convoitise subite le pinça au cœur : « Je ne serai pas toujours sur une chaise de fer, non ? Ah, que je voudrais être riche ! » Là-bas, dans le lieu d'où il venait, ça ne jouait pas. Tous étaient égaux devant la guerre. Mais à l'arrière... Quelle nouba se préparait ! Dire qu'on parlait de régénération et de relèvement moral après les souffrances de la guerre ! Ils ne voyaient donc pas que tous les ressorts étaient détendus, qu'on voulait bâfrer, se saouler, s'en mettre jusque-là. Vainqueurs ou vaincus, ça n'y changerait rien. Avec orgueil ou avec désespoir, on relâcherait la bête, la bête qu'on avait portée en soi et nourrie pendant quatre ans.

Cependant, les clowns jacassaient et les lions rugissaient. Des girls vinrent danser et chanter des couplets patriotiques en anglais pour plaire au public composé d'Anglais et d'Américains dans sa majeure partie. L'orchestre jouait. Les petits chevaux galopaient. La représentation finit.

Mme Jacquelain demanda à son mari de leur offrir du chocolat. Elle tenait à ce que la fête fût complète. Vraiment le petit n'aurait pas à se plaindre : ses parents s'étaient mis en quatre pour lui. « Des divertissements honnêtes. » Voyons, au café du Boulevard... il pourrait boire une petite Bénédictine et regarder les femmes... Ces garçons... Elle hocha la tête et soupira avec une expression d'angoisse et de fierté maternelle. Ces garçons... on ne peut pas les tenir.

On avait perdu Armentières et Soissons ; la Ve armée britannique du général Gough était enfoncée. Des bombes tombaient sur Paris. Mais dans ce café installé dans un sous-sol des Champs-Elysées, il y avait tant de monde que les gens attendaient leur tour pour prendre une table. Les Brun et les Jacquelain attendirent aussi avec la patience souriante et inaltérable du peuple parisien qui n'aime pas payer son plaisir avec de l'argent mais consent volontiers à peiner pour l'obtenir, à faire la queue sous la pluie devant la caisse d'un théâtre, à piétiner dans les couloirs d'un métro, à voyager dans un wagon comble de troisième classe pour passer deux heures au bord de la mer. En même temps, c'était du sport. Il fallait guigner du coin de l'œil une table dont les occupants avaient réglé l'addition, se faufiler entre les groupes et, au nez d'un moins alerte que vous, enlever triomphalement la position. On s'assit enfin ; ces dames demandèrent du chocolat et Bernard un café noir, à la grande déception de Mme Jacquelain qui disait tout bas :

– Mais si, Bernard, mais si, prends donc une Bénédictine...

et, plus bas :

– Papa ne dira rien.

– Mais, maman, la Bénédictine, ça m'écœure, protesta Bernard avec un sourire crispé.

Sa mère se tut d'un air chagrin.

A la table voisine, un militaire se trouvait en compagnie de très belles filles fardées.

– Mais c'est M. Détang ! s'exclama la vieille Mme Pain.

Il l'entendit et se retourna. Plus gras, le teint plus rose que jamais, il avait un retroussis particulier de la lèvre supérieure qui le faisait ressembler à un loup, pensa Thérèse. On disait de lui que c'était un bon garçon, qu'il « ferait son chemin dans la politique ». « Il est à tu et à toi avec des ministres, confiait Mme Humbert. Un garçon de grande valeur, un garçon d'avenir, et l'obligeance même. » Mme Humbert avait insinué à Mme Jacquelain qu'il pourrait, avec ses relations, avec ses influences, faire nommer Bernard à l'arrière, mais le vieux sang français de Mme Jacquelain s'était insurgé :

– Nous ne mangeons pas de ce pain-là, avait-elle répliqué avec hauteur : mon fils ne se fera pas embusquer.

Ce mot avait quelque peu aigri les relations entre les deux dames, mais Raymond Détang avait pour tous le plus cordial sourire, l'accueil le plus chaleureux, cet empressement de l'homme du Midi où la froideur se dissimule comme la glace à l'intérieur de ce dessert appelé « Pêche Melba » : une nappe de chocolat lisse et chaud et, en dedans, une espèce de caillou de givre qui vous fait mal aux dents :

– Thérèse ! Vous avez donc congé à votre sacré hôpital ? Je ne vois plus ma femme, moi... Comment, c'est toi, petit Bernard, comment vas-tu ?

– Pas mal. Et toi ? demanda Bernard, choqué d'être tutoyé et rendant la pareille.

Mais Raymond Détang ne parut pas s'offusquer que ce gamin qui l'appelait quatre ans auparavant « monsieur Raymond » lui dît « tu ». Il répondit avec bonne humeur. D'ailleurs, il avait le tutoiement, la poignée de main et la tirade faciles. Il se lança aussitôt dans une dissertation savante et alerte, faite à très haute voix, des derniers événements de la guerre. Des inconnus l'écoutaient avec respect. Quelqu'un murmura :

– Il est très fort, cet homme-là... Il paraît très informé.

– Mais qu'est-ce que tu fais à Paris ? demanda Bernard.

Détang baissa la voix d'un air de mystère :

– Je suis en mission. Je vais accomplir bientôt un long voyage aux Etats-Unis. Je ne vous en dis pas plus long, mais j'espère contribuer, pour ma modeste part, à forger entre les deux Républiques un lien solide. En effet, la guerre approche de sa fin. Tous le sentent. Il convient, dès à présent, de préparer la paix et des questions politiques et économiques de la plus haute importance doivent être résolues.

– Veinard, grogna le jeune homme : tu vas te payer un beau voyage avec fleurs, fanfares et arcs de triomphe tandis que je reprends après-demain le boulot. « Quelque part en France. »

Raymond le regarda en plissant les paupières. Au coin de ses yeux vifs apparut un lacis compliqué de fines rides jaunes :

– Mon pauvre vieux, va...

Autour d'eux bruissait la foule ; Bernard jetait sur elle des regards à la fois méprisants et curieux.

– Paris est drôle en ce moment, fit Raymond Détang, et il semblait offrir le spectacle à Bernard et aux femmes d'un geste de manager qui montre son troupeau de figurants sur une scène : vous n'avez pas idée de ce qui peut se trafiquer, se fricoter ici. Parfois, c'est à se prendre la tête entre les mains et se dire : « C'est pour ça qu'on fait la guerre ? La Marne, Verdun, nos jeunes morts, c'est pour aboutir à ça ? à cette salade de mercantis, de profiteurs, d'embusqués, de marchands de munitions américains et d'espions bolcheviques ? A côté de ça, c'est vivant, c'est amusant. Ignoble, mais vivant, on ne peut pas dire le contraire. Et quelles occasions ! ajouta-t-il en se penchant à l'oreille de Bernard.

— Comme femmes ?

— Oh, les femmes... on en a trop. Non, des affaires. Ah, mon vieux, si j'avais seulement les premiers fonds...

Il rêva un instant et ses mains – il avait de très belles mains, soignées, expressives, aux doigts frémissants, retroussés du bout, des mains spirituelles et inquiétantes qui juraient, pensa Bernard, avec la rondeur qu'il affectait –, ses mains tressaillirent et s'étirèrent comme tendues vers une proie.

— Tu les trouveras, je suis tranquille, murmura Bernard.

Ils parlaient bas tous deux dans le bruit, tandis que Thérèse demeurait pensive et que les autres, la bouche ouverte, regardaient la foule.

— Mais je ne suis pas un homme d'argent, dit Raymond en reprenant son air narquois et bon enfant. Je suis un vrai fils de France, moi, sensible, généreux, chimérique, toujours prêt à sacrifier ses plus légitimes intérêts pour quelque grande idée. Ainsi, en Amérique, où il pleut de l'or en ce moment, il n'en tombera pas un liard dans mon chapeau. Mon esprit est tout occupé par des combinaisons vastes qui intéressent l'humanité entière... Je n'ai pas, à la lettre, le temps de penser à moi, et c'est dommage, c'est dommage, parce que, je te répète, il y a des occasions, et qu'il ne faut pas mépriser l'argent. C'est un levier puissant, un instrument qui permet de faire beaucoup de mal et beaucoup de bien, s'écria-t-il de sa belle voix grasseyante qui couvrait sans effort le bruit des conversations et le cliquetis des verres et des assiettes. Quand repars-tu, Bernard ? demanda-t-il brusquement.

– Après-demain.

– Mais, dis donc, tu parles anglais, toi ? Est-ce que tu n'es pas un puits de science ? Quand tu étais gosse, tu avais tous les prix. Je m'en souviens, comme je me souviens de tout. J'ai une mémoire étonnante.

– Je parle anglais, oui.

– Oui, mais attention : est-ce un bon anglais courant, commercial, pas du truc, du chou, du temps de Shakespeare ? Enfin, tu pourrais me servir de secrétaire aux U.S.A. ?

– Tu es fou ! Je te dis que je repars après-demain.

– Mon vieux, on peut tout arranger. Il faut partir du principe que rien, ici-bas, n'est impossible. Remarque que je ne promets rien, mais j'ai des relations et une influence...

Il eut un petit rire satisfait.

– Une certaine influence, répéta-t-il. On peut dire que tu as une sacrée veine. Je suis justement à la recherche d'un garçon pas bête qui pourrait me rendre service là-bas, car je n'ai jamais pu – je suis un vrai fils de France – me fourrer dans la caboche le plus petit mot de leurs sacrées langues étrangères. C'est gênant et j'aimerais avoir affaire à quelqu'un d'honnête, de gentil, dans ton genre, quoi, et j'aimerais te rendre service. Ta mère se dessèche en te sachant en danger. Engagé volontaire à moins de dix-huit ans, blessé deux fois, toute la campagne, tu mérites un peu de repos, et elle aussi...

« C'est rigolo, songea Bernard : dire que je n'aurais qu'un geste à faire, qu'un oui à prononcer... Je comprends bien ce qu'il veut. Il doit être à la recherche d'un brave petit imbécile discret pour l'aider dans des fricotages sur les munitions ou sur une commande de chaussures pour l'armée. Ah, les salauds... Les Etats-Unis, la bonne vie, l'argent, les femmes, tandis que nous... »

Il lui sembla en même temps que quelqu'un l'avait giflé. Non, pas même cela ! Qu'un paquet de boue lui avait jailli au visage.

— Je te remercie, c'est impossible, dit-il sèchement.

Le gros homme parut sincèrement surpris :

— Comment, ça ne te dit rien ? Eh bien, je te comprends et je t'approuve, ma parole ! Je ne t'offrais pas de t'embusquer, remarque-le bien, mais de continuer à rendre service à ton pays. Car le pays n'a pas besoin seulement de notre sang, mais de notre intelligence, de toutes nos facultés supérieures. Mais c'est égal, je t'estime, mon petit vieux, c'est beau, c'est crâne, c'est français, quoi ! Ça réjouit mon cœur de patriote de voir un poilu comme ça. Tu es un petit héros.

Il se tourna vers Mme Jacquelain :

— Madame, vous pouvez être fière de votre fils.

— N'est-ce pas ? dit Mme Jacquelain, les yeux humides, tandis que Bernard, furieux, protestait :

— Non ! Assez ! Tu te fous de moi !

– Moi ? s'exclama Détang, et des larmes voilèrent sa voix claironnante. Tu me juges bien mal, mon petit. Crois-tu donc que cela n'élève pas le cœur de voir le spectacle merveilleux que donne en ce moment la jeunesse française ? Tu ne fais que ton devoir, c'est entendu. Nous faisons tous le nôtre. Moi, en m'embarquant sur ces flots incertains pour aller porter à l'Amérique le salut de la République sœur. Toi, en volant aux tranchées. La beauté de ce qui se passe en ce moment en France ressort davantage encore sur ce fond de corruption, de vénalité que je te signalais tout à l'heure. Tu as raison, mon petit, mille fois raison ! Sois un soldat, simplement, ne vois que ta tâche. Laisse-nous celle, plus ardue encore, peut-être, de préparer la paix future et laisse-moi boire à ta santé, conclut-il avec un bon sourire paternel.

Il commanda du champagne et tous burent, après avoir beaucoup protesté. Mme Jacquelain, d'amour, de fierté et d'angoisse sanglotait dans son verre.

9

– Que cet enfant a changé, soupira Mme Jacquelain.

On était rentré à la maison par des rues noires. Depuis une semaine, il n'y avait pas d'alertes, mais tout était préparé pour descendre à la cave – un châle pour M. Jacquelain, ses gouttes de belladone, les économies du ménage, quelques petits bijoux, des souvenirs de famille, tout cela dans une petite valise sur la cheminée, bien en évidence.

Dans la chambre voisine, Bernard passait son avant-dernière nuit sous le toit familial. Ces dernières heures de permission étaient si douloureuses pour la mère qu'elle se disait parfois : « J'aimerais mieux qu'il ne vienne jamais. J'aimerais mieux qu'on ne me le montre pas pour me l'enlever aussitôt. » Et, cette fois-ci, à l'habituelle souffrance s'ajoutait une autre, sourde et étonnée. Vraiment, ce petit était devenu étrange. Elle ne le reconnaissait pas. Elle commençait à se demander si vraiment la fin de la guerre (même au cas où son fils reviendrait vivant), si vraiment la fin de cette guerre marquerait la fin, aussi, de tous ses maux.

– C'était un enfant si facile, soupira Mme Jacquelain.

Elle peigna pour la nuit ses cheveux rares et gris. Elle coucha la vieille chatte Moumoute dans le panier que l'on emportait avec soi à la cave dès que sonnaient les sirènes. Elle fit sa toilette et s'étendit près de son époux. Il ne dormait pas. Dans l'ombre elle entendait ses soupirs, les gémissements sourds et douloureux qu'il poussait quand ses crampes d'estomac le faisaient souffrir. Elle se releva pour lui préparer ses gouttes et une tisane. Il but lentement ; sa longue moustache jaune pendait dans la tasse ; il la suça d'un air pensif :

— C'est le chocolat qui t'a fait mal, dit Mme Jacquelain.

Il fit signe que non, médita et, tout à coup, s'écria avec éclat :

— C'est tout de même inouï que ce gamin me soutire cinq mille francs pour des dettes de jeu, qu'il vienne m'annoncer avec la dernière insolence que son parti est pris et qu'après la guerre il ne reprendra pas ses études, qu'il me parle sans tendresse, sans respect...

— Papa !

— Sans respect, je te dis ! Dès que j'ouvre la bouche pour exprimer mes considérations sur la marche des événements – des considérations, mon Dieu, qui valent bien les siennes et que je retrouve d'ailleurs, sous une autre forme, dans mon journal, sous la plume des meilleurs auteurs – ce... ce morveux me tient tête et c'est tout juste s'il ne m'impose pas silence ! C'est tout de même inouï d'avoir à supporter ça de son propre fils et de ne pas pouvoir le calotter...

— Papa, je t'en prie, tu te fais mal !

— ... Le calotter, sous prétexte qu'il a vingt-deux ans et qu'il fait la guerre. Dans tout ce qu'il dit, dans tout ce qu'il fait, on lit : « Hein ? Sans moi ? Vous seriez beaux sans moi ! » Oui, il fait magnifiquement son devoir, c'est entendu, c'est la guerre, je lui pardonne tout, mais s'ils reviennent avec ces principes d'insubordination, d'orgueil, qu'est-ce que nous allons devenir ?

– Ça passera.

– Non, non, ça ne passera pas.

Il secoua lugubrement la tête. Il semblait contempler quelque vision effrayante, comme s'il voyait surgir devant lui les formes monstrueuses, voilées de l'avenir ; il en apercevait certains traits seulement ; il les décrivait à sa façon naïve ; le reste lui était caché ou n'apparaissait que par éclairs. Il tâtonnait, essayait de comprendre, reculait :

– Ils nous en veulent, voilà, ils nous en veulent. Il m'a dit...

– Mais quoi ? Quoi donc ?

– Oh, des boutades, des plaisanteries, mais qui révèlent un état d'esprit effrayant. Il a osé me dire que les combattants se fichaient de l'Alsace-Lorraine et de la Revanche !

Mme Jacquelain poussa un cri d'angoisse :

– Papa ! Il n'a pas dit ça !

– Si. Et que nous, les civils, nous nous étions tout doucement habitués à l'idée de la guerre, qu'on faisait semblant de souffrir, mais qu'on ne souffrait pas, qu'eux, ils savaient ce que c'était que la souffrance, et qu'aussi maintenant ils n'avaient plus qu'une idée – finir la guerre et se payer du bon temps pour rattraper ce qu'ils avaient perdu.

Il se tut, revoyant le visage durci de Bernard qui répétait :

– Se fiche de tout, du tiers et du quart. Bien vivre. S'en fourrer jusque-là.

– Il m'a dit ça parce que je lui parlais de ses études et qu'il ne veut absolument pas les poursuivre.

– Mais pourquoi, pourquoi ? Je ne comprends pas.

– Parce qu'il est devenu paresseux, pardi ! Il m'a dit que nous n'étions tous que des dupes, qu'il arriverait un temps où il ne faudrait qu'un peu de chance et de l'énergie pour gagner des millions et qu'une vie comme la nôtre le dégoûtait d'avance. C'est la mentalité de la guerre transposée dans la paix. C'est effrayant. Je lui ai dit : « Mon petit, l'audace, le système D., la dureté de cœur, tout ça c'est très bien à la guerre, parce que c'est sanctifié par le patriotisme, mais, dans la paix, ça nous fera une génération de forbans. – Non ! Une génération de malins », a-t-il répondu. Je crois, maman, qu'il fanfaronne, qu'il exagère, mais, malgré tout, il se fait en lui un travail qui m'épouvante. Et c'est au point que... certaines choses sur l'honneur, sur la probité, sur le devoir sacré du travail, si je les lui disais, je crois qu'il me rirait au nez. On nous a corrompu notre fils.

– Mais qui ? Qui ? Peut-être a-t-il de mauvais camarades ? demanda Mme Jacquelain qui continuait à voir la vie de soldat, en 1918, comme une prolongation de celle de lycéen.

– Peut-être...

– Mais, papa, sois juste, il est d'une noblesse et d'un patriotisme extraordinaires. Songe donc à ce que Raymond Détang lui offrait : échapper à la guerre, aux dangers, aux fatigues de la guerre, faire un beau voyage aux Etats-Unis, et il a refusé. Ça me déchirait le cœur de le voir refuser une chose inouïe comme

celle-là et, en même temps, j'étais fière de lui. Non !
C'est un bon garçon, c'est un bon Français !

– La guerre les tient encore, murmura le vieux Jacquelain. Il se tut, voyant confusément en esprit la
guerre comme une géante armature d'acier qui soutenait, transperçait ces hommes las et les forçait à une
attitude rigide et orgueilleuse. Mais quand la guerre
sera finie, ils s'affaisseront.

– Mais non, ils oublieront, dit Mme Jacquelain qui,
étant femme, croyait que les deux sexes ont la
mémoire également courte.

– Ça ne s'oublie pas, dit M. Jacquelain : moi qui
n'ai pas fait la guerre, je ne l'oublierai jamais.

Ils demeurèrent silencieux, se penchant ensemble
sur l'énigme qu'était devenu leur fils, la considérant,
la retournant en tous sens, n'y comprenant rien. Une
révolte ? Non. La révolte a des accents fanatiques, et
il n'y avait pas l'ombre de fanatisme en Bernard, mais
une espèce de scepticisme âpre et desséchant.

– Mais enfin, comment pense-t-il gagner sa vie
s'il n'étudie pas ? On ne fait pas une carrière sans
diplômes... Lui as-tu posé la question, papa ?

– Oui. Il a ricané. Il m'a dit : « Tu ne vois donc pas
ce qui se passe autour de toi, non ? »

Mme Jacquelain se mit à pleurer :

– Moi qui pensais lui faire tant de plaisir en lui
offrant le cirque... Alors, quoi, ce n'est plus mon
enfant, ce n'est plus mon petit ?

– Ça, c'est une autre question. Tu es puérile...

– Non, non, c'est la même chose, répéta la mère
avec obstination. C'est tout ensemble. Mon enfant,
mon bon petit enfant, si généreux, si candide, si

affectueux, je ne le retrouve pas. Voilà, je ne le retrouve plus.

Ils se turent enfin, et bientôt s'élevèrent les ronflements de M. Jacquelain mêlés au ron-ron de la vieille chatte dans son panier. Mais Mme Jacquelain ne trouvait pas le sommeil. Elle finit par se lever et, en peignoir de flanelle grise, avec ses mèches maigres qui pendaient de chaque côté de ses joues ravinées, elle traversa la chambre sans bruit et entra chez son fils. Il dormait, son visage était lisse et pâle. Mon Dieu, reviendrait-il ? Mon Dieu, s'il revenait, est-ce qu'il serait heureux ? Qu'est-ce qui l'attendait encore ? Il n'avait que vingt-deux ans. Dire qu'il ne suffisait pas de trembler pour le présent, que, malgré elle, l'avenir lui faisait peur. Si Bernard allait être un débauché ? Bonne Vierge ! Affreuse, terrible, incompréhensible guerre. Elle sentait vaguement que « le feu », comme les hommes disaient, ne brûlait pas seulement le cœur et la chair des pauvres enfants, mais mettait en lumière des choses confuses, ténébreuses, inconnues qui dormaient autrefois, profondément enfouies en eux.

– Mais non, c'est un bon petit. Il a un bon fond, répéta-t-elle.

Elle voulait l'embrasser et n'osait pas. Elle finit par appuyer doucement ses lèvres sur la main de Bernard, comme au temps où il dormait dans son berceau. Elle retourna se coucher en songeant :

– Ça passera. Il reviendra. On lui fera une si bonne petite vie. Il retrouvera le goût des études et du foyer. Il travaillera bien. Il rattrapera le temps perdu. Il aura des diplômes. Il sera bien sage...

10

C'était une gare, quelque part en France, pendant une nuit d'été. Bernard rejoignait le front. Les soldats envahissaient les quais. Des soldats dormaient dans les salles d'attente. Des soldats passaient en parlant haut, en riant, et sur le ciel étoilé ou dans la clarté douteuse du buffet de la gare se profilaient les silhouettes carrées, trapues, héroïques, popularisées déjà mille et mille fois par le film et par l'image, du combattant de la Grande Guerre, avec ses gros souliers, sa musette sur le dos, sa pipe au coin du bec, son visage dur, son rire, ses yeux perçants. Ce n'était pas une foule, c'était une armée. La guerre la maintenait ; elle crucifiait l'homme, mais elle le tenait droit aussi. Quelques chefs, plus lucides que les autres, imaginaient-ils le moment où, la paix faite, l'armée redeviendrait une foule ? C'était ce moment qu'il aurait fallu prévoir, préparer en pleine guerre, mais c'était difficile. On improviserait la paix comme on avait improvisé la guerre. Ça avait réussi. Alors, tout réussirait. L'orgueil du combattant était immense. Bernard le partageait, cet orgueil, comme il partageait tous les sentiments des soldats lorsqu'il se trouvait avec eux. Son âme individuelle, complexe et contradictoire, était remplacée alors par une âme collective, simple et vigoureuse. Comme les autres, il se croyait invincible ; il se trouvait épatant et, comme les autres, il savait que, jusqu'au dernier jour de la guerre, il tiendrait, il ne reculerait pas d'un cran, mais après... oh, après !

Il allongea ses jambes, poussa un soupir, rejeta la tête en arrière, regarda ce ciel lointain, rêvant à des choses confuses. Quel chemin parcouru en ces quatre années ! De l'enthousiasme d'abord, le bonheur de se sacrifier, le désir de se donner pour le pays, pour les générations futures, pour la paix future... Le consentement à la mort, à condition qu'elle fût héroïque et utile, puis cette mort lui faisait horreur – oh, comme il l'avait détestée, comme il en avait eu peur, comme il avait douté de Dieu et blasphémé en regardant ces petits tas noirâtres couchés entre deux tranchées, ces cadavres aussi multiples, aussi insignifiants que les mouches mortes quand viennent les premiers froids... Mais cette période avait encore sa beauté tragique. Puis, cela même avait passé. Il s'était habitué à l'idée de la mort. Il ne la craignait plus maintenant, il pensait à ces choses avec une froideur et une matérialité effrayantes. Il n'était rien. Il ne croyait plus ni à Dieu, ni à l'âme immortelle, ni à la bonté des hommes. Il fallait retenir de son court passage sur la terre le plus de satisfactions possible, et voilà tout... « Une fois que j'aurai fait tout mon devoir, si un Raymond Détang revient me chercher... » Il se rappela un de ses camarades, engagé à dix-huit ans comme lui, un charmant enfant tué deux mois auparavant, un enfant pieux et brave, et qui disait : « On n'a jamais fini de faire son devoir. » Tout cela... Il ne ferait de mal à personne, mais « qu'on ne vienne plus m'emmerder », pensa-t-il. Autour de lui marchaient lourdement, parlaient gaiement des hommes. Une odeur de tabac, de vin grossier, de crasse et de sueur s'exhalait d'eux.

Que retrouverait-il dans son secteur ? songea Bernard. On s'attendait à de grandes offensives. Mais les civils en parlaient et y pensaient plus que les militaires. « Confiance sublime », disaient les journaux. « Je pense qu'on est simplement abruti », murmura Bernard. Tout de même, peut-être en verrait-il le bon bout ? L'entrée dans des villes, le défilé sous l'Arc de Triomphe ? « Pensez-vous, ceux qui défileront seront les embusqués genre Détang, tandis que moi, j'engraisserai les rats. Bah, on s'en fout ! » répéta-t-il et, en attendant son train, il se coucha le plus confortablement qu'il put sur des sacs d'avoine qu'on venait de décharger et, paisiblement, s'endormit.

Les trains traversaient la gare à intervalles réguliers et l'espace, alors, s'emplissait de fumée et de coups de sifflet aigus et déchirants. Bernard rêva qu'on l'avait blessé, qu'il était étendu sur une petite civière étroite, portée par deux hommes sur un chemin raboteux, qu'on le poussait et qu'on le secouait ; puis il s'aperçut que ce n'étaient pas des brancardiers ordinaires qui marchaient à côté de lui, mais deux anges aux longs cheveux flottants, aux grandes ailes de neige. En rêve, il s'entendait gémir, crier : « Mais vous me faites mal, mais lâchez-moi ! Mais je ne veux pas aller avec vous ! » Les anges secouaient la tête en souriant, sans répondre, et allaient toujours plus vite. C'était une aube d'hiver ; le ciel brillait avec une pureté métallique. Les longs cheveux d'un des anges

effleurèrent son visage. Bernard, en songe, pensa :
« Ça y est. Enfin. On est arrivé. » Mais l'ange dit :

– Mais tu n'es pas encore parti. Tu pars seulement,
pauvre âme. On part. On part.

Il se réveilla. Un de ses camarades répétait, en le
bourrant de coups de poing :

– On part ! Hé, ballot, tu vas pas rester là, non ?

Bâillant, soupirant, dans un brinqueballement de
ferblanterie, dans un cliquetis de ferraille, dans un
bruit atroce de godillots raclant le sol, la troupe se
répandit hors du buffet, de la salle d'attente et des
buvettes sur le quai et prit d'assaut le train.

Cependant Thérèse, cette nuit-là, était de garde à
l'hôpital ; elle veillait un petit soldat que l'on venait
d'opérer et qui reposait tout blanc, l'air très sage,
entre ses draps. Il revenait de loin. Thérèse essuyait
doucement la sueur glacée qui coulait en grosses
gouttes sur son visage, comme des larmes. Par
moments elle se levait et faisait sa ronde, marchant
entre les lits, entre les hommes endormis ou gémissants. Puis elle revenait s'asseoir près du petit soldat.
Il lui avait donné bien du mal. Mon Dieu ! combien
de ces pauvres enfants étaient passés entre ses mains
déjà. Combien de morts ! Mais quelques-uns tout de
même avaient été épargnés, avaient été sauvés. Les
femmes, en général, les mères et les fiancées de ces
soldats n'étaient jamais contentes des soins qu'ils
recevaient, semblaient toujours croire qu'on aurait pu
faire mieux, davantage. Et elles étaient jalouses aussi.
Elles en voulaient aux infirmières d'avoir pris leurs
places près de ces lits. « Mais on leur en aura rendu
quelques-uns, pensa Thérèse, et quels cas déses-
pérés ! »

Depuis quelque temps, lorsqu'elle voyait ces épouses, ces maîtresses qui arrivaient, qui se jetaient sur les soldats guéris, qui les saisissaient, semblait-il, les emportaient comme des proies loin de l'hôpital, loin de la mort, depuis quelque temps elle se sentait délaissée, injustement et cruellement délaissée. Les escapades, les aventures, les courts romans des infirmières et des convalescents la dégoûtaient, lui faisaient horreur. Mais son cœur avait besoin d'amour. C'était une femme dévouée et tendre. Elle voyait autour d'elle des spectacles de désolation et d'horreur. On disait que l'Europe, la civilisation, le monde sombraient, que le siècle était voué aux catastrophes, que tout finirait par périr et par s'engloutir dans le sang. Mais elle souhaitait un mari, un foyer, des enfants, et elle sentait d'instinct que cet écroulement des choses était une vue de l'esprit, un mensonge, tandis qu'elle était dans la vérité.

C'était un temps où certains hommes se laissaient aller au désespoir, certaines femmes à la débauche, mais Thérèse et bien d'autres soignaient les blessés et faisaient des rêves d'avenir avec confiance.

Deuxième partie

« 1920-1936 »

1

Au commencement de novembre eut lieu à Genève la première assemblée solennelle des quarante et un Etats qui formaient la Société des Nations. En France, le clan politique et financier où s'était introduit Raymond Détang depuis son retour d'Amérique considérait cet événement d'un point de vue qui n'était pas tout à fait celui de l'homme de la rue – c'est-à-dire qu'il ne se demandait pas si réellement la guerre allait devenir impossible (la guerre était finie, un affaire enterrée, oubliée), mais quelles en seraient les répercussions sur les carrières des ministrables et comment en tirer le meilleur rendement en argent et en plaisir. Comme toutes les possibilités nouvelles et inexplorées, celle-ci faisait peur à beaucoup de gens ; dans le milieu même des Détang on n'était pas d'accord sur la manière dont il convenait de traiter cette Société des Nations : avec ironie ou ferveur ? Comme une panacée universelle ou comme un pis-aller ? Cela troublait Renée Détang. Elle avait décidé de célébrer l'ouverture des sessions, mais elle se demandait ce qui serait le mieux « dans la note » : un dîner où l'on pourrait exprimer des opinions sérieuses – et cela serait peut-être le fondement du salon politique qu'elle désirait créer, ou une réception où, entre deux cocktails, on échangerait des vues légères, spirituelles, gentiment railleuses à propos de ce fait du jour (et elle, alors, dirait, avec cette moue gracieuse qui lui allait si bien : « Voulez-vous bien vous taire ? Je vous dis, moi, que c'est une grande espérance qui se lève sur le monde ! ») D'autre part, la réception permettait un brassage de gens et, dans la position des Détang, on ne pouvait encore choisir ses relations. « Tout fait ventre », comme disait Mme Humbert. Beaucoup de bruit, beaucoup de champagne, une grande foule, un déchet inévitable, mais, dans le tas, peut-être, comme les paillettes d'or que le chercheur retrouve au fond des sables, une, deux, dix recrues de choix, des personnages influents à la Chambre ou à la Bourse.

– Raymond est à tu et à toi avec tout ce qui compte vraiment, confiait Renée à sa mère : quelque chose qui tient le milieu entre la familiarité des collèges et celle des prisons, moitié camaraderie, moitié complicité ; il faut transformer cela en *relations*. C'est tout autre chose.

Au début, les Détang avaient préparé avec soin ce qu'ils appelaient « leur guerre de conquête » ; ils comptaient s'avancer dans la société parisienne à petits pas prudents et faire tomber un bastion après l'autre, mais, au bout de quelques mois, ils avaient compris que toute cette technique était inutile et embarrassante : on entrait dans la société comme dans un moulin ou, plus exactement, il n'y avait pas de société ; il y avait un vaste champ de foire où pénétrait qui voulait ; il n'était même pas nécessaire de cacher ses origines comme dans le bon vieux temps : c'était un monde cynique et qui glorifiait le limon dont il était sorti. C'était l'époque où un nouveau riche, quand on lui demandait comment il avait gagné « tout cet argent », répondait en souriant : « Mais à la guerre... comme tout le monde. » Raymond Détang, cependant, n'était pas cynique. En politique, le cynisme est maladroit ; l'électeur désire être traité en animal noble. Raymond Détang était un de ceux qui maniaient avec le plus d'habileté les maîtres mots : « Civilisation fondée sur le droit et la raison... La France, flambeau de l'humanité... La paix universelle... La Science et le Progrès... » Il n'était même pas cynique vis-à-vis de lui-même, sauf à de très rares moments de dépression. Il se voyait réellement sous les traits d'un homme d'Etat éminent qui n'existe que pour le bien public. A cette époque, il n'était pas député ; il organisait sa campagne électorale avec un soin infini : ce devait être un chef-d'œuvre. Il gagnait de l'argent qui, à ce moment-là, n'était pas devenu encore la bête sauvage et capricieuse des années 1930-1939 où on ne parvenait à la saisir que dans un corps à corps dangereux, mais un petit animal apprivoisé qui se laissait facilement prendre. Détang jouait à la Bourse. De plus, comme on connaissait ses attaches avec certaines personnalités politiques, des gouvernements étrangers lui confiaient ce qu'il appelait « des travaux d'approche » – telles conversations préliminaires qui faciliteraient des conventions économiques ou autres.

Il avait noué aux Etats-Unis, avec quelques grands hommes d'affaires, des amitiés sérieuses et agissantes. Il avait servi d'intermédiaire dans des commandes faites par l'Etat français en Amérique pour la reconstruction des régions dévastées. Mais, ainsi qu'il le disait, il devenait trop grand pour ce métier. Il y avait tout un genre de transactions qui lui serait interdit lorsqu'il aurait obtenu son mandat, « du moins interdit sous ton propre nom », répondait Renée. Les époux s'entendaient bien ; ils s'épaulaient l'un l'autre. Par moments, Raymond était encore amoureux de sa femme. C'était une de ces Parisiennes qui semblent moins faites de chair et d'os que d'une matière plastique malléable qu'elles transforment selon les variations de la mode. Quand Raymond l'avait connue, elle avait un minois chiffonné, une frange sur les yeux ; elle était petite, potelée et douce comme une chatte. Maintenant, elle était la première à lancer le type féminin de l'après-guerre. Elle avait maigri ; elle avait de longs muscles durs ; elle paraissait plus grande. Sa peau, recouverte d'un fard lisse et doré, était foncée et ses cheveux pâles, coiffés comme ceux d'un jeune garçon. Tous ces attraits étaient alors dans leur fraîche nouveauté.

Ce fut ainsi, vêtue d'une courte robe-chemise sans manches, montrant ses bras nus, ses belles jambes, mais déjà la bouche marquée de fines rides amères, qu'elle apparut à Bernard Jacquelain. Il ne l'avait pas revue depuis la guerre. Démobilisé, il était de retour à Paris, chez sa mère. Le vieux M. Jacquelain s'était laissé emporter par la folie de dépenser qui sévissait à cette époque ; d'autres achetaient des autos, voyageaient, se payaient des maîtresses : M. Jacquelain, lui, après d'âpres et secrets calculs, décida de se faire opérer. Depuis dix ans il y songeait, mais reculait devant les frais. Le monde se livrait au plaisir ; Mme Jacquelain payait cinquante-neuf francs un chapeau de feutre ; les petits commerçants avaient des

maisons de campagne où ils passaient ce qu'ils appelaient leur « vikend ». Pourquoi pas moi ? se dit
M. Jacquelain en regardant avec ressentiment une
paire de souliers neufs que Bernard (sans l'avertir)
avait commandée chez un bottier. C'était là un fait
sans précédent dans la famille, où les femmes s'habil-
laient aux Galeries Lafayette et les hommes à la Belle
Jardinière. Oui, pourquoi pas moi ? On épargne, on
se prive, on met de côté pour des enfants qui feront
valser vos sous après votre mort. Moi aussi, je ne me
refuserai rien, songea-t-il. Il retint donc sa chambre
dans une clinique de Neuilly sans en parler à personne. Soixante francs la chambre. Dix mille francs
d'opération. On lui ouvrit le ventre et il mourut.

Bernard faisait des démarches afin d'obtenir une
pension pour sa mère, veuve d'un fonctionnaire en
retraite. Toutes les démarches aboutissaient à Raymond Détang. Chez lui se rencontraient tous ceux
qui, à Paris, recherchaient des places, des recommandations, des faveurs, des croix, des bureaux de tabac
ou demandaient simplement que fût levé un procès-
verbal qui leur avait été dressé pour excès de vitesse.
A tous, avec une inaltérable cordialité, Raymond
Détang répondait : « Vous avez très bien fait de venir.
Je réfléchirai, pour votre petite affaire. Personnelle-
ment, je ne peux rien, mais j'ai un ami... »

« Il connaît tout le monde, disaient les gens en le
quittant : il est merveilleux. »

Cette réputation qu'on lui faisait d'être entouré,
d'avoir des relations, des amitiés puissantes le servait
davantage qu'un renom d'intégrité, d'intelligence ou
même de fortune. Il devenait courant, dans un certain
monde, de dire de Raymond Détang :

– Exposez-lui donc votre demande avant d'en parler à quiconque. Il a tous les ministres dans sa poche...

Ou bien :

– Pour ce tuyau à la Bourse, demandez donc à Détang. Il connaît tous les grands manitous.

Il n'était pas encore homme politique, ni financier, mais il servait en quelque sorte de truchement entre la politique et la finance. Il était celui qui sait tout avant tout le monde, celui qui est « au courant », celui dont les gens disaient :

– Ce qu'il fait exactement ? Ça, je ne pourrais pas vous dire, mais c'est quelqu'un.

A ceux qu'il recevait ainsi, pour affaires, et qu'il croyait pouvoir lui être utiles, il ne manquait pas de dire :

– Tenez, nous en reparlerons. Où cela ? Mais, par exemple, chez moi. Le 20. Ma femme reçoit quelques amis. On danse. Sapristi, vous m'y faites penser : il faut que je rappelle la chose à...

Ici, un nom célèbre jeté négligemment.

Bernard Jacquelain ne fut pas invité dans le lot de ceux qui pourraient un jour « être utiles », mais dans celui, plus modeste, qui avait cependant son importance, des « gigolos » :

– Trouve-moi le plus possible de gigolos, avait dit Renée à son époux. On en a à la pelle et on en manque toujours, avait-elle ajouté comme une ménagère de province qui se plaint que l'on fasse chez elle une consommation exagérée de sucre.

Dans les réceptions, « le gigolo » meublait, comme on disait. Il en fallait dans tous les coins. Il fallait, pour que la fête eût un aspect brillant et fastueux, qu'entre les portes, au buffet, au fumoir s'agitât cette foule de jeunes garçons aux cheveux laqués, aux jambes infatigables. Les femmes en traînaient trois ou quatre derrière elles ; certaines allaient jusqu'à la demi-douzaine, mais c'étaient des étrangères. En cela, comme en toutes choses, il ne fallait pas exagérer. Ces gigolos étaient de gentils garçons qui faisaient leur métier en conscience. Renée les rappelait à l'ordre lorsqu'elle les voyait immobiles :

– Eh bien, qu'est-ce que vous faites ? grondait-elle : allez faire danser la baronne.

Le gigolo, dans ce monde, n'était pas payé, mais il était nourri. Gavé de foie gras et de sandwiches au caviar, vivant dans de poussiéreux meublés où il ne rentrait que pour quelques heures d'un noir sommeil, entre huit heures du matin et midi, la vie lui était douce.

Lorsque Bernard s'avança vers elle pour la saluer, Renée ne le reconnut pas. Il était jeune, bien fait ; elle lui fit un signe de tête amical et vague, l'engageant en quelque sorte à rejoindre derrière elle, dans le fond du salon, les figurants qui se pressaient entre les rideaux cramoisis et qui attendaient les premières mesures du jazz. Tout était comme il fallait, et comme partout à cette époque : un orchestre de nègres en veste rouge, une fumée à couper au couteau, une bousculade, un brouhaha, les glaces qui fondaient dans leurs petites soucoupes en verre de Venise, des bouts dorés de cigarettes, des mossers, des fleurs, des bâtons de rouge écrasés dans les potiches du salon, des couples étendus sur les divans bas, dans les coins sombres, le bar dans la galerie, des vieilles aux cheveux teints qui dansaient en secouant leurs colliers sur leurs poitrines creuses avec un bruit d'osselets.

Renée dansait, parfois sans connaître le nom de celui qui la prenait dans ses bras. Lorsque Bernard l'eut invitée et qu'elle l'entendit demander des nouvelles de Mme Humbert, elle le regarda d'un air perplexe :

– Maman va bien, mais comment diable la connaissez-vous ?

– Ça, par exemple, c'est épatant ! Vous ne savez donc pas qui je suis ?

– Est-ce que vous croyez, par hasard, que je connais le quart des gens qui sont ici ?

– Mais alors, cela ressemble à un bal masqué. Je vais vous intriguer. Voyons, beau masque, rappelle-toi un tout petit magasin bien modeste, peint en bleu ciel, avec ces mots : « Germaine. Modes » en lettres d'or et, dans l'arrière-boutique, une table ronde recouverte d'un tapis turc ; trois enfants jouaient à la dînette sur cette table, toi, une petite fille de ton âge qui s'appelait Thérèse Brun et un petit garçon...

Elle l'interrompit :

– Pardi, Bernard Jacquelain ! Je me souviens maintenant. Ce Bernard avait de jolis yeux.

– Je crois qu'il les a toujours, dit Bernard d'un air fat, sentant d'instinct quel ton il fallait prendre ici.

Elle lui sourit et ils tournèrent un instant en silence. Il regardait le spectacle par-dessus la tête de sa danseuse. Il respirait le parfum de ses cheveux. Quelle leçon pour la jeunesse ! Quatre ans de carnage et, au bout, comme à la sortie d'un tunnel plein de nuit et de sang, ce salon plein de lumières, plein de femmes qui toutes étaient à prendre, cette atmosphère légère, capiteuse, grisante. Ah, sapristi, il l'avait bien compris pendant sa dernière permission avant l'armistice, ceux qui prenaient quelque chose au sérieux, n'étaient que des... des dupes. Tout ce qu'on faisait, tout ce qu'on disait, tout ce qu'on pensait, rien n'avait d'importance. C'était une espèce de vain babil, comme celui des fous et des enfants. Tout se confondait à ses yeux en un brouillard doré et à ses oreilles se mêlaient les rires, les chants nègres, les bribes de conversation entendues :

– Mais qu'il passe donc chez Chose, Machin, vous savez bien ? le secrétaire du ministre. Il lui fera avoir la croix.

– Oh, mon vieux, c'est si loin, tout ça...

– C'est ennuyeux à cause du scandale. Tout de même, il a été jugé comme déserteur.

– Elle est avec lui depuis six mois, vous ne saviez pas ? Il a commencé par être l'amant de la mère...

– Qu'est-ce qui vous fait sourire ? demanda Renée.

– Rien. Le contraste.

– Oui, je sais. Tous ceux qui ont fait la guerre sont estomaqués pour commencer. Mais, qu'est-ce que vous voulez ? C'est humain. On peut bien rire un peu, après tout ce que nous avons vu. Mais oui, ne me regardez pas d'un air narquois. J'ai été infirmière, vous savez. Ce n'était pas toujours drôle...

– Bah ! Les femmes pataugent dans le sang comme dans leur élément naturel.

– Taisez-vous donc ! Vous êtes aigri.

– Moi ? Ma devise désormais c'est « Dans la vie faut pas s'en faire ». Puisque j'*en* suis revenu, donc, tout s'arrange. Les pires imprudences, les plus énormes folies, je les accomplirai l'âme sereine, sûr que rien n'agit sur rien et que tout continuera à rouler comme par le passé, tant bien que mal. Je ne crois plus aux catastrophes, puisque la dernière a avorté. Je ne crois plus au malheur, ni à la mort. L'humanité tout entière est dans l'état d'esprit d'un enfant à qui Croquemitaine a cessé de faire peur.

– Il faut croire en l'amour, dit-elle en plissant légèrement les paupières.

– Je ne demande pas mieux.

Il la serra légèrement contre lui. Ils quittèrent la foule. Elle le fit traverser quelques pièces, les unes à demi sombres, où l'on entendait des murmures monter des profonds canapés, les autres violemment éclairées, où de gros hommes, bien nourris, parlaient politique. On entendait :

– On barrera à l'Allemagne, jusqu'à nouvel ordre, les avenues de la Société des Nations. Viviani l'a dit. Ça lui apprendra.

– Le peuple veut...

– Le peuple ne veut pas...

– Ne touchez pas au marchand de vin.

Renée et Bernard étaient dans la chambre de Renée. Elle se remit du rouge devant la grande glace à trois pans.

– Que faites-vous depuis que vous êtes démobilisé ? lui demanda-t-elle. Vous n'avez pas de fortune ?

– Non, je n'ai pas un sou. Je cherche à gagner ma vie.

– Ce n'est pas difficile en ce moment. Vous pouvez installer des intérieurs pour des étrangers, trafiquer des tableaux anciens ; il est inutile de s'y connaître, des Russes ruinés font le travail. On partage la commission. Puis, il y a la Bourse. Tout monte comme la fièvre. Enfin, mon mari pourrait vous rendre service. Je lui parlerai de vous et...

Il s'était approché d'elle et la regardait dans la glace. Elle tourna légèrement la tête et leurs lèvres se touchèrent. Au bout de quelque temps, elle s'arracha de ses bras, le souffle un peu court, et acheva sa phrase :

– Et il vous trouvera le moyen de vivre. Faire le moins possible et toucher le plus possible, c'est l'idéal, n'est-ce pas ?

2

Quand Bernard fut devenu l'amant de Renée – le lendemain de leur rencontre – il éprouva un sentiment étrange : au plaisir de la conquête se mêlait une sorte de ressentiment, non seulement parce qu'elle s'était donnée si vite, mais parce qu'elle n'avait pas daigné lui dissimuler que n'importe quel autre homme à sa place, pourvu qu'il fût jeune et soigné...

« Quelles garces, ces femmes, tout de même », se disait Bernard en la caressant. Elle ouvrit les yeux ; il était retombé près d'elle, le visage indifférent et les yeux au loin. Elle demanda :

– A quoi penses-tu ?

– A toi, mon amour, répondit-il.

Et elle, regardant sa montre :

– C'était bon, pas ? Maintenant, passe-moi mes bas, je me sauve.

Ils se séparèrent dans la rue mouillée. Derrière eux, l'hôtel où ils venaient de passer deux heures, devant eux ce pavé parisien qui, sous la pluie et les lumières, brillait comme un miroir noir. Dans l'obscurité, les lampes à arc formaient tout un jeu éclatant d'auréoles, de facettes, de reflets qui faisait tourner la tête à Bernard, déjà étourdi par les tièdes, les étouffantes ombres parfumées de la chambre. Il quitta Renée en pensant :

« Un joli corps... Bien roulée... Elle sait bien y faire... Trop bête si on s'attachait à ces petits animaux-là. »

Il avait été comblé d'amour, mais une sourde insatisfaction demeurait en lui, qui venait moins du corps que de l'âme.

Il rentra à la maison. C'était l'heure à laquelle les écoliers sortaient de cette « Institution Etienne-Marcel » où il avait fait ses études avant d'entrer au lycée. Des petits garçons joufflus couraient derrière l'autobus. Bernard suivit des yeux les adolescents qui marchaient en balançant leurs cartables. Il n'y avait pas si longtemps que lui-même...

« J'étais un bon petit gars, se dit-il : je gobais tout. Maintenant... La guerre m'a pris trop jeune. C'est une drôle de chose, la guerre. Ceux qui la commencent et ceux qui la finissent, ça fait deux. On envoie d'abord des hommes faits, qui savent ce qu'ils veulent, dont le caractère ne changera pas ; on les tue et, alors, on prend des enfants, et ceux-là, on est tout étonné qu'ils ne reviennent pas tels qu'ils ont été. En tous les cas, je sais que moi, je ne marcherai plus pour rien, ni pour personne. Cette Renée... J'aurais pu l'aimer. Mais toutes ces femmes se fichent bien de l'amour. Ce qu'il leur faut... »

Il n'acheva pas. Il se tenait debout devant la porte cochère de sa maison. Il la regardait, cette maison à loyers modestes, où il était né, où sa mère habitait. Que tout cela était laid et pauvre, mon Dieu ! Il revit en esprit le salon avec sa tapisserie verte ornée de palmes d'argent, le lit-cage où il couchait depuis qu'il avait quitté la chambre de ses parents et qu'on dressait pour lui dans la salle à manger, cette cuisine triste et étroite... Quelle différence avec l'hôtel des Détang, plein de bruit, de joie, de lumières, quelle différence !

« C'est un malin, lui, pardi ! Moi, je suis une poire, se dit-il. Et comment que j'irai chez lui, que je me ferai recommander par lui, que je profiterai de ma liaison avec sa femme », songea-t-il, tandis que tout au fond de lui-même quelque chose protestait, s'indignait, quelque chose, quelqu'un qui ressemblait à lui, Bernard, et qui n'était plus lui, mais l'écho de ce qu'il avait été, un importun souvenir.

Il monta l'escalier où régnait l'odeur du hareng. A travers les portes, on entendait des pleurs d'enfant, un bruit de vaisselle remuée. Un vieux petit monsieur bien propre montait devant lui, portant du pain sous le bras, une longue flûte dorée. Il se rappela son père qui, tous les soirs, à la même heure, descendait acheter son pain et le journal du soir, puis remontait, dînait, s'endormait à la fin de son dîner, geignait, se réveillait, allait se coucher en bâillant, faisait une promenade tous les dimanches, demeurait le jour dans son fauteuil, en pantoufles, calculant combien d'argent il pourrait mettre de côté, de l'argent qui ne valait plus rien, et cette vie lui parut affreuse.

« Ils vous disent : "Vous êtes des héros. Vous avez des droits sur nous." Et puis, quand on revient : "Désolé, mon petit ami, mais pendant que vous vous faisiez casser la gueule, moi, j'ai fait ma pelote. Vous, reprenez donc vos chères études. Trimez. Ayez comme idéal la vie que votre papa a menée avant vous." Quel contraste, la maison des Détang et celle-ci. Pourtant, c'est moi, moi qui ai fait quatre ans de guerre, et lui... il en tâta, ça ne lui a pas plu, il s'est fait embusquer. Non, mon vieux, on partage ! songeait Bernard : on a commencé par partager la femme, ça, c'est vrai », murmura-t-il, et cette pensée le consola.

Chez lui, dans la salle à manger, sous la lampe, sa mère tricotait en compagnie de Thérèse qui était montée lui dire bonsoir, en voisine, comme elle le faisait parfois depuis la mort de M. Jacquelain. Thérèse entendit le bruit de la clef tournée dans la serrure :

– Voilà votre fils.

Elle leva la tête. Bernard entra.

– Pourquoi as-tu mis ton pardessus neuf ? demanda la mère.

Thérèse, par moments, reconnaissait à peine Bernard. Il avait des amis, des plaisirs qu'elle ignorait, qu'elle imaginait avec effort. Il ne semblait pas très heureux... Il ne répondit pas à la question de Mme Jacquelain, ne lui obéit pas lorsqu'elle reprit, de cet air agité avec lequel elle s'adressait à lui depuis qu'il était un homme, comme si elle craignait toujours de sa part une rebuffade :

– Je t'en prie, mon petit, éteins l'électricité du vestibule. Tu ne fais jamais attention. Tout coûte si cher.

Il s'assit entre les deux femmes. La salamandre était allumée. La salle à manger était toute petite, avec de fausses boiseries chocolat et des fleurs artificielles dans des vases bleus. Entre eux, sur la cheminée, le portrait de Bernard, en uniforme, fait les premiers mois de la guerre.

– D'où viens-tu, mon chéri ? J'ai dîné sans t'attendre. Il y avait un bon petit morceau de veau jardinière pour toi. Comment accommoderiez-vous le reste pour demain, Thérèse ?

Thérèse répondit :

– Grand-mère fait une sauce avec des petits oignons...

Leurs voix familières berçaient Bernard, mais ne l'apaisaient pas. Il se sentait encore irrité, comme harcelé par une nuée de guêpes ; il dit à voix basse, avec un petit ricanement :

– J'ai vu une de vos vieilles amies aujourd'hui, Thérèse.

Elle devina qu'il s'agissait de Renée Détang :

– Je ne la vois plus. Elle a tant à faire...

– Je vous crois, murmura-t-il.

– Elle est très jolie, dit Thérèse avec un petit soupir.

« Je me demande si celle-ci marcherait aussi facilement », pensa tout à coup Bernard. En silence il fixa la flamme rouge de la salamandre, puis il détourna les yeux et Thérèse vit qu'il la regardait. Sans parler et très longtemps, s'amusant à la faire rougir, il contempla le visage baissé sur son ouvrage ; elle ressentait ce trouble, cette confusion pleine d'orgueil qu'éprouve la plus honnête des femmes lorsqu'elle comprend qu'elle plaît à un homme jeune.

« Mais pourquoi ? Mais il ne m'a jamais regardée comme ça », se disait-elle.

Puis :

« Mais non, je suis folle. Il me connaît depuis si longtemps... Des amis d'enfance... Il n'y a jamais rien eu entre nous... »

Enfin :

« Il a de beaux yeux... Ils ne sont pas noirs comme je le croyais, mais gris, d'un gris qui fonce à la lumière... Qu'est-ce que ça me fait ? Je ne vais pas tomber amoureuse de ce gamin... Il a mon âge... Est-ce que Renée Détang et lui ?... »

Brusquement elle fut jalouse de Renée, et d'une jalousie si violente qu'elle eut honte et peur ; elle fit appel au souvenir de Martial, comme à un exorcisme. Elle se gourmanda sévèrement : « Alors, quoi, tu vas devenir semblable à toutes ces folles qui courent après les garçons ? Tu dois être digne de Martial. » Mais Martial était mort et celui-ci, il était bien vivant, bien proche d'elle.

Elle se leva, plia son ouvrage et dit sèchement :

– Il faut que je rentre. Papa s'inquiéterait.

– Moi aussi, je sors, je suis attendu, déclara Bernard. Je vous accompagnerai.

Ils sortirent sans écouter Mme Jacquelain qui criait d'une voix plaintive :

– Ne rentre pas trop tard... Bernard, je t'attendrai ! Bernard, cela fait trois nuits de suite que tu rentres à trois heures du matin. Que va dire la concierge ?

– Mais je m'en fous. Qu'elle dise ce qu'elle voudra, murmura Bernard. Il sentait trembler contre lui Thérèse qu'il avait prise par le bras et il goûtait de multiples jouissances. En voilà une qui ne se donnerait pas comme une fille... En voilà une qui lui ferait sentir de nouveau l'orgueil d'être un mâle, un conquérant, tandis qu'avec Renée il était ravalé à un rang inférieur : il devenait celui qu'on prend, qu'on rejette quand il a cessé de plaire. « Oui, mais elle sera jalouse et embêtante », se dit-il.

Il la serra contre lui ; elle voulut se dégager ; il la serra plus fort :

— Pourquoi tremblez-vous ?

— J'ai froid.

— Froid ? Il n'y a pas un souffle d'air, dit-il d'un ton moqueur.

De tièdes rafales d'ouest passaient sur Paris. Ils s'abritèrent sous une porte cochère, car la pluie retombait. Elle ne savait pas bien ce qu'elle faisait ; elle le suivait, docile et fascinée comme dans un rêve. Elle imaginait vaguement ce qui allait suivre : des compliments, des paroles d'amour... Elle se sentait vaincue d'avance en pensant à cette voix chaude qui lui dirait : « Je t'aime... tu me plais... » L'amour... Mon Dieu, il voudrait faire d'elle sa maîtresse... Il la poursuivrait. Il lui écrirait. Il l'attendrait dans la rue. Mais elle résisterait et saurait si bien se défendre qu'un jour il lui proposerait de l'épouser. Oui, en un éclair, à l'abri de cette porte noire, en écoutant le bruit de la pluie dans la rue, elle imagina toute une longue, heureuse vie... « Il est dans un mauvais chemin. Il a pénétré dans un monde qui se servira de lui et puis l'abandonnera. Il lui faut une femme, un foyer, des enfants. Il ne le sait pas. Mais je le sais, moi... Oh, mon Dieu, ce n'est pas ma faute si je l'aime », se dit-elle tout à coup et ses yeux se remplirent d'amour.

Ils s'aperçurent alors qu'en face d'eux, de l'autre côté de la rue, il y avait un cinéma ouvert. Une petite sonnette grelottante appelait les passants.

— Venez, on va passer une heure là, le temps que la pluie cesse, déclara Bernard.

Elle protesta faiblement :

— Je croyais qu'on vous attendait.

– Non, j'ai dit ça pour rester avec vous.

Il lui fit traverser la rue ; ils entrèrent dans la salle obscure. C'était l'époque des films muets. De grandes ombres tremblantes bougeaient sur la toile, au-dessus de leurs têtes ; un piano perdu dans les ténèbres jouait la *Sérénade de Toselli.* Ils étaient seuls au fond d'une loge. On entendait le bruit de programmes froissés, de bonbons sucés ou grignotés, parfois un soupir, parfois un baiser. Il y avait peu de monde. Bernard était assis derrière Thérèse ; il se pencha, lui saisit le visage à deux mains, le courba doucement vers lui et prit sa bouche.

Quoi ? Si vite ? Quoi, sans daigner lui dire un mot, sûr de son consentement, comme on embrasse une petite bonne dans un couloir ? Le sursaut de pudeur, d'orgueil blessé fut si violent qu'il abolit en elle tout désir et toute tendresse. Elle balbutia avec peine entre ses lèvres serrées :

– Est-ce que vous êtes devenu fou ?

Il la tenait solidement par les épaules et elle ne pouvait lui échapper. Il railla :

– Dites encore : « Pour qui me prenez-vous ? » et : « Lâchez-moi ou je crie ! » Mon Dieu, Thérèse, ce que vous êtes...

Il chercha le mot :

– ... ce que vous êtes « avant-guerre », ma pauvre petite ! Quoi, vous ne comprenez pas la plaisanterie ?

Elle fit non de la tête, consternée par ses paroles. Elles la salissaient et l'humiliaient. Elle avait été si près de l'aimer. Elle comprenait maintenant que depuis longtemps elle l'aimait... Mais pas pour une « plaisanterie », pas pour le plaisir d'une heure. Elle ne pouvait pas. Elle n'était pas faite ainsi. C'était affreux qu'il fût parvenu à lui faire presque honte d'un sentiment si normal.

Cependant le pianiste, dans l'ombre, exhumait de sa mémoire des fragments de Beethoven, de Mendels-sohn, de Brahms qui formaient un pot-pourri sonore et faux. Il faisait chaud dans la salle ; on entendait crépiter l'averse au-dehors quand la musique se taisait.

Bernard alluma une cigarette :

– Je pensais tomber sur un bec de gaz, dit-il : je vous avouerai même que ça a son charme. Mais, mon petit, réfléchissez. Il n'y a pas d'homme aujourd'hui qui vous offre autre chose que ça. « Tu veux rigoler ? – Ça va. – Tu ne veux pas ? Bonsoir. » Il y a trop de femmes et elles sont trop faciles pour qu'on se donne la peine de... déguiser ses sentiments. Si ça ne vous dit rien, nous serons bons amis. Mais si le cœur vous en dit...

Il s'interrompit brusquement :

– Mais vous pleurez ? dit-il avec plus de douceur : vous ne m'en voulez pas sérieusement, Thérèse ?

– Non, mais ce que vous dites, c'est...

– C'est la vérité.

– C'est dégradant pour les femmes, murmura-t-elle.

– Pensez-vous ! Rien ne leur plaît davantage. Je ne parle pas des petites oies de province.

– Je sais très bien de qui vous me parlez, interrompit-elle. Elle frémit tout entière d'une jalousie qu'elle ne pouvait ni ne voulait dissimuler. Si elles aiment à être traitées comme ça, retournez chez elles, mais moi...

– Mais que vous êtes drôle, Thérèse... Puisque je

vous dis que je n'insiste pas. Des femmes, on en a trop. Un bon camarade, c'est plus rare.

– Je crois, dit-elle en souriant à travers ses larmes, que je ne serais pas non plus un très bon camarade...

En silence ils attendirent la fin du film. Il l'aida à remettre son manteau. Ils sortirent et se trouvèrent de nouveau dehors, sous la pluie. Il n'y avait pas de taxi dans la rue.

– Vivement ma Rolls, soupira Bernard. Thérèse, je n'ai plus qu'un désir maintenant : être riche, et le plus vite possible, et tant que ça peut ! Est-ce que vous voyez quelquefois les Détang ? En voilà deux qui ont su tirer parti du joli monde où nous vivons. Vous ne croyez pas ?

– Je ne crois pas que Raymond Détang soit honnête.

Bernard s'arrêta et se mit à rire :

– Vous êtes charmante. Vous avez de ces mots... Honnête ! Naturellement, c'est un forban. Les honnêtes gens, c'est vous, c'est papa Brun, c'était ce pauvre Martial, c'est moi... les purotins, quoi ! Les malchanceux. Ça n'a pas toujours été comme ça, ce ne sera peut-être pas toujours comme ça, mais pour le moment, c'est la triste vérité.

– Vous avez perdu quatre ans à la guerre, je sais, mais si vous vouliez vous remettre au travail, vous feriez une belle carrière, honnête et sérieuse, et vous n'auriez rien à envier aux Détang.

– Mais ce que je leur envie, innocente, ce n'est pas ce qu'ils ont, c'est la manière dont ils l'ont obtenu, c'est ce bluff, cette audace éhontée et tranquille, cette parfaite absence de scrupules et cette conviction que le monde est peuplé de poires, qu'il n'y a qu'à étendre la main pour les saisir. Comment voulez-vous qu'on ait le cœur au travail quand on voit ça ? Moi, je vais me mettre à l'école de Raymond Détang...

– Vous vous êtes déjà mis à l'école de sa femme ! s'écria-t-elle d'une voix tremblante, et il pensa :

« Allons, elle marchera, elle aussi, si je veux m'en donner la peine. Toutes les mêmes, naturellement, mais elle sera jalouse et embêtante. »

3

– Mon petit, dit Raymond Détang à Bernard Jacquelain, je ne demande pas mieux que de te rendre
service.

C'était toujours ainsi qu'il accueillait les hommes.
Tous venaient en quémandeurs. Son rôle était justement de les mettre à l'aise, de leur montrer qu'ils
pénétraient dans un monde où rien n'était secret, rien
n'était difficile. « Tout pour tous. Entrez et prenez.
Je suis au service du peuple. »

– Tu as bien fait de t'adresser à moi, continua
Détang. Tu es désemparé. Tu as donné à la France
quatre ans de ta vie, pour ainsi dire toute ta jeunesse.
Tu viens à moi comme à un représentant du pays (je te
le dis en confidence : mon élection est un fait acquis).
Tu viens donc à moi et tu me dis : « J'ai des droits
sur vous. Vous me l'avez assez répété. Que pouvez-
vous faire ? » Je te réponds : « Mon temps, tout ce
que je peux avoir d'influence sont à toi. » (Tu entends
bien qu'il ne s'agit pas de toi, Bernard Jacquelain, tu
n'es qu'un symbole, mais de tous les combattants, tes
frères.) Prenez en main les destinées du pays. Pauvre
pays, il réagit moins virilement dans la paix que dans
la guerre, l'as-tu remarqué ? Et toi aussi, mon petit

Bernard, tu me sembles moins décidé, moins sûr de tes propres forces que tu ne l'étais en 18. Si tu avais accepté alors la proposition que je t'avais faite, si tu m'avais suivi en Amérique, tu arrivais à un moment où on manquait d'hommes ; tu entrais d'emblée dans un monde – grands industriels, capitaines d'industrie – le Monde, enfin, le vrai, celui où se forge à présent notre avenir, tu avais le pied sur le premier échelon : il appartenait à toi ensuite, à ton génie, à ton labeur de monter jusqu'au sommet. Mais ce moment est passé. C'est injuste, c'est cruel, c'est ainsi. Les hommes...

Il s'interrompit, montra la salle du restaurant où ils déjeunaient, pleine de monde :

– Les hommes... Regarde. On en a tué deux millions, rien qu'en France. Et ça regorge, ça s'étouffe de nouveau. Il y a cent candidats pour une place. Et tout le monde est intelligent. Tout le monde peut, veut et doit arriver. C'est effrayant. Et tout le monde est pressé, remarque. Il ne s'agit pas d'attendre, de s'enrichir par une longue épargne ou par un travail assidu, mais d'être riche tout de suite. C'est aussi ce que tu veux, n'est-ce pas ? Mais tout le monde veut la même chose que toi. Regarde autour de toi.

– Il faudrait une seconde Grande Guerre, murmura Bernard, mais, cette fois-ci, ce sera le tour des autres...

– Je t'en prie, dit Détang en lui mettant la main sur le bras d'un geste affectueux, je t'en prie, ne sois pas amer. Imite-moi. J'ai toujours su garder au milieu des pires traverses ma foi en la bonté des hommes, ou plutôt en leur infinie perfectibilité. Je suis convaincu qu'un jour viendra où cette terre (tiens, ceci est une idée que j'ai développée à Toulouse le mois dernier), ressemblera à un banquet où tous trouveront place, il y aura à boire et à manger pour tous. C'est cela notre idéal, et c'est vers cela que nous allons. Mais, en attendant, quelle mêlée effroyable ! C'est que le monde est pauvre encore. Nous ne produisons pas assez. Cela, les Américains l'ont compris. Quel peuple !

Il pressa vigoureusement un quartier de citron sur la sole dorée qu'on lui servait ; il en exprima tout le suc et le rejeta :

— Donc, que puis-je t'offrir ? J'ai pour amis de grands banquiers. Tu peux avoir une place à huit cents francs par mois pour commencer. Tu fais la grimace ? Dame, c'est toujours la même chose. Trop d'hommes, mon ami, trop d'hommes, et chaque personnalité influente est entourée d'une nuée de clients, comme on les appelait au temps de l'Antiquité romaine, comme on peut les appeler aujourd'hui, et à chacun il faut jeter son os. Alors, tu comprends, la carcasse est rongée.

Il sourit agréablement :

— Secrétaire d'un homme politique ? Il faut connaître la cuisine du métier. Sale cuisine, entre parenthèses. Donc, nous nous rejetons vers les vieilles carrières classiques : médecin, ingénieur, avocat. Tu étais un bûcheur, autrefois. Recommence tes études. Je suis sûr que ça ne te fait pas peur. Seulement, c'est dur de rester à l'écart de cette pluie d'or, n'est-ce pas, parce que tu dis avec raison que l'averse s'arrêtera, qu'il y a un temps pour tout et qu'avoir vingt-deux ans au lendemain de l'Armistice et ne pas en profiter, ce n'est vraiment pas de chance.

– Je suis sûr, dit Bernard, que si vous vouliez me venir en aide...

Il hésita :

– Je me permets de vous importuner (« tiens, je lui dis *vous* de nouveau, songea-t-il : la guerre est finie, je suis démobilisé, je reprends le veston et le col mou, je retrouve le sentiment des distances et la déférence qui sied vis-à-vis d'un homme riche et influent »), si je me suis permis de vous demander un rendez-vous, c'est que j'ai cru sentir que vous vous intéressiez à moi et que Mme Détang, que j'ai interrogée à ce sujet, a bien voulu m'assurer que je ne me trompais pas, que vous lui aviez parlé de moi avec sympathie.

– Ma femme te trouve très gentil. Enfin, je te connais depuis l'enfance. Je dois te dire que dans la situation où je me trouve et étant donné le méli-mélo invraisemblable qu'est devenu à Paris un certain monde, on se raccroche à ceux qu'on connaît. Ils représentent un élément stable dans ce désordre. Il est vrai que j'avais pensé...

Leur conversation était hachée par le va-et-vient des garçons, par des appels au téléphone, par tous ceux qui, en passant, venaient le saluer ; il connaissait toute la terre. Il baisait la main des femmes et, ensuite, il tapotait d'un air affectueux les doigts gantés qu'il avait portés à ses lèvres, comme si, de toutes ces femmes, il avait été le plus intime ami. Malgré toutes ces interruptions, jamais il ne perdait le fil de ses pensées ni de son discours. La foule était son élément naturel ; il ne respirait à son aise qu'au sein d'une épaisse cohue.

– J'avais pensé t'attacher à moi, non pour le côté politique de mon existence. Pour cela, j'ai déjà quelqu'un. Non. Voici. Je poursuis simultanément deux buts. Il faut te dire que pendant ce premier voyage en Amérique, voyage qui, depuis, a été suivi de beaucoup d'autres, ainsi que d'entrevues avec tout ce qui compte là-bas, je me suis trouvé placé de telle sorte que j'aurais pu faire de brillantes affaires. Je suis lié avec un magnat de l'industrie américaine, un type dans le genre de Ford, qui m'offrait d'être en quelque sorte son représentant pour la France, de placer ici certains produits de cette industrie ; ils fabriquent tout ce qui touche à la mécanique, des autos, des avions, en pièces détachées ; il y a là tout un côté technique qui serait trop long à t'expliquer. Bref, qu'il te suffise de savoir que j'aurais, de ce fait, rendu à la France d'inappréciables services. Mais vois comme les choses sont mal faites. L'Américain fait appel à moi pas pour mes beaux yeux, tu penses, mais parce que, homme politique, j'ai ici l'oreille du gouvernement. Je puis être appelé à faire partie, d'un jour à l'autre, de ce gouvernement. Mais, si je désire rester ce que je suis et éviter les scandales, il faut me garder comme du feu de faire connaître, officiellement du moins, mes relations avec la finance d'un pays étranger. J'ai des ennemis. Qui n'en a pas ? J'espère en avoir davantage. La grandeur d'un homme se mesure au nombre de ses ennemis. Je ne me souviens plus qui a dit ça, c'est très joli. Donc, mes ennemis crieraient sur les toits que je suis vendu, que j'appartiens à la finance américaine. Qu'homme d'affaires, ma valeur en tant qu'homme politique en soit augmentée (car le sens aigu des réalités, une vision prompte et sûre, tout cela est l'apanage du businessman), que je fasse bénéficier mon pays de l'avance que l'industrie américaine a sur nous – peu leur chaut. Ils ne verraient en moi qu'un homme d'argent, inféodé à la finance internationale, moi qui suis l'homme d'une idée, qui ne veux que le rayonnement, la grandeur et la prospérité de la France ! J'ai donc pensé qu'il me faudrait trouver quelqu'un qui, moyennant un fixe à débattre et un pourcentage intéressant, pourrait me servir de prête-nom. Par exemple, je dois placer en France des bandes de mitrailleuses ou des charrues d'un type perfectionné, ou des pièces d'autos... je cite au hasard. Je sais à qui il faut s'adresser pour cela, comment traiter, quels pots-de-vin distribuer, mais je ne bouge pas, je ne me montre pas. Mon nom n'est pas prononcé. Je ne signe pas. Je reste dans l'ombre. Et ne crois pas surtout que de pareilles transactions portent ombrage à l'industrie de mon pays, car des produits français peuvent être introduits aux Etats-Unis de la même manière. Tu vois l'immense champ d'activité qui nous est ouvert ? Tu vois les féconds échanges, les liens multiples d'intérêts que nous tisserons ainsi entre les deux Républiques ? Veux-tu que je te dise le fond de ma pensée ? Tu sais que je suis un fervent de la Société des Nations. Entre nous, je n'ai pas peu contribué à faire germer dans l'esprit des peuples cette idée admirable, cette grande espérance. Mais, vois-tu, ce n'est pas encore ça qui fera régner la paix parmi les hommes. La paix, elle est dans les mains du commerce et de l'industrie. Je rêve d'une statue placée un jour, plus tard, sur une place de Paris, et symbolisant ce que je veux dire : le Commerce et l'Industrie, des figures allégoriques, vêtues à l'antique, se tenant debout, les mains entrelacées, et une colombe, avec un brin d'olivier dans le bec, s'envolant de ces mains liées et venant se poser sur le globe terrestre. N'est-ce pas que c'est beau ? Mais dis donc que c'est beau ! A ton âge, on doit être enthousiaste. Ecoute, réfléchis à ce que je te dis là. Pour le moment, je ne pourrai pas te donner grand-chose...

4

– Bernard a une belle situation, disait Mme Jacquelain à Thérèse. Il se fait jusqu'à cinq mille francs par mois. Il travaille pour tout un groupe de financiers américains. Moi, je ne suis qu'une femme, je ne comprends rien à ces choses-là, mais je pense qu'il a un bel avenir. Son père avait tort de s'inquiéter à son sujet. Je savais bien que mon petit garçon était quelqu'un, moi. « Maman, je fais mon apprentissage, me dit-il : j'apprends la manière dont se traitent les grandes affaires. Je ne suis qu'un sous-ordre maintenant, mais, peu à peu... » Peu à peu il volera de ses propres ailes, Thérèse. Vous verrez qu'il aura son auto. Déjà maintenant...

Elle étouffa un petit rire :

– Si vous voyiez ses vêtements... Il s'est commandé chez Sulka des pyjamas brodés à son chiffre. Il se met en habit pour dîner en ville. Son père en aurait été révolutionné. Vous ne trouvez pas qu'il devient très beau ?

Elle n'attendit pas la réponse de Thérèse. Elles étaient chez les Brun, un dimanche, dans la chaude petite salle à manger, quelques jours après l'enterrement d'Adolphe Brun, mort d'une embolie. Il venait de lire son journal ; il s'apprêtait à boire sa tasse de café noir fumant, apportée par Thérèse, ce café qu'il ne laissait pas aux femmes le soin d'acheter, car il prétendait que leur odorat n'était pas aussi développé que celui des hommes et qu'elles étaient incapables de juger le bouquet d'un vin, le parfum d'un fruit, l'arôme de Moka. M. Brun, lorsqu'il choisissait un melon, par exemple, le saisissait des deux mains, délicatement, et le humait avec une expression presque amoureuse. M. Brun était un sybarite. Il aspira l'odeur du café, sourit. Il était un peu pâle : depuis quelques jours, il se sentait souffrant. Il tourna sa bonne figure vers Thérèse, ouvrit tout à coup convulsivement la bouche une fois, deux fois, comme un poisson qui sort de l'eau, fit un mouvement de la main de faible protestation, comme s'il disait : « Mais, Monsieur, je ne vous dois rien, moi », soupira, et ses longues moustaches retombèrent sur sa poitrine : il était mort.

Thérèse mettait en ordre les vêtements de son père, à genoux devant une grande malle cerclée de fer qui contenait, dans les casiers du bas, des souvenirs de sa mère, morte si jeune, des corsages démodés, des robes de soie brochée, du joli linge modeste. Tout cela avait été gardé pour elle, « quand Thérèse sera grande, elle en tirera parti », disait la grand-mère, mais elle n'avait jamais osé le faire. Elle donna un tour de clef à la malle ; tout cela serait monté au grenier qui contenait déjà la valise de Martial avec ses livres de prix, avec ses livres de médecine, avec les portraits de son père et de sa mère. « Trois vies, se dit Thérèse, trois pauvres vies qui n'ont pas laissé d'autre trace sur la terre que des livres jaunis et de vieux vêtements. Mon Dieu, que je suis seule », pensa-t-elle encore, et elle regarda Mme Jacquelain avec détresse. « Elle est veuve, mais elle a un fils, elle est heureuse... Bernard... il est venu à l'enterrement, mais depuis... Il vit dans un milieu si brillant, si différent de l'ancien. Il a des maîtresses. Renée Détang, sans doute, et d'autres... Qu'est-ce que ça me fait ? »

Un peu plus tard, Mme Pain ouvrit la porte à Bernard et, tout d'abord, dans l'ombre du vestibule, elle ne le reconnut pas :

– Vous demandez, Monsieur ?

Puis elle se frappa le front :

– Je suis bête... C'est le petit Bernard. Entre, petit, lui dit-elle comme autrefois, lorsqu'il montait chez eux après le dîner, avec ses livres et ses cahiers sous le bras et disait :

– Bonjour, madame Pain, je peux faire mes devoirs chez vous ?

– Thérèse, c'est le petit Jacquelain, appela-t-elle.

Elle lui ouvrit la porte de la salle à manger et la referma doucement derrière lui, laissant les jeunes gens seuls entre le sofa de cretonne noire à bouquets roses et le portrait de Martial au mur. Ces petits... Elle hocha la tête avec une expression particulièrement malicieuse, puis retroussa ses manches d'un geste vif et énergique et revint dans la cuisine d'où elle entendit les murmures étouffés des enfants. Thérèse était amoureuse de ce garçon. Elle avait, lorsqu'il s'approchait d'elle, un regard... Mme Pain sourit et soupira : « Ma pauvre Thérèse... Elle a la vie douce ; oui... Mais ça ne suffit pas, quand on est jeune... Il faut des larmes, de la passion, de l'amour, des aventures... Plus tard on se résigne à sa petite existence tranquille. Puis on ne demande qu'une chose au bon

Dieu : continuer ! Continuer à éplucher les légumes, jour après jour, pour la soupe, à descendre chercher son lait chez la crémière, à lire le feuilleton du *Petit Parisien,* à sucer des pastilles de menthe qui font l'haleine fraîche... Pas autre chose, mon Dieu, et le plus longtemps possible. C'est le moment que Dieu choisit pour envoyer chez vous un ange du ciel qui vous saisit et vous entraîne, que vous le vouliez ou non, vers la suprême aventure, pleine d'ombre et de mystère... « C'est mal arrangé, se dit-elle. Bon, est-ce que je n'aurais pas assez de câpres ? Je me demande si Thérèse retiendra ce petit à dîner. Elle aura du mal, pensa-t-elle encore, elle aura bien du mal. » C'est que, de tous les temps, les hommes avaient été difficiles à retenir. A prendre, ça, il suffisait d'avoir le nez au milieu de la figure... Un homme était toujours à prendre, mais à garder !... « Est-ce qu'il ne va pas lui faire faire des bêtises ? »

Elle n'était pas plus bégueule qu'une autre, mais ça... « Ce n'est plus une jeune fille, c'est une femme. Alors, dame, ce qu'on a connu, on le regrette... » Mais il ne faudrait pas qu'elle fasse ça. C'est mettre de son côté toutes les chances de malheur. C'est souffrir mort et passion si on a du cœur et, si on n'en a pas, si on en prend un second, puis un troisième, c'est ressembler, pour finir, à la mère Humbert. Voilà la femme qui a eu des amants. Une vieille peinte, avec ses yeux froids. Mais on n'a jamais eu de mauvaises femmes dans la famille, se dit Mme Pain, comme elle aurait pensé : « Pas de danger qu'elle s'en aille de la poitrine : on n'a jamais eu de tuberculose chez nous... » Oui, on pouvait être tranquille. Mais Thérèse aurait du mal. Il était lancé, ce petit Bernard, dans la grande vie... Elle se rappela son défunt époux : « Des chanteuses et le champagne à vingt francs la bouteille, je connais ça... »

Sa vive imagination de femme honnête lui présenta avec une extrême abondance de détails les tableaux d'orgie où feu M. Pain, de la Maison Pain Fils et Successeurs, Rubans et Voilettes, avait mangé son argent ; elle vit en esprit une table de baccarat entourée de demoiselles aux corsages parfumés, et des baignoires grillées dans les petits théâtres. « Les hommes ont toujours aimé le plaisir et l'argent. Les femmes, c'est le cœur qui les retient. On épargne parce qu'on pense aux enfants ; on se prive pour assurer des douceurs à des petits qu'on ne verra même pas. Mais l'homme... il gâche, il détruit. Toutes ces générations de femmes qui, patiemment, ramassent ce que l'homme a laissé tomber, qui, jour après jour, nettoient les cendres sur les tapis, raccommodent les poches et les chaussettes trouées, mettent de l'ordre, rallument le feu... Thérèse ferait comme les autres ; elle récolterait des miettes d'amour ; elle ranimerait une pauvre petite flamme tremblante. Elle épargnerait les sous que Monsieur dépenserait aussi vite qu'il les avait gagnés. C'était dans l'ordre ; c'était la destinée des femmes. »

Mme Pain fredonna en mettant en ordre la petite cuisine, puis se tut d'un air chagrin en se souvenant que, huit jours demain, ce pauvre Adolphe... Mais à quoi bon pleurer ? On n'y pouvait rien. « Quand ce sera mon tour, je voudrais bien m'en aller en sachant que Thérèse est contente... avec un beau garçon. Il a de jolis yeux, ce petit Bernard... A douze ans, il avait déjà des yeux à la perdition de son âme... On ne les entend plus, dans la salle à manger. Qu'est-ce qu'ils font ? Maria, tu es bête, se dit-elle parlant au petit miroir pendu en face du fourneau et qui lui renvoya l'image d'une vieille femme très rouge et échevelée (elle avait toujours le sang à la tête maintenant) : ce ne sont plus des enfants... Voyons, si ma petite-fille n'est pas une sotte, elle retiendra son amoureux à dîner. J'ai une jolie queue de colin... Je leur ferai une sauce mousseline. Mais, décidément, je manque de câpres. Je vais descendre en acheter. »

Elle se glissa hors de l'appartement. Elle était vieille et forte, mais elle avait une démarche légère ; Thérèse ne l'entendit pas partir et ne l'entendit pas remonter. Thérèse était seule quand sa grand-mère revint avec les câpres.

— Mais où est Bernard ? demanda la vieille dame d'un ton déçu.

Thérèse était assise devant la table et elle ornait de crêpe son petit chapeau noir. Son buste et sa tête étaient immobiles et très droits : enfant, elle se tenait ainsi, rigide et silencieuse, lorsqu'elle avait envie de pleurer et qu'elle retenait ses larmes ; ses mains semblaient douées d'une vie qui leur était propre ; agiles et gracieuses, elles voltigeaient parmi les aiguilles et les pelotes de fil ; elles déroulaient le long ruban de crêpe ; elles piquaient et enfonçaient les épingles. Mme Pain vit que les lèvres de Thérèse étaient toutes blanches ; elles ne formaient qu'une mince ligne livide dans son visage.

— Tu aurais bien dû le retenir à dîner, dit Mme Pain d'un air faussement indifférent.

Thérèse répondit sur le même ton :

— J'y ai pensé, mais il était pris...

– Bah, on a toujours le temps de dîner. Une si jolie queue de colin !

– Grand-mère, il t'a cherchée pour te dire adieu.

– J'étais descendue acheter des câpres.

– Il a beaucoup regretté. Il part demain, acheva-t-elle. Il part pour l'Amérique. Sa mère ne le sait pas encore.

– Qu'est-ce qu'il va faire en Amérique ? demanda Mme Pain. Elle s'assit et s'éventa du *Petit Parisien* plié en deux ; elle ressentait tout à coup de la fatigue et de l'essoufflement : des étages descendus et remontés en vain. Elle avait voulu préparer un bon petit dîner à ces enfants... Thérèse avait laissé partir son amoureux... Les femmes d'aujourd'hui n'avaient que ce qu'elles méritaient. Elles étaient trop fières : « A l'âge de Thérèse, moi, je lui aurais sauté au cou, se dit Mme Pain ; je lui aurais tenu la dragée haute pour le reste, ça, oui... Mais un bon baiser... Il serait resté. Qu'est-ce que je vais faire de toutes ces câpres maintenant ? »

– Il part pour longtemps ? demanda-t-elle.

– Deux, trois mois.

– Alors, il reviendra, va, ma fille, dit-elle en regardant avec bonté les mains tremblantes de Thérèse. Thérèse ne pleurait pas ; sa voix était calme, mais elle ne pouvait arrêter le tressaillement convulsif de ses doigts ; elle prit les ciseaux et coupa de travers un petit bout de crêpe ; elle laissa retomber l'ouvrage :

– Je ne fais rien de bon ; je n'y vois plus.

Elle se leva pour allumer une lampe.

– Il ne reviendra pas souvent, dit-elle après un moment de silence. C'est une autre vie là-bas, qu'est-ce que tu veux ? Elle fit un mouvement vague qui désignait à la fois l'Amérique et ce monde inconnu, brillant où l'argent était facile, où on s'amusait, où les femmes se donnaient sans amour.

Elle se rassit en silence et recommença à façonner le petit chapeau noir ; il était vieux ; on avait teint le feutre, car il fallait épargner, compter les sous. Sa pension de veuve et les fonds russes suffisaient à peine à cette vie si chère. Bernard ne voulait plus de ce « bonheur petit-bourgeois ». Bernard allait faire des affaires d'or en Amérique. Détang l'avait introduit parmi les politiciens et les financiers. Bernard disait : « Si vous saviez quelle cuisine se fait là-dedans... » Il le disait ; il savait que c'était mal ; il en profitait ; il pêchait en eau trouble, comme les autres. Lui, qui avait fait la guerre, il pensait, il disait qu'il aurait mieux valu spéculer sur les stocks américains. Il se moquait de tout. Il ne respectait rien, ni les femmes, ni l'amour, ni les idées pour lesquelles on s'était battu.

Elle piquait et enfonçait l'aiguille, piquait et enfonçait l'aiguille, cousait avec diligence sans lever les yeux.

5

Bernard, quand il fut de retour des Etats-Unis, toucha près de cent mille francs de commission pour avoir négocié un achat d'huiles lourdes destinées à la Cilicie et à la Syrie. C'était non seulement une brillante affaire, mais, du point de vue patriotique, on ne pouvait que se féliciter de voir si bien pourvues nos armées du Grand Liban.

– Je pourrais te faire décorer, avait dit Raymond Détang, mais tu es bien jeune... Contente-toi d'avoir rendu service à ton pays et d'avoir empoché une jolie somme...

Lui-même gagnait cinq millions sur la transaction.

C'était une belle réussite ; Bernard goûtait d'enivrants plaisirs. Une enfance de petit bourgeois, fermée de toutes parts ; le cercle de la famille dressé entre lui et le monde, formant d'infranchissables barrières. Quatre ans dans les régions infernales et, pour finir, ces années dorées de 1920-1921, chaudes et pleines comme des grappes. « Viens et prends, disaient les hommes et les femmes. Ne te demande pas si c'est bien ou mal surtout. C'est un temps heureux et sans scrupule. Profites-en. »

Cent mille francs... Il acheta une voiture ; il loua

une garçonnière. Il savait très bien que cent mille francs, à ce train-là, dureraient trois mois, six mois... Mais, après cela, il gagnerait de nouveau de l'argent.

– En somme, l'existence est simplifiée, disait-il à Thérèse qu'il voyait de temps en temps, lorsqu'il venait rendre visite à sa mère. Il vint pour le Jour de l'An, et, deux mois plus tard, lorsqu'il eut pris froid, il passa huit jours à la maison pour se faire soigner. C'était assez doux de se retrouver dans sa chambre d'enfant avec ces vieux volumes déchirés des *Trois Mousquetaires*. Oui, la vie est bien plus simple. Avant, on se tourmentait pour des tas de choses : le devoir, l'honneur, des scrupules de conscience, des histoires amoureuses. Maintenant, il n'y a qu'un problème : comment gagner, le plus vite possible, le plus d'argent possible ? Et comme le monde entier n'applique son esprit qu'à ça, il obtient d'assez jolis résultats. Ainsi, pendant la guerre, les gens ne pensaient qu'aux armements, et ils faisaient de grandes choses dans cet ordre d'idées. Maintenant, c'est l'argent... On fait de l'argent avec tout et avec rien. Recommandations, passe-droits, faveurs, un déjeuner avec des gens de Bourse, un appartement libre qu'on trouve, une réclame qu'on lance, un château, un tableau, une auto qu'on revend...

– Il est très drôle, confiait Mme Jacquelain à Thérèse : on ne sait jamais s'il est sérieux.

– Un jour, dit Bernard, je vous inviterai chez moi... avec maman, cela va sans dire, pour vous servir de chaperon. Vous verrez comme c'est agréable une belle maison, bien meublée, bien servie.

– Et pourtant vous venez ici quand vous êtes malade...

– Naturellement, quand j'ai la grippe et une gueule comme ça, je ne suis pas dans mon état normal. Je fais du sentiment. Est-ce que vous viendrez, Thérèse ? J'ai des masques nègres. J'ai une salle de bains dallée de vert. J'ai un boy chinois et un chat de Siam. Des joujoux, quoi ?

Elle le regardait et elle songeait : « Je l'aime. Je l'aime comme il est, heureux, infidèle, désinvolte, aimé des femmes, de la fortune. Je l'aimerais pauvre et malheureux. Il est brave, il est intelligent, mais je ne le respecte pas comme je respectais Martial. Il n'a pas de caractère. Il me ferait souffrir... s'il voulait. Mais il n'y a rien à faire. Je l'aime. »

Elle n'osait pas croire qu'il l'invitât vraiment un soir à venir chez lui, et pourtant il le fit. Il voulait plaire à Mme Jacquelain et la présence de Thérèse allégerait la corvée ; il était content de leur faire admirer son joli appartement. Enfin, Thérèse occupait dans sa pensée une place, très humble, mais c'était la sienne... elle ne bougerait pas... « Thérèse, une fille bien roulée, mais qui ne veut rien entendre... Tant pis ! Tout de même, elle vaut mieux que Renée. » Oh, cette Renée, mépriser une femme, la voir exactement comme elle est, une garce, sans cœur, et s'être attaché à elle au point de souffrir, de se désespérer, d'être jaloux... « Et le mari... Ces histoires d'argent... Pouah ! Un jour, je lâcherai tout ça », se disait Bernard en rentrant chez lui au petit matin. « C'est sale, c'est laid... Un jour, j'épouserai Thérèse. » Mais, pensait-il avec un brusque sursaut de sincérité, quand on a goûté de ça : des femmes comme Renée, de l'argent comme ces cent mille francs qui vous tombent dans le bec pour une signature donnée et un voyage d'agrément à New York et à Washington – on ne s'en défait plus. C'est une tunique de Nessus. Bah ! N'y pensons pas. Quelle importance ça a pour le cours du monde ? Il ira son petit bonhomme de chemin, que Bernard Jacquelain soit pauvre ou riche, une poire ou un malin. Qu'est-ce que ça fait ?

Un soir de juin, il invita chez lui sa mère et Thérèse. Quelle joie ! Une joie stupide, car, enfin, cela l'avancerait à quoi ? Elle était femme et elle ne pouvait se contenter d'aspirations vagues, de ferveur informulée. Il lui fallait des aveux, des mots d'amour, l'amour lui-même – pourquoi pas ? elle était jeune. Mais il lui fallait surtout la possession de l'homme aimé, celle que le mariage seul permet. Vivre, dormir auprès de lui, veiller à ses repas, à sa santé, à son bien-être, lui demander le matin : « Qu'est-ce que tu fais aujourd'hui ? », l'interroger le soir : « Qui as-tu vu ? Qu'est-ce que tu as fait ? Raconte. » Lui donner des enfants. Oh, cela surtout, quand elle pensait aux enfants qu'elle aurait pu avoir, quelque chose d'animal, de profond, de doux, encore ignoré d'elle, commençait à tressaillir et à s'agiter dans son corps.

Un jour, il comprendrait qu'elle pouvait lui donner le bonheur. Mais il n'y avait pas beaucoup d'espoir tant qu'il vivait dans ce milieu.

– Ce qu'il aime, pensait-elle, ce n'est pas Renée, ce n'est même pas l'argent... C'est le luxe. On peut lutter contre une rivale. On ne peut pas, de nos jours, arracher un homme à la séduction d'une auto, d'une salle de bains dallée de vert, d'un chat siamois.

Elle ne connaissait rien aux affaires qu'il traitait, mais elle devinait qu'elles sont de celles qui procurent le superflu plus facilement que le nécessaire, qu'elles s'alimentent de bluff, de réclame et de dépenses jusqu'à s'épuiser dans l'effort de produire assez pour dépenser, de dépenser sans cesse pour produire encore. Un cercle vicieux, une sorte de chimère de l'or... Bernard le disait lui-même, mais cela seul, cette combinaison seule permet le luxe.

– Mon Dieu, est-ce qu'on a besoin de tout cela pour être heureux ? se disait Thérèse. Elle était entrée avec Mme Jacquelain, à son bras, dans la maison où habitait Bernard. Tout lui paraissait immense, l'écrasait. C'était un grand immeuble neuf, près du Bois, à deux pas de la demeure des Détang, ce qu'elle ignorait. Un Chinois en veste blanche leur ouvrit et dit que Monsieur n'était pas encore rentré, qu'il avait commandé le dîner pour huit heures.

– Il ne va pas tarder, dit Mme Jacquelain. Thérèse, ma chérie, nous allons en profiter pour visiter la garçonnière. Une garçonnière... Qu'aurait dit mon pauvre mari s'il savait que Bernard a une garçonnière ? Vous vous rappelez son petit lit de fer dans la salle à manger, derrière le poêle, avant qu'il ait sa chambre ? Ça doit le changer. C'est tout de même admirable d'être arrivé à un pareil résultat en si peu de temps. Voilà la galerie, dit-elle avec fierté. Voici son petit bureau. Voulez-vous voir sa chambre ?

Dans la chambre il y avait une grande glace où Thérèse vit son image. Elle portait une robe noire avec un petit col et des manchettes de linon. Elle se trouva jolie. C'était une robe qu'elle avait coupée et cousue elle-même. « Ça vaut bien leurs modèles des grands couturiers, se dit-elle avec défi. Après tout, elles ne sont pas confectionnées par des dieux, mais par de petites ouvrières, de modestes petites femmes comme moi. Et chaque point contenait tant d'amour, tant de désir de plaire... »

– Il me regardera, songea-t-elle, le cœur battant de joie. Il me dira : « Cette robe vous va bien, Thérèse. » Je n'ai pas de bijoux, mais j'ai de jolis bras et un joli cou. C'est la vérité. Il faudra bien qu'il s'en aperçoive. Le dîner... Tous les trois bien tranquilles... Il faudra faire prendre deux doigts de champagne à Mme Jacquelain, j'ai vu du champagne dans le frigidaire (car Mme Jacquelain lui avait fait visiter la cuisine et l'office) : quand elle en boit, la brave femme, elle s'endort aussitôt. Je me rappelle la première communion de Bernard ; sa mère s'était endormie au dessert.

Elle imagina Mme Jacquelain somnolente dans son fauteuil. Elle et Bernard se réfugieraient dans ce petit bureau. C'était la seule pièce qui lui parût accueillante. Sur le divan. Il lui offrirait une cigarette... Si elle le voyait tendre et drôle comme il était parfois, elle n'en pourrait plus, son cœur fondrait, elle lui jetterait les bras autour du cou. Elle lui dirait : « Gardez-moi toujours... Il vous faut une femme pour vous dorloter, pour vous soigner quand vous êtes malade, pour surveiller la cuisinière, car vous renverrez ce boy chinois à figure de voleur... Gardez-moi. »

Elle sourit et arrangea devant la glace la broche qui retenait son col ; c'était un petit cœur de rubis entouré d'une poussière de diamants. Un cadeau de sa grand-mère... « Je pensais te le léguer », avait dit Mme Pain qui aimait beaucoup faire ce qu'elle appelait « ses petits plans », ses accommodements avec la vie future ; elle imaginait Thérèse ouvrant l'écrin, retirant le bijou, le faisant miroiter à la lumière, adressant une pensée émue au souvenir de sa grand-maman. « Oui, je pensais le garder encore quelque temps, mais je te le donne aujourd'hui pour qu'il te porte bonheur... » Ces vieilles femmes – Mme Pain, Mme Jacquelain – savaient tout. Mme Jacquelain aurait souhaité pour son fils une héritière, « mais ce n'est rien, ça, ça ne me fait pas peur », songea Thérèse.

– Il est tard, dit Mme Jacquelain, qui, elle aussi, regardait dans la glace, avec satisfaction, sa robe neuve qu'elle avait fait un peu écourter, suivant timidement, de loin, la mode indécente de 1921 et montrant à mi-mollet ses bas de coton noir. La table est mise avec beaucoup de goût. Ce garçon, ce cuisinier, ce valet de chambre m'a dit que Bernard recevait presque chaque soir du monde à dîner. Le polisson... Il y a des fleurs sur la nappe ; ça fait « grand monde », vous ne trouvez pas ? Je me demande ce que nous aurons à manger, par exemple.

– Je suis sûre que ce sera excellent, dit joyeusement Thérèse.

– Je pourrais bien donner quelques recettes à ce Chinois, continua Mme Jacquelain ; je me demande s'il sait faire un bon navarin aux pommes et des gaufres. C'étaient les plats préférés de Bernard. Mais revenons dans le salon, si vous voulez bien, mon enfant. Mon fils va rentrer d'un moment à l'autre.

Thérèse obéit ; elles attendirent silencieusement ; après quelques instants, un pas frôla le tapis derrière la porte.

– Le voilà, murmura Mme Jacquelain : nous n'avons pas entendu sonner, ni la clef dans la serrure, mais cet appartement est si vaste !

Mais ce n'était que le Chinois qui ouvrit une porte derrière laquelle se trouvait un petit bar :

– Cocktails ?

– Mon Dieu, Thérèse, regardez comme c'est drôle ! s'écria Mme Jacquelain. Elle commençait à se dire qu'elle et son mari avaient gaspillé leur jeunesse en vain. Le monde était plus riche qu'elle ne l'avait cru, plein de plaisirs étranges.

– Mais, dites donc, ça doit être fort, tout ça ?

– Il y a du fort et du faible, répondit le Chinois. Mme Jacquelain accepta un verre rempli d'un liquide glacé d'une couleur perfide d'eau dormante ; puis elle voulut bien goûter un breuvage confectionné avec un jaune d'œuf et de la cannelle. « Cela doit ressembler à un lait de poule. » C'était doux et cela avait une saveur de glace et de feu.

Le Chinois disparut silencieusement. Mme Jacquelain fit quelques pas incertains au milieu du salon :

– Ce gosse... Voyez-vous ce gosse qui offre des cocktails à sa vieille maman ? J'aurais dû en prendre encore un, vous ne croyez pas, Thérèse ? Nous en boirons quand il sera là...

Quand il sera là... Thérèse regarda la pendule. Comme il était tard... Elle pliait et dépliait machinalement son petit mouchoir.

– Je me demande, dit Mme Jacquelain pensivement, je me demande où est mon polisson de fils. Il doit avoir une liaison dans le très grand monde. Quelque dame de l'aristocratie, peut-être, ou une riche étrangère...

– Détrompez-vous, dit sèchement Thérèse. Il est l'amant de Renée Humbert qui se promenait avec nous, le dimanche, aux Champs-Elysées. La fille de la modiste... Seulement, maintenant, comme elle est très riche et bien habillée, elle l'épate, voilà, elle l'épate. Comme tout ce luxe voyant, comme ce Chinois à face de carême.

– Moi, je le trouve très gentil, dit Mme Jacquelain en souriant aux anges ; elle voyait toutes choses à travers les vapeurs parfumées de l'alcool. Et cet appartement est très gentil aussi. Mais n'est-ce pas le téléphone qui sonne ?

C'était le téléphone. Elles entendirent à travers la porte la voix feutrée du Chinois qui répondait : « Oui, Monsieur. Bien, Monsieur. Parfaitement, Monsieur. » Il raccrocha, souleva la portière, apparut un instant :

– Monsieur vient de téléphoner. Monsieur s'excuse beaucoup. Il a été retenu. Il prie ces dames de commencer à dîner sans lui. Il viendra un peu plus tard.

– Eh bien, dînons, s'écria Mme Jacquelain après un instant de silence. Dînons. Ne laissons pas refroidir le potage.

Elles prirent place à table, l'une en face de l'autre, jetant de furtifs regards sur la chaise vide du maître de la maison. Thérèse n'avait plus d'appétit. « Mais mangez donc, vous ne mangez rien ! » disait Mme Jacquelain qui, peu à peu, s'assombrissait.

Quand on servit le poisson, un chat siamois, à la fourrure couleur de sable, aux yeux transparents, sauta sur la table ; Mme Jacquelain le chassa avec sa serviette.

– Ce n'est pas ma vieille Moumoute qui se permettrait ça, remarqua-t-elle, choquée.

Le chat poussa un miaulement strident et désagréable, griffa Thérèse qui voulait le caresser et disparut. Thérèse éclata en sanglots. Mme Jacquelain, dégrisée, la regardait pleurer avec consternation :

– Voyons, ma petite, de la tenue... Le domestique...

– Je m'en fiche, de ce magot, protesta Thérèse à travers ses larmes : je vous en prie, Mme Jacquelain, laissez-moi partir.

– Mais Bernard va rentrer tout de suite. Il s'excusera. C'est grossier de sa part, mais vous êtes de si vieux amis, s'écria Mme Jacquelain.

– Je ne suis pas fâchée, je ne lui en veux pas, mais je voudrais partir.

– Vous n'allez pas me laisser seule ? Attendez un quart d'heure, encore un petit quart d'heure. Jusqu'à dix heures, tenez. A dix heures, nous partirons.

Elles attendirent jusqu'à dix heures, jusqu'à dix heures et demie, jusqu'à onze heures. Elles ne mangeaient plus. Parfois, on entendait le bruit de la porte cochère en bas et le long ronflement sourd de l'ascenseur. « C'est lui. Il vient », pensaient les deux femmes et leurs cœurs battaient. Mais l'ascenseur s'arrêtait à l'étage au-dessous ou montait plus haut. Les fleurs coupées se fanaient sur la nappe. Thérèse les ramassa, en fit un bouquet et les mit à tremper dans un verre d'eau. Pauvres fleurs... Où était Bernard ? A onze heures, Mme Jacquelain dit avec un soupir :

– Je crois effectivement que... Ce sera pour une autre fois, Thérèse...

Elles rentrèrent chez elles par le métro Etoile-Gare de Lyon. Mme Jacquelain, dans le bruit des tunnels et des rames, parlait :

– Je le gronderai. Il est trop gâté. Il se croit tout permis. Il viendra vous demander pardon, Thérèse. Cet appartement... Je suis sous le charme... Je n'avais jamais goûté de pamplemousses. Avez-vous remarqué cette nappe brodée à la main, Thérèse ? Il a des draps en crêpe de Chine. Sa femme prendra soin de toutes ces belles choses. Il se rangera un jour. Il pourrait faire un riche mariage, mais... s'il trouvait une femme qui l'aime... Qu'en pensez-vous, ma petite Thérèse ?

Mais Thérèse ne desserrait pas les lèvres.

6

Thérèse rentra et se coucha. C'était une nuit brumeuse de février ; le brouillard entrait par la fenêtre entrouverte. Sans larmes, le corps secoué de frissons, Thérèse écoutait derrière la cloison les soupirs, les petits gémissements irrités de Mme Pain ; la vieille femme dormait d'un sommeil léger et agité. Mais elle dormait, heureuse, heureuse vieillesse sans désirs ni rêves et qui a cessé de regretter, de se désespérer amèrement, de penser à l'amour.

– Quel mufle ! Pourquoi a-t-il fait ça ? répétait Thérèse. Elle ne pouvait croire à un accident, à un empêchement, ni même à un oubli. Surtout pas un oubli !... Cela, elle ne l'aurait pas pardonné. Elle préférait imaginer quelque plan bien établi à l'avance pour l'humilier, quelque noirceur pour se venger d'elle parce qu'elle n'avait pas voulu tomber dans ses bras comme une fille. « Alors, qu'est-ce qui me reste maintenant ? Je ne le verrai plus. Je ne lui parlerai plus. Et lui ? Est-ce qu'il me courra après ? Non, n'est-ce pas ? » Il le lui avait bien fait comprendre. On ne court pas après une femme qui s'est refusée. Il y en a trop, et elles sont trop faciles : « Tu ne veux pas rigoler ? Bonsoir. »

– J'ai été trop fière, pensait Thérèse. En amour, il n'y a rien qui compte, ni fierté, ni vertu. Puisqu'il me voulait, je n'avais qu'à céder. Après tout, l'homme est plus fort, plus intelligent que nous. S'il trouve que ça doit être comme ça, que l'amour n'est qu'une coucherie, c'est sans doute lui qui a raison. Je ne peux pas lui tenir tête, moi. Je ne suis pas une femme supérieure. Je ne pourrais pas lui prouver qu'il a tort. Je l'aime, je suis faible. S'il le veut, qu'il me prenne. Des femmes comme Renée ne font pas les prudes, et elles sont aimées, elles, et moi... Si seulement il avait daigné me dire des paroles d'amour, me promettre... n'importe quoi... des mensonges... Mais si brutalement, si vulgairement... Et puis, parce que je n'ai pas voulu, me faire cet affront ! Ah, petite bourgeoise, tu as soif d'égards ! s'écria-t-elle avec colère. S'il veut t'humilier, qu'est-ce que ça fait ? Résigne-toi, puisque tu l'aimes, ou, alors, oublie-le ! Et tu vieilliras sans volupté, sans amour, sans plaisir.

Elle pensa tout à coup qu'elle n'avait jamais prononcé ces mots : « volupté... plaisir... », jamais songé qu'ils pouvaient s'appliquer à elle, en tous les cas. Deux mots comme on en lit dans les livres. Mais elle s'apercevait maintenant que d'autres les goûtent, les savourent, que la vie des autres est commandée justement par ça, par la volupté et par le plaisir. Tandis qu'elle !

– Mais qu'est-ce qui m'attend ? murmura-t-elle avec désespoir. Je vieillirai. J'aiderai grand-mère au ménage. Je ferai des chapeaux neufs avec trois bouts de vieux rubans. J'irai au cinéma le samedi avec grand-mère. Puis grand-mère mourra, et je resterai seule. Il est vrai que si je deviens la maîtresse de

Bernard, je serai tout aussi seule... Mais, du moins, j'aurai eu quelques nuits, des souvenirs. Mon Dieu, pardonnez-moi ! Martial, pardonne-moi ! J'aurais voulu rester fidèle, moins à ton souvenir qu'à tout ce que tu aimais : une vie digne, tranquille, honorable, où on ne fait rien de mal, où on n'a rien à cacher... murmura-t-elle, et elle se détournait du portrait de Martial, éclairé par la lampe de chevet. Un portrait, un mort, un fantôme. Les mots, sur un cœur de vingt-cinq ans, n'ont pas de pouvoir.

Elle se glissa hors du lit. Elle regarda l'heure ; la montre s'était arrêtée à sept heures, la veille au soir : elle ne l'avait pas remontée. A sept heures, hier, elle s'habillait ; elle poudrait ses bras nus et son cou ; elle parfumait ses cheveux légers, cette place sur la nuque qu'un homme respire quand il aide une femme à mettre son manteau. Toutes ces coquetteries, toutes ces petites rouéries qui sont dans le sang d'une femme, elle les connaissait, elle aussi... Si elle voulait, elle saurait se faire assez belle, assez séduisante, assez facile pour lutter avec Renée ou avec toute autre. La montre était arrêtée ; elle souleva le rideau et, à travers les fentes des volets, ne vit que nuit noire. Il devait être deux, trois heures du matin. Il était rentré maintenant. Il dormait. Elle irait chez lui, et alors... tout ce qu'il voudrait. Elle avait rejeté sa longue chemise ; elle demeura un instant nue, regardant à la pâle lumière de la petite lampe ce corps qui était beau, elle le savait, et fait pour l'amour. Elle avait eu tort, se dit-elle amèrement, d'attacher tant de prix au don de ce corps. « Mais qu'il le prenne donc ! Qu'il le repousse quand il n'en aura plus envie ! » Elle ouvrit le tiroir de la commode, le cœur battant, en retira une paire de bas de soie, du linge fin. Oui, tout ce qu'il voudrait... et jamais, plus tard, un mot de reproche. Après tout, elle était une femme ; elle était libre. A tâtons, dans la demi-obscurité, elle se vêtit ; elle se parfuma ; elle brossa ses cheveux. En ce temps-là, on ne portait pas de corset, rien qu'une chemise et une robe qui tombait d'un seul coup... Elle comprenait à présent pourquoi. Tout autour d'elle ne vivait que pour ces instants de plaisir que l'on n'osait même pas appeler « amour ». Elle ferait comme les autres. Elle ne voulait pas allumer le plafonnier, car une lumière trop vive passant à travers la porte à petits carreaux réveillerait la grand-mère. Debout devant l'armoire à glace, Thérèse tenait d'une main la lampe de chevet et, de l'autre, elle fardait ses grands yeux effarés, ses joues pâles, sa bouche froide et tremblante. Il la réchaufferait sous ses baisers. Il ne lui dirait rien, mais il l'embrasserait du moins et, à chacun de ses baisers, elle imaginerait une signification ; l'un dirait : « Je ne te ferai pas trop souffrir » et l'autre : « Je ne te quitterai pas tout de suite... » « S'il pouvait m'aimer comme je l'aime... Mais non, non, c'est impossible ! Cependant, qu'est-ce que ça fait ? Qu'importe l'amour qu'on reçoit ? Celui qu'on donne seul a du prix. » Il dédaignerait ce cœur fidèle. Elle le savait. Elle allait à l'amour comme on va au feu lorsqu'on sait qu'on n'en reviendra que grièvement blessé ou même que l'on sera tué, que l'on périra pour rien, obscurément, sans gloire. Elle avait des mouvements sûrs, aveugles et rapides de somnambule ; elle ramassa son petit sac qui était tombé à terre lorsqu'elle s'était jetée sur son lit, en rentrant ; elle compta la monnaie ; elle prendrait un taxi. De la poudre, un petit mouchoir. La clef pour revenir au matin. Mme Pain ne s'étonnerait pas en la voyant partie : elle allait quelquefois de bonne heure au marché aux fleurs où l'on trouvait de si belles roses.

Elle traversa l'appartement d'un pas léger ; la grand-mère dormait toujours. Elle ouvrit la porte, descendit l'escalier, se trouva dans la rue qui était noyée de brouillard, mais peuplée d'ombres. Etait-il donc plus tard qu'elle ne l'avait cru ? Tant pis. Elle ne voulait rien savoir. Elle se jeta dans le premier taxi qui passait et lui donna l'adresse de Bernard. Chez lui, tout dormait encore ; elle ne prit pas l'ascenseur et gravit quatre à quatre les marches. Sur le palier, elle dut s'arrêter, à moitié évanouie. Elle sonna, et seulement lorsqu'elle eut entendu ce coup de sonnette dans la maison silencieuse, l'affreuse pensée la traversa que, peut-être, il n'était pas seul, qu'une femme... Oh, quelle honte ! Elle porta ses deux mains à ses yeux, puis à ses oreilles pour ne pas voir, pour ne pas entendre une voix, le rire d'une rivale... Elle voulut fuir, mais son corps ne lui obéissait pas ; elle l'avait traîné ici, ce corps amoureux et effrayé. Maintenant, il lui résistait ; il demeurait debout contre cette porte qui ne s'ouvrait pas. Il dormait ; il ne l'avait pas entendue. Pourtant, elle avait sonné si fort. Elle se rappela alors que Mme Jacquelain avait remis la clef sous le paillasson, la veille, en s'en allant : c'étaient les instructions de son fils, lorsqu'elle venait le voir et qu'il était absent. Elle se baissa et retrouva cette clef ; elle ouvrit sans bruit et entra. « Le domestique n'est pas là, puisqu'il n'est pas venu à mon coup de sonnette, et s'il vient, tant pis ! Je lui dirai que je dois voir son maître, que c'est une question de vie ou de mort. Il croira que c'est la vieille Mme Jacquelain qui est malade ; il me laissera passer. »

La galerie était vide, vide le grand salon. Vide la chambre où elle pénétra ensuite. Vide le lit. Il n'était pas rentré. Il passait la nuit dehors. Dans quels bras ? Non, il n'avait pas voulu se venger de sa froideur ; il l'avait oubliée, tout simplement. Elle se laissa tomber sur ce lit bas, défait, aux draps fins. Elle partirait. Elle n'avait plus rien à faire ici puisqu'il ne la désirait même pas. Elle caressa l'oreiller, la courtepointe, en se disant : « Il ne saura jamais que je suis venue le retrouver. Mais il sentira une chaleur, un parfum inconnus... » Elle ferma un instant les yeux, écrasa sa bouche contre la toile fine. « Assez ! Assez ! J'ai eu un moment de folie. C'est assez. Je jure que je ne ferai plus un pas vers lui. »

Elle s'enfuit hors de l'appartement.

Dehors, le brouillard se dissipait et elle vit avec surprise qu'une horloge au cadran d'une église marquait sept heures. Elle rit nerveusement, tandis que sur sa figure coulaient des larmes. « Mais c'est ce matin froid de février qui me fait pleurer, se dit-elle. Quelle drôle d'heure pour un rendez-vous d'amour ! Vraiment, il aurait vu tout de suite que je n'ai pas l'habitude. On ne va pas se jeter dans les bras d'un homme à sept heures du matin. Voyons, Thérèse, voyons, ma fille ! Tu n'as pas été créée, cela se voit, pour courir les aventures amoureuses. Mets la table et occupe-toi du repas. Laisse aux autres... »

Elle s'interrompit. Eh bien, non, elle ne rentrerait pas ! Elle le verrait. Elle saurait à quelle heure il revenait, s'il était seul, avec des amis ou avec une femme. Presque en face de chez lui il y avait un café, une terrasse déserte en cette saison. Tant pis ! Elle était chaudement vêtue. D'ailleurs elle ne sentirait pas le froid : elle tremblait et brûlait. Elle s'assit à un guéridon, commanda un café crème et attendit. Les heures passaient. Le brouillard, par moments, se levait, laissait paraître un rayon jaune et sans chaleur, puis emplissait de nouveau la rue de fumée. Une odeur fade de pluie, de marais montait aux narines de Thérèse ; pour la chasser, elle acheta à une enfant un bouquet de violettes et elle le respirait machinalement. La foule courait vers le métro. Personne ne regardait cette mince jeune femme en deuil, assise, seule, à la terrasse d'un café. Maintenant Paris était éveillé ; il faisait entendre son bruit, ses sonneries stridentes, les cris de ses vendeurs de journaux, les coups de trompe de ses taxis ; il n'y avait plus de brouillard. D'un grand ciel, gris et monotone, tombaient de rares gouttes de pluie, comme ces larmes qu'on a peine à verser quand le cœur est trop lourd.

Il était presque midi lorsque Thérèse reconnut la voiture de Bernard devant sa porte. Il en sortit. Elle, alors, traversa la rue en courant et se jeta dans la maison en même temps que lui. Ils se rencontrèrent dans l'escalier. Elle songeait, affolée : « Je lui dirai que j'ai perdu, hier au soir, chez lui, un bijou, ma broche... » Mais lorsqu'elle fut devant lui, un dernier sursaut de fierté arrêta tout mensonge humiliant sur ses lèvres :

« Je lui dirai la vérité, pensa-t-elle. Je n'ai pas honte. Je l'aime. »

D'une voix blanche et froide qui parut étrange à ses propres oreilles, elle murmura :

– Je vous ai attendu hier, vous n'êtes pas venu. Je

vous ai attendu ce matin, vous n'êtes pas venu. Alors j'ai voulu vous retrouver, parce que...

Elle faiblit ; ils étaient seuls dans l'ascenseur vers lequel il l'avait poussée, et ils montaient ; ils s'élevaient doucement ensemble, et Thérèse souhaitait que cela n'eût pas de fin ; car l'ascenseur n'était pas éclairé : elle ne voyait pas la figure de Bernard. Ils entrèrent dans l'appartement et, à la lumière, Thérèse regarda les traits du jeune homme. Pâle, défait, les yeux cernés, la barbe repoussait sur son menton, dure et rare comme celle d'un mort. Du coup, ce fut elle qui se sentit la plus grande, la plus forte. Elle l'entoura de ses bras :

– Mon petit Bernard ! Qu'est-ce qu'ils vous ont fait ?

Elle le tenait ; elle le tenait contre elle comme une mère ; elle devinait tout :

– C'est Renée, n'est-ce pas ? Un autre amant ? Vous l'avez appris cette nuit ?

Il fit signe que oui. Renée l'avait trompé avec un homme vieux et riche. Il avait honte d'en souffrir. Qu'il était resté naïf ! Depuis longtemps il la soupçonnait. La veille, il avait été frappé par les allures mystérieuses de la vieille mère Humbert et il l'avait suivie jusqu'à une maison que les Détang venaient d'acheter dans la forêt de Fontainebleau. Là, Mme Humbert avait préparé la chambre et le souper pour le couple.

– Je n'avais pas d'illusions, dit Bernard. Dans l'effort qu'il fit pour parler, pour ouvrir sa bouche tremblante, il se donna un coup de dent sur la lèvre ; elle se mit à saigner. Thérèse, consternée, regardait couler le sang. Il souffrait pour une autre, mais... cette autre était loin. Elle, Thérèse, était proche de lui et dans ses bras. Il se consolerait.

Non ! il n'avait pas d'illusions. Il savait qui était Renée. Quelle insulte l'aurait atteinte ? Il l'appelait « petite garce », « petite grue », et elle en riait. La battre ? Non, elle serait trop contente, pensa-t-il amèrement. L'oublier ? Il ne pouvait pas. Sa raison lui disait qu'il n'y avait qu'à accepter l'amant, mais il était jaloux. C'était un sentiment qui l'emplissait de honte et de fureur. Cette femme, ce monde, ces gens, ce grouillement de bêtes... En théorie, tout était simple. En pratique, jamais il n'oublierait ces vitres éclairées, cette mère qui fleurissait la table et ouvrait le lit.

– C'est fini, fini, s'écria-t-il, tout est fini ! Ces gens, leurs infâmes combines, leur argent, leurs plaisirs ! J'en ai assez ! Je les vomis ! Je les rejette. Ce ne sont pas des êtres humains, mais une horde sauvage. Vous ne savez pas quel mal ils font. Ils ne le savent pas eux-mêmes. Ça n'a l'air de rien, on s'amuse, on rigole, on gagne de l'argent... On salit tout, on perd tout. Il n'y a plus probité ni honneur. Et moi, je ne veux pas leur ressembler ! Vous entendez ? cria-t-il furieusement : je ne veux pas être un gigolo complaisant, puis un forban, un faisan, une canaille pour finir ! Aidez-moi, Thérèse... Vous êtes bonne, vous m'aimez... Aidez-moi à me délivrer d'eux et à l'oublier, elle...

Il répétait douloureusement : « Elle... Renée... Renée... » et à chaque fois Thérèse se sentait envahie par un désespoir jaloux. Enfin, il se calma. Silencieux, la main dans la main, ils firent quelques pas, au hasard, dans le grand salon. Ces murs, ces masques, ces tableaux, ces meubles étranges, tout cela disparaîtrait, songea Thérèse. Le souvenir de Renée, lui aussi, s'effacerait. Elle pensa à ces rêves chauds et coupables qui troublent l'âme la plus sage, mais s'enfuient au matin. Ainsi, il oublierait Renée et la vie qu'il avait connue grâce à elle. Il ne la regretterait pas, lorsqu'il posséderait une épouse fidèle et un foyer. Elle noua ses bras autour du cou de Bernard ; elle l'embrassa, et il lui rendit ses baisers. Ils se quittèrent, fiancés.

7

Les unions heureuses sont celles où les époux savent tout l'un de l'autre, ou bien celles où ils ignorent tout. Les mariages médiocres sont fondés sur une demi-confiance : on laisse échapper un aveu, un soupir ; on livre une parcelle de désir ou de rêve, puis on prend peur ; on se rétracte ; on s'écrie : « Mais, non, tu n'as pas compris... » ; on murmure lâchement : « Tu sais, il ne fallait pas prendre à la lettre ce que j'ai dit » ; on se hâte de renouer les cordons du masque, mais, déjà, *l'autre* a vu ces larmes, ce sourire, ce regard inoubliable... S'il est sage, il ferme les yeux. Sinon, il insiste, s'acharne : « Mais tu as dit... Ecoute, je ne te comprends pas, tu m'as avoué toi-même... » Puis : « Jure-moi que tu ne regrettes pas cette femme... Jure-moi que tu ne regrettes pas cette vie... »

Thérèse, dans l'ombre du lit conjugal, répétait à voix basse :

– Jure-moi que tu ne penses plus à Renée... Jure-moi que tu es heureux...

Il disait : « Oui. Calme-toi. Dors. »

Heureux ? Elle ne pouvait pas comprendre. Il s'ennuyait – mal sans remède. Cet ennui, une espèce de sombre torpeur de l'âme, avait commencé très vite après le mariage. Ils venaient de s'installer dans un petit appartement modeste, décent. Ils avaient un fils, la santé, la jeunesse, assez d'argent pour vivre. Bernard travaillait : employé de banque, il gagnait deux mille huit cents francs par mois et pouvait aspirer à un poste de fondé de pouvoirs à quarante ans, de sous-directeur à soixante. Pendant quelques mois il avait essayé de traiter, pour son compte, avec ses amis des Etats-Unis, mais il s'était aperçu bien vite que placer des produits américains en France avec tous les ministères derrière soi était chose facile, tandis que seul, il était voué à la défaite : Détang ne pardonnait pas à ceux qui le lâchaient. Bernard jugeait qu'il avait fait preuve de sagesse en abandonnant cette vie, en recherchant une position stable, sûre ; il avait repris l'existence bourgeoise de son père comme on se couche dans le lit où les parents sont morts : on frissonne un peu ; on éprouve une vague mélancolie ; on se dit aussi : « Ce meuble est bien démodé » ; mais il est chaud ; le grand édredon rouge vous abrite ; et les vieux n'ont pas été malheureux, après tout... Il n'y a qu'à faire comme eux ; on s'habituera.

Thérèse et lui étaient couchés dans une chambre étroite et tiède ; dans la pièce voisine dormait leur fils – le petit Yves. Le matin, Bernard allait à son bureau ; il rentrait déjeuner ; il repartait ; il ne s'intéressait pas à sa besogne, facile et sans âme. Il revenait dîner ; il écoutait la T.S.F., lisait son journal, allait une fois par semaine au cinéma. Enfin, rien ne lui manquait. Mais il manquait à toutes choses : il n'accordait à la vie professionnelle et à la vie de famille que la surface de son être ; il se prêtait aux gens ; Thérèse savait bien qu'elle ne connaissait pas le vrai Bernard, qu'elle ne l'apercevait que par brusques échappées rapides, presque effrayantes. Elle pensait : « Mais, enfin, que lui manque-t-il ? Qu'est-ce qu'il veut ? » Il regrette l'argent si facilement gagné autrefois, se disait-elle avec amertume. Quelle erreur ! Ce n'était pas l'argent qu'il regrettait, c'était une manière de vivre amusante, passionnante, qui faisait de chaque minute écoulée une aventure. Les hommes, pendant quatre ans, avaient pris toutes sortes d'habitudes nouvelles : celle de l'angoisse, celle de la douleur, celle du désespoir, celle de la familiarité grossière ou héroïque avec la mort, mais ils avaient perdu la vieille et saine habitude de l'ennui. On avait bien parlé de l'ennui des tranchées, mais il était à base d'angoisse et d'espérance. « Au fait, c'est peut-être cela que nous recherchons, songeait Bernard : trembler, se réjouir, risquer, échapper à la mort... Il aurait fallu nous proposer de grandes aventures... des batailles nouvelles, un monde à reconstruire. On n'a su que nous offrir de l'argent et des femmes. Seul aliment au rêve : une Hispano-Suiza. Autrefois, quand je trafiquais pour Détang ou quand j'étais amoureux de Renée, je goûtais des joies profondes, aiguës, presque douloureuses, joies d'orgueil, de vanité, d'activité (vaine et fausse, peut-être, qu'importe !) Maintenant... Et enfin, Renée... »

Il fermait les yeux. Il étreignait sa femme en pensant à une autre. Renée, ses caprices, son immoralité, sa vénalité... oui, possible, tout cela... Mais ses yeux, sa peau lisse, toujours froide sur les seins et les hanches... Il poussa un profond et rauque soupir et, dans l'ombre, sa femme dit :

– Tu ne peux pas dormir, mon chéri ?

Non, il ne pouvait pas dormir. Timidement, elle lui prit la main. Avec lui, elle avançait avec crainte et prudence, comme sur une pièce d'eau recouverte d'une mince couche de glace : tantôt elle semble vous soutenir ; tantôt elle craque et s'affaisse sous votre poids. Par moments il lui paraissait le plus sûr des hommes, honnête, actif, énergique... son mari, enfin, son époux donné par Dieu et qui finirait sa vie avec elle. Puis... elle disait, par exemple : « Dans dix ans, nous achèterons une petite maison à la campagne. Dans quinze ans... » Et lui : « Où serons-nous dans dix ans ? »

Elle savait qu'alors, en esprit, il lui échappait. Il imaginait un avenir qui était peut-être beau et brillant, mais qu'elle haïssait d'instinct parce qu'il ne ressemblait pas au présent. Le présent seul était aimable ; cette chambre tapissée de rose, ce lit vaste et commode, le souffle de son petit garçon endormi dans l'ombre, elle voulait garder tout cela ; elle ne demandait pas autre chose. Mais il ne se contentait pas de ce simple bonheur ; il était troublé et anxieux ; elle ne pouvait donner de nom à ce trouble. Elle ne le comprenait pas. Est-ce qu'il regrettait de l'avoir épousée ?

– Non, mille fois non, tu sais que je t'aime, répondait-il.

Une fois, dix ans après leur mariage, dix ans de vie tiède et étroite comme leur chambre conjugale (et aux yeux de Bernard l'existence avait la tonalité même de ces murs, d'un rose passé parsemé de fleurettes grises), une fois Thérèse et lui étaient couchés ensemble. Il avait éteint sa lampe ; il allait s'endormir lorsqu'elle dit à son oreille :

– Nous allons avoir un second enfant, Bernard.

Elle savait qu'il ne le souhaitait pas. Mais elle fut frappée de la violence avec laquelle il s'écria :

– Ah non ! Il manquait ça ! Quelle tuile !

Les larmes aux yeux, mais s'efforçant de rire, elle protesta :

– Tu n'as pas honte ? Moi qui suis si heureuse...

– Mais, ma pauvre Thérèse, réfléchis...

– Nous sommes jeunes, tu gagnes ta vie... Deux enfants, ce n'est pas effrayant, il me semble.

– Effrayant ? Non. Mais c'est une nouvelle chaîne.

Il avait murmuré ces mots très vite et très bas ; ils s'échappaient de lui, d'une sorte de demi-conscience qui le trahissait. De sang-froid, en plein jour, jamais il n'eût avoué si clairement qu'il était las de sa femme, de son foyer, de son enfant. Jamais il n'eût laissé entendre la vérité : qu'il avait revu Renée quelques semaines auparavant et qu'elle était de nouveau sa maîtresse. Mais dans l'ombre, au moment du sommeil, parfois on n'a plus la force de mentir. Eh bien, oui, une nouvelle chaîne qui le rivait à cette vie médiocre. Dieu ! que n'était-il demeuré libre ! Renée était aussi séduisante qu'auparavant. Il avait vieilli ; il était plus cynique qu'autrefois ; il ne lui demanderait que ce qu'elle pouvait lui donner. Il ne songeait pas à quitter Thérèse. Certes, non ! Mais il était odieux de penser qu'elle le tenait si bien, qu'elle avait tissé tant de liens multiples pour le retenir à jamais.

Ils se taisaient tous deux, retenant leur souffle. « Il ne m'aime plus », pensa Thérèse. Mais ce ne fut qu'un éclair : une réalité trop amère, on ne l'accepte pas ; le cœur se défend contre elle et, inlassablement, sécrète des rêves :

« Tout cela passera, se dit Thérèse. C'est un mauvais moment. Il est fatigué. Il a peut-être des ennuis que je ne connais pas. Souvent les hommes ne souhaitent pas d'enfants. Nous avons déjà un fils. Mais il s'attachera au second et... il m'aime. J'ai tant d'amour pour lui. »

8

Renée désirait placer de l'argent à l'étranger. Les capitaux devenaient errants, capricieux. Ils fuyaient de pays en pays, comme un vol effarouché d'alouettes qui, surprises par un coup de fusil, s'envolent et reviennent pour se disperser aussitôt. Renée, patriote avant tout, ainsi qu'elle le disait, était prête à faire confiance à la France, ou, plus exactement, au franc français, mais un familier des Détang – un financier hollandais – lui conseillait de prendre garde : il courait de mauvais bruits en Bourse. Il se serait volontiers chargé pour elle d'un achat de valeurs, mais Renée était devenue prudente comme une chatte : ce financier avait trop d'éclat... Il lui paraissait éblouissant, mais peu sûr. Il s'appelait Mannheimer.

Toutefois, un avertissement venant de sa part n'était pas à négliger. Elle se mit à chercher autour d'elle quelqu'un de discret qui pourrait « s'occuper de ses petites économies », comme elle disait gentiment. Elle ne tenait pas à s'adresser à l'agent de change qui gérait le portefeuille de Détang : elle préférait laisser son mari dans l'ignorance de sa véritable fortune – Détang avait la fâcheuse habitude de confondre leurs deux bourses en période de besoin ;

depuis la crise économique de 1929, ces périodes devenaient fréquentes dans la vie du ménage.

Renée, par Mme Humbert, qui voyait quelquefois la mère de Bernard, savait que ce dernier était fondé de pouvoir d'une grande banque étrangère.

« Si j'allais le voir ? » avait pensé Renée un matin. Elle avait presque oublié ce qui s'était passé entre eux. Une aventure parmi tant d'autres... Elle se souvenait de lui parce qu'il était un ami d'enfance, parce que son caractère lui inspirait une sorte de respect. « Un garçon qui avait un avenir brillant ici, et qui l'a lâché pour se marier, pour prendre une petite place médiocre, ce n'est pas banal, ça ne se voit pas tous les jours. »

– Tu n'as pas su te l'attacher, avait-elle dit à son mari avec reproche.

– Tu veux dire que je n'y ai pas mis le prix ?

Mais Détang avait une manière brutale de juger les hommes. Elle pensait qu'il avait traité Bernard en homme de paille, que le jeune homme avait fini par se froisser. Il aurait fallu peut-être lui donner l'illusion d'être libre et responsable de ses actes. C'était une question de doigté, se dit-elle en achevant de se farder le visage. En tous les cas, puisqu'il avait choisi la voie droite, elle en profiterait. « Je le consulterai, pensa-t-elle, au sujet du dollar. Je n'y comprends rien, moi. Ils me font peur avec leurs opérations de grande envergure. Je suis restée une petite bourgeoise. Je veux que mon argent me rapporte. Je ne veux pas de risques. « Valeurs russes et fonds d'Etat », comme disait Adolphe Brun. Adolphe Brun... que c'est vieux... Et dire que sa fille a fini par épouser Bernard... C'est drôle... »

Dix ans d'oubli d'une part, dix ans de rêveries confuses et de désirs étouffés d'une autre – cela s'achevait ainsi : dans un bureau de banque, un employé supérieur recevait la visite d'une cliente qui le consultait à propos d'un achat de valeurs. L'entrevue fut brève. Renée avait imaginé un tout autre Bernard, plus sage, plus terne. Il était resté très jeune, avec un visage lisse, des cheveux blonds. Elle l'invita à venir la voir. Il eut un mouvement de refus farouche.

– Non ? Eh bien, un soir, après le bureau, je viendrai vous prendre. Nous irons faire un tour en auto.

Il lui demanda des nouvelles de Raymond.

– Toujours le même. Toujours en forme. Il vous a regretté. Sérieusement, vous avez eu tort de le lâcher. Ça vous a avancé à quoi, tous ces beaux scrupules ? Qu'est-ce que vous gagnez ici ? Oui, je vois. Un traitement de misère. D'un autre côté, il est certain que les combinaisons de Raymond m'effraient moi-même parfois. Il est tout à fait lancé dans les grandes affaires internationales, vous savez. Une sorte de danse sur une corde raide, vous savez...

– Tant que la politique lui sert de balancier, il ne risque rien, observa Bernard.

– Mon ami, dit Renée avec un brusque éclair de sincérité, si vous saviez à quel point tout cela m'assomme parfois ! Chez nous, on ne voit presque plus d'hommes jeunes. Je regrette le passé. Pas le nôtre, dit-elle en lui jetant un rapide coup d'œil. Pas ces jolies années qui ont suivi la guerre, mais de très vieux souvenirs... Les promenades des dimanches aux Champs-Elysées, les déjeuners dans le petit appartement des Brun...

Elle poussa un léger soupir :

– Quand nous reverrons-nous ?

Ils prirent rendez-vous pour le lendemain après la fermeture de la banque. Elle était en auto. Ils allèrent goûter aux environs de Paris et, au retour, elle lui dit :

– Passons par Fontainebleau. Nous nous arrêterons chez moi...

C'était une très belle maison, entourée de grands arbres, bâtie à l'écart de la route. Bernard la connaissait bien. Autrefois, lorsqu'il y venait, il ne voyait que la femme à son bras. Maintenant, il regardait la terrasse, les murs, les meubles. Il se rappela ce que Thérèse lui avait dit dans un moment de colère :

– Ces gens t'épatent comme un petit bourgeois que tu es !

Elle avait la dent dure parfois. Eh bien, oui, il était... il avait toujours été attiré par le luxe, par ces vastes demeures, par les objets précieux, par les bijoux. « Grand Dieu, songea-t-il une fois de plus, quel autre idéal m'a été proposé ? La guerre, j'y suis allé bon jeu, bon argent. J'ai vu qu'on se fichait de moi. Quand je suis revenu, il n'y avait qu'un cri : "Jouissez !" Dix ans ont passé. Il devient plus difficile de jouir, mais on n'a rien trouvé d'autre pour remplacer ça... Parfois, j'envie les Allemands ou les Italiens... » songea-t-il.

Il se jeta sur un grand divan noir et ferma les yeux.

– C'est bon, murmura-t-il.

– Qu'est-ce qui est bon ?

Elle riait ; elle était debout près de lui. Comme autrefois, il lui tendit les bras, il la serra contre lui et palpa doucement ses seins, ses bras, ses hanches.

– Bon, moelleux, parfumé... Aucun souci, aucun devoir... J'ai une femme parfaite, mais...

– Comment vivez-vous avec Thérèse ? demanda-t-elle. Il n'y avait pas une ombre de jalousie dans sa voix, mais un intérêt amusé. Avez-vous des enfants ?

– Un fils.

– Venez, dit-elle, venez voir mes porcelaines de Chine. J'ai une belle collection. Regardez ces assiettes roses... Que tout est calme ici, n'est-ce pas ? Vous savez, c'est ma maison, à moi toute seule. Raymond n'y vient jamais. Je vous donnerai une clef et, quand vous serez las du bureau, de Thérèse, du métro (c'est ça, votre vie, n'est-ce pas : Thérèse – bureau – métro, je devine, pauvre Bernard ?), eh bien, vous viendrez ici. Vous trouverez des cigarettes dans ce meuble, un bar ici, des livres, des tableaux, des disques, pas de T.S.F. Vous vous reposerez, vous dormirez un peu, et puis vous repartirez...

– Non, dit-il. Je ne pourrai plus repartir. Elle rit et se laissa embrasser.

9

En 1933, Thérèse eut une fille – Geneviève – et,
dix-huit mois plus tard, une seconde petite fille
que l'on appela Colette. Cette année-là, la vieille
Mme Pain tomba malade : elle était enrhumée et se
soignait avec de petits laits de poule qu'elle buvait en
cachette – deux jaunes d'œufs battus dans du lait et
du rhum, une demi-tasse de lait et une demi-tasse
de rhum. La trouvant un soir très rouge et étrange,
Thérèse fit appeler le médecin ; il recommanda des
bouillons de légumes et, après avoir pris la tension
de Mme Pain, il fit jeter au feu le reste du lait de
poule qui mijotait doucement dans une casserole.

– A quatre-vingts ans passés, Madame, dit-il avec
sévérité, la gourmandise tue.

– C'est une bonne mort, murmura Mme Pain avec
défi. Elle accepta avec une fausse humilité le verre
d'eau de Vichy que lui présentait Thérèse et, dès que
celle-ci eut le dos tourné, elle sortit de son lit, ouvrit
la fenêtre et jeta dans la cour le contenu du verre.
Puis elle se recoucha. Ses tempes battaient et ses
jambes tremblaient sous elle. Elle éprouvait une irri-
tation profonde envers un être mystique qu'elle ne
précisait pas, qu'elle nommait « on », qui avait tantôt

les traits de Bernard, tantôt ceux de la femme de ménage qu'elle détestait et, ce soir, ceux du médecin. « On » était responsable de tout ce qui allait de travers dans la vie de Mme Pain et, ces derniers temps, rien ne marchait droit. Avec une singulière perversité, les assiettes s'échappaient des mains de la vieille dame, le tapis la faisait trébucher ; tout ce qu'elle mangeait paraissait lourd et fade, et lorsqu'elle ajoutait aux mets du sel, des épices, de la moutarde, « on » lui faisait remarquer qu'elle se détraquait l'estomac. Elle était venue habiter chez les Jacquelain, mais elle avait la nostalgie de son quartier. Rien ne lui plaisait ici ; elle n'entendait plus la vibration du grand pont métallique, cette plainte musicale qui avait traversé ses rêves pendant tant d'années. Ici, dans cette nouvelle maison, la porte cochère avait un bruit strident et désagréable. L'odeur de ripolin dans le cabinet de toilette offensait ses narines et elle ne s'habituait pas au chauffage central (« Oh, le doux ronflement de la salamandre autrefois... »). Enfin, le monde entier devenait incompréhensible et hostile. En février, on s'était battu à Paris ; on avait tiré des coups de feu sur la place de la Concorde. L'événement en lui-même ne la troublait pas : elle avait vu le siège de Paris, la Commune, l'incendie du Bazar de la Charité, les inondations de 1910 et la Grande Guerre ; ce n'était qu'un fait historique de plus. Comme elle décrivait à Yves les premières journées de la guerre de 1914, ainsi dans quelques années elle parlerait à ses petites-filles du 6 février 1934. Elle avait voulu sortir et voir de près ce qui se passait : « on » s'y était opposé. Elle se sentait tyrannisée. C'était bien ennuyeux de vieillir. On lui cachait tout. Thérèse, à qui elle avait servi de mère, n'avait plus confiance en elle. Thérèse croyait qu'en disant : « Mais oui, grand-mère, tout va très bien. Bernard est parfait pour moi, je t'assure », Thérèse croyait la tromper. Pauvre enfant...

– On ne me fait pas prendre des vessies pour des lanternes... On n'en fait pas accroire à Rosalie Pain. (Du fond du passé, dans la petite chambre ouverte sur une cour parisienne, remonta tout à coup une très ancienne image, et Rosalie Pain se vit pensionnaire au couvent des Ursulines, debout devant la Mère supérieure qui lui disait en hochant la tête : « Vous êtes une fine mouche, mon enfant... »)

Sur le visage de la malade, qui de rond et vermeil était devenu avec les années semblable à une petite pomme gelée, glissa l'ombre du sourire malicieux d'autrefois :

– Ils pensent que je ne vois rien. Ils ne se disputent jamais devant moi, mais Thérèse... Hier... non, jeudi, le jour où nous avons eu pour le dîner cette entrecôte trop cuite (de mon temps, la viande était toujours saisie à point), eh bien, Thérèse avait les yeux rouges. J'ai la vue perçante. On ne me trompe pas, moi. Et puis... sa manière d'être avec les enfants. Elle se réfugie en eux ; elle s'en fait un rempart. Elle s'assied, le soir, sur une petite chaise ; elle met le berceau devant elle ; elle prend les aînés sur ses genoux et on dirait qu'elle songe : « Ici, personne ne peut m'atteindre, personne ne peut me faire de mal. » Une femme qui est heureuse avec son mari, c'est dans ses bras qu'elle se blottit, qu'elle défie le monde. Elle n'aurait pas dû quitter Martial... Mais non, je radote, c'est Martial qui l'a quittée pour aller à la guerre.

180

Pour moi, Bernard la trompe, ça ne fait pas l'ombre d'un doute, et elle le sait. Les hommes sont tous les mêmes. J'ai bien été trompée, moi. Trompée et ruinée, continua-t-elle avec calme, car tout cela était si vieux qu'elle y songeait comme à des mésaventures arrivées à une autre personne – une femme aux yeux noirs, que ses larmes embellissaient encore.

« Je n'aurais pas manqué de consolateurs... ni Thérèse non plus, si elle voulait, se dit la grand-mère. Mais nous sommes une race d'honnêtes femmes. Lui... je ne sais pas ce qu'il a dans le corps. Avec un bijou de femme comme ça, ne pas rester tranquille... Mais les hommes, les hommes... »

Elle considéra un instant en esprit ces êtres étranges : ils n'aimaient que le changement ; ils couraient la gueuse ; ils souhaitaient la guerre. Oui, ils avaient beau parler de paix entre les peuples, une sorte de génie inquiet les poussait à se battre. Elle secoua sa vieille tête, puis dit tout haut :

– Ils ne m'empêcheront pas de manger si j'ai faim, en tout cas.

Elle trottina jusqu'à la cuisine et là, dans le silence de la nuit, elle se prépara une petite crème qu'elle aromatisa de quelques gouttes de kirsch et qu'elle revint manger dans son lit. Tout en dégustant la crème, elle prêtait l'oreille ; sa chambre était voisine de celle des époux ; elle entendait un long murmure ; ils ne dormaient pas. La voix de Thérèse s'éleva plusieurs fois, violente :

– Elle est ta maîtresse ! Puisque je le sais... Je te dis qu'elle est ta maîtresse !

Il répondait quelque chose que la vieille dame n'entendait pas. Elle reposa doucement son assiette sur la table de nuit en prenant garde de ne pas la faire tinter contre le marbre. Si elle le poussait à bout, il avouerait. Les scènes avaient cela de dangereux que l'homme finissait toujours par avouer... C'était extrêmement gênant... Le moyen de se réconcilier ensuite ?... Et il fallait toujours en arriver là. « Un de ces jours, pensa Mme Pain, je le prendrai à part et je lui dirai : "N'avouez jamais." Une maîtresse... » Elle écouta encore et entendit : « Renée... Renée Détang... » Comment ? Encore elle ? Ça c'était grave. Mieux aurait valu des actrices, des danseuses comme celles qui, autrefois, avec M. Pain... Mais la même femme, à dix ans d'intervalle... « Elle le tient, il n'y a pas à dire... Sa mère était comme elle : elle avait des aventures... Elle retenait les hommes... Et puis, c'est un autre genre qu'ici. On s'amuse, on jette l'argent. Thérèse est douce et gaie, mais elle est l'épouse, le devoir. Les hommes d'à présent fuient le devoir (quelquefois il est bien ennuyeux). Mais le devoir nous rattrape, que nous le voulions ou non. Il dit : "Mon bel ami, tu ne m'as pas suivi de bon gré. Je te traînerai maintenant. Je te traînerai par les cheveux" », dit Mme Pain avec un pâle sourire. Elle sursauta : « Oh, elle pleure... Il la fait pleurer. Ma pauvre petite... » Elle revit Thérèse, enfant, qui ne pleurait jamais... « Ah, l'amour, ce qu'il nous rend bêtes... Elle ne le gardera pas, songea-t-elle tout à coup dans un éclair de lucidité presque douloureux : elle aurait dû fermer les yeux, se taire, attendre... Elle est trop jeune. Elle ne sait pas que le temps remédie à tout, qu'il efface tout. Elle ne sait pas que son Bernard changera, comme elle-même. S'ils vivent vieux, ils changeront d'âme et de corps, deux, trois fois, peut-être davantage. Elle ne peut pas retenir le Bernard d'à présent. Qu'elle le laisse tranquille, qu'elle oublie. Un autre Bernard viendra demain. Je devrais lui expliquer tout cela... Mais je ne peux pas... Tant pis, je suis fatiguée... Tant pis ! ils devraient comprendre. Je me demande comment elle a découvert qu'il la trompait, se dit-elle encore, sautant d'une idée à une autre : moi, c'était une paire de gants... des gants parfumés qui étaient restés dans une poche... et une autre fois, deux billets de chemin de fer aller et retour jusqu'à Enghien... Moi aussi, j'ai pleuré... Moi non plus, je n'ai pas attendu... Allons, ils se taisent maintenant... Ils vont s'endormir. Dormez, mes pauvres petits, vous vous déchirerez demain. Quel silence ! Ah, je ne me plais plus ici. Je ne me plais plus dans cette maison, parmi les miens, ni sur la terre. Martial, lorsqu'il était étudiant, disait une fois, je m'en souviens, que le corps est fait de petites parcelles qui tiennent longtemps ensemble, puis, un beau jour, se dispersent. Quand on est près de mourir, je suppose que chaque petite parcelle frémit et veut reprendre sa liberté, et c'est ce qui cause cette angoisse insupportable... Vivant encore, on retombe en lambeaux. Mais est-ce que je vais mourir ? Je n'ai jamais pensé à la mort. Je suis très vieille seulement, très vieille, je vais m'endormir... »

Elle sombra dans un sommeil bref et léger et se retrouva dans un lieu inconnu où elle voyait Thérèse venir près d'elle. Elle la saisissait dans ses bras, caressait son visage et lui disait... Oh, elle lui parlait avec tant de sagesse ! Elle lui expliquait le présent ; elle lui dévoilait l'avenir. Elle la prenait par la main et elles marchaient entre de grands champs où brûlaient des feux. « Tu vois, lui disait-elle : ce sont les feux de l'automne ; ils purifient la terre ; ils la préparent pour de nouvelles semences. Vous êtes jeunes encore. Dans votre vie, ces grands feux n'ont pas brûlé. Ils s'allumeront. Ils dévasteront bien des choses. Vous verrez, vous verrez... »

Elle s'éveilla : elle ne se souvenait plus très bien de son rêve, mais il lui en restait une sorte de hâte. Elle pensait : « Oui, il faut que je dise à Thérèse ! Je n'ai pas le temps. On ne parle jamais à ses enfants. Il faut que je me dépêche... »

Elle appela plusieurs fois : « Thérèse, Thérèse... »

Puis elle s'abîma de nouveau dans une demi-conscience d'où elle émergea pour trouver Thérèse à son chevet qui lui mettait des compresses froides sur la tête et qui disait à quelqu'un :

– Elle a eu une attaque.

« Une attaque ! Quelle bêtise, songea la vieille Mme Pain. Mais, naturellement, j'ai oublié ce que je voulais lui dire... Oui, les feux... Oui, elle croit qu'elle a vécu, mais ce n'est qu'une enfant, et lui aussi... »

Elle fit signe qu'elle voulait parler ; on la fit taire. D'ailleurs, il se pressait tant de recommandations sur ses lèvres ; elle découvrait en elle-même tant de trésors d'expérience qu'elle aurait voulu transmettre à ses enfants : qu'il faudrait bientôt sevrer Colette parce qu'elle épuisait sa mère, que le petit Yves était trop intelligent, qu'il pensait trop, qu'il ne fallait rien dire devant lui, et qu'il vaudrait mieux renvoyer la femme de ménage – oui, tant de choses qu'elle ne parvenait pas à exprimer, qui se transformaient, en passant par sa bouche, en un gémissement tendre et enfantin, parfois en un appel bredouillé :

– Thérèse ! Thérèse !

– Oui, ma pauvre grand-maman, tu souffres, ne parle pas, disait Thérèse.

Mais elle ne souffrait pas ; elle avait seulement très chaud. Elle avait pitié de ces pauvres enfants réunis à son chevet. Elle étendit la main vers eux d'un geste qui était à la fois une bénédiction, une imploration, une caresse, un aveu d'impuissance. Elle ne pouvait rien pour eux ; elle ne pouvait que les plaindre.

10

Dans les querelles conjugales, celui qui, le premier, a prononcé : « Il vaudrait mieux nous séparer » sent aussitôt qu'il a commis un meurtre : l'amour était entre les époux – vivant encore ; ces mots l'ont tué. Plus rien ne pourra lui rendre le souffle ; puisque les amants ont admis qu'il pouvait mourir, c'est fait : il n'est plus qu'un cadavre. Quand Bernard eut dit à sa femme :

– Ecoute, toutes ces discussions ne mènent à rien. Puisque nous ne pouvons pas nous entendre, il vaut mieux pour toi, pour moi, pour les enfants, nous séparer...

Quand il eut dit cela, il s'arrêta, pâlit excessivement, marcha quelque temps à travers la pièce, d'un mur à l'autre, puis il revint auprès de Thérèse immobile et lui caressa les cheveux. Il y avait quelque chose d'implacable dans cette douceur ; elle le sentit ; elle cessa de se débattre ; elle consentit à la séparation.

Cette scène était l'aboutissement de quatre années de mésentente. « Tu n'es plus mon mari, répétait Thérèse ; tu ne m'appartiens plus, tu n'es plus à moi. » Elle voulait dire que non seulement il était à une autre femme, mais encore qu'il trahissait tout un ensemble d'habitudes, d'émotions, de joies et de peines qui avait été autrefois leur bien à tous deux, inaliénable, et qu'elle demeurait seule à garder. Pendant les trois premières années de sa liaison avec Renée, il avait tenté l'impossible ; il avait essayé d'accorder en lui ces deux mondes irréconciliables, celui des Détang, celui des Brun. Modeste employé de banque, père de famille bourgeoise d'une part, de l'autre il était l'amant de l'une des femmes les plus élégantes de Paris, le familier de Mannheimer, de Raymond Détang, partageant leur vie. Il fallait de l'argent pour cette existence ; Renée le pressait d'accepter l'offre de Mannheimer, de monter son affaire à lui, avec les capitaux de ce dernier. Détang serait intéressé dans la combinaison : Détang était intéressé dans toutes les combinaisons. Il n'était pas ministre ; il n'était même plus député. Il était l'un des dix ou douze rois occultes de l'heure. Il savait tout ; il était bien vu de tous les partis ; tous le ménageaient ; il obtenait tout.

– Je lui tire mon chapeau, disait Bernard. Il a réussi. Or, réussir quand on a du génie, du savoir ou une intelligence extraordinaire, c'est, en somme, banal. Le malin, c'est de réussir en n'ayant aucun de ces dons dans son jeu, c'est être académicien sans avoir de talent, homme d'Etat sans pouvoir reconnaître l'île de Java sur une carte ; c'est faire fortune sans avoir travaillé, faire marcher le monde en demeurant médiocre en tout, comme Raymond Détang. Ça, c'est digne d'admiration. Ils sont deux ou trois cents comme ça en France, cent cinquante à Paris. Ce sont nos maîtres.

– Ce sont des êtres malfaisants, avait dit Thérèse avec vivacité, et qui causeront notre perte.

Il l'avait écoutée sans se fâcher ; il répondit presque humblement :

– C'est une grande tentation, Thérèse. Tu ne peux pas comprendre... Tout ce qui se fait en ce moment en France, en bien, en mal, qu'importe, est dans les mains de ces gens. Ainsi, il est question pour moi de retourner aux États-Unis, de faire une commande de pièces détachées pour avions, pour le compte du ministère de l'Air. C'est arrangé, par Détang, naturellement... Il touchera la plus grosse part. Je le déplore, mais c'est inévitable : on ne peut pas s'en passer. Mais, pour moi, songe comme c'est intéressant : des voyages, des relations, l'espoir, si mon entreprise réussit, de monter ma propre affaire patronnée par un magnat de la finance comme Mannheimer ; le plaisir de gagner beaucoup d'argent d'un coup, le plaisir de pouvoir le dépenser... Si je t'écoute, si je romps de nouveau avec eux, c'est la médiocrité et, cette fois, définitive.

– C'est le bonheur, la paix !

– C'est une grande tentation, répéta-t-il. Et toi, Thérèse, si tu voulais... Nous pourrions avoir une existence si brillante !

– Fermer les yeux sur ta liaison avec Renée ? Sourire à ces gens que je méprise ? Les recevoir chez moi ? Chercher, plus tard, parmi eux, un patron pour Yves ? Non, jamais ! Non, jamais ! N'espère pas ça de moi. Je suis comme tout le monde, naturellement : j'aime mieux être riche que pauvre, avoir une auto qu'aller à pied, mais je n'entrerai pas dans ce monde-là. Ton affaire d'avions, tu m'en as déjà parlé.

Je t'ai demandé : « On ne fabrique donc pas ça en France ? » et tu m'as répondu : « Que tu es naïve ! Si tout était si simple, que feraient des gens comme Détang et moi-même ? » Eh bien, tout cela...

Elle chercha à exprimer ce qu'elle ressentait, un mélange complexe de colère, de dégoût et de peur. Elle dit seulement :

– Tout cela est mal.

Elle aurait pu accepter l'adultère. Tant de femmes y sont contraintes. On souffre, mais on se tait, pour les enfants ou en souvenir du passé. Ici, ce n'était pas seulement le cœur de son mari qu'on lui prenait : on le changeait lui-même, tout entier, sous ses yeux. C'était à peine si elle le reconnaissait. Ses désirs, ses opinions, ses rêves, tout lui semblait étranger. Depuis la mort de la vieille Mme Pain, mon Dieu qu'elle était seule ! Une femme ne peut aimer ni haïr dans l'abstrait : ce monde détesté par Thérèse avait pris les traits d'un visage, d'une rivale. Chaque fois qu'elle l'invectivait, il lui semblait maudire Renée. Elle éclata en sanglots :

– Mais, enfin, qu'est-ce qu'elle t'a fait pour te garder si bien, cette fille ?

La première année, il s'était défendu ; il avait juré qu'il n'était pas l'amant de Renée. La deuxième année, il avait soupiré avec lassitude : « Tu es folle, je te dis que tu es folle. » – sans rien avouer, sans rien nier. La troisième année, il n'en pouvait plus... Il était devenu brutal. Eh bien, oui, il avait une maîtresse ! Oui, c'était Renée ! Il ne savait pas si c'était de l'amour, du désir, une sorte de fièvre sensuelle qui s'apaiserait un jour... Il savait seulement qu'il la voulait, qu'il ne la lâcherait pas, qu'à leur manière ils étaient heureux.

Enfin, il avait offert à sa femme de divorcer, ou, mieux encore, une séparation à l'amiable. Ainsi, la façade du ménage serait sauvegardée ; les enfants ignoreraient tout. On leur dirait qu'il vivait à l'étranger pour ses affaires. Il reviendrait de temps en temps chez Thérèse, il habiterait dans le même appartement qu'elle, mais ils seraient des étrangers sous le même toit.

– Tu ne crois pas que cela vaudrait mieux ? Que ce serait plus simple ?

– Tout te paraît simple maintenant. Tu as assez d'argent pour faire vivre deux ménages. Avec de l'argent on arrange tout, on replâtre tout, n'est-ce pas ? Eh bien, que veux-tu ? Va-t'en, je n'en peux plus. J'ai tout fait pour te garder depuis quatre ans. Va-t'en ! Oui, il vaut mieux nous séparer.

A quelques jours de là, il sortit de table, un soir, pour rejoindre les Détang. Il était très beau et paraissait très jeune en habit. Sa femme et son fils le regardaient silencieusement. Il n'était pas à sa place dans cette petite salle à manger bourgeoise, pensait Thérèse, et elle imaginait avec tristesse ce monde brillant qui le lui prenait.

– Où vas-tu, papa, ce soir ? demanda Yves.

Il avait quinze ans. C'était un garçon robuste, trapu, le cou un peu court, la tête trop grosse, les épaules larges, avec quelque chose de ramassé en lui, de tendu, de volontaire qui frappait le regard. Ses traits étaient massifs, mais ils deviendraient beaux avec l'âge. Ce n'était pas la figure d'un enfant, mais celle d'un homme ; la disproportion entre ce visage dur, viril, et les vêtements, l'allure, la voix encore enfantins faisait sourire ; il avait un front blanc, barré de trois rides transversales, un grand nez droit aux narines bien modelées et des yeux noirs.

– Où vas-tu donc, papa ? demanda-t-il.

– A l'Opéra, entendre *La Flûte enchantée* de Mozart.

– Tu devrais prendre maman avec toi. Est-ce qu'elle n'aime pas la musique ?

– Non, je n'aime pas beaucoup la musique, dit faiblement Thérèse.

– Ta mère ne veut pas me suivre, répondit Bernard.

On s'était levé de table. Yves s'approcha de son père et caressa machinalement les revers de satin de l'habit. Bernard s'écarta de lui :

– Laisse, mon petit. Tu as de l'encre sur les mains.

– Papa... je crois que maman s'ennuie tous les soirs, toute seule.

– Tais-toi, Yves, murmura Thérèse : tais-toi, je t'en prie.

– Elle n'est pas seule, puisque tu lui tiens compagnie, dit Bernard après un instant de silence.

Tous se turent. La bonne apporta le café. Bernard le but rapidement, observa : « C'est curieux qu'il soit impossible d'obtenir de cette fille qu'elle serve le café chaud », puis il effleura d'un baiser les cheveux de Thérèse :

– Je rentrerai tard, surtout ne m'attends pas. Yves, tu me feras le plaisir de ne pas toucher mes livres, n'est-ce pas ?

Il partit. La mère et le fils demeurèrent seuls. Thérèse, d'un pas un peu lourd, gagna le fauteuil au coin de la cheminée. Elle approchait de la quarantaine ;

elle paraissait encore très jeune de teint et de visage ;
sa démarche seule trahissait par moments son âge.
Avec un soupir elle attira vers elle une corbeille pleine
de linge à repriser. Yves fit un mouvement ; ses lèvres
s'entrouvrirent, mais il réfléchit et détourna la tête
sans rien dire.

Thérèse le regarda :

– Oui ? Qu'est-ce qu'il y a ? demanda-t-elle doucement.

– Rien. Seulement tu as l'air si... découragée...

– Je suis un peu fatiguée ces jours-ci, en effet.

– J'ai dit : « découragée ».

Elle ne répondit pas ; elle chercha dans la corbeille
son crochet et une pelote de laine et elle se mit à
tricoter. Elle travaillait avec une rapidité qui fascinait
son fils. Tout enfant, il avait aimé s'asseoir à ses pieds
quand elle prenait quelque ouvrage ; il contemplait
sans se lasser le mouvement léger et preste des doigts
blancs qui tiraient la laine. Pendant longtemps, le
visage de sa mère lui avait été moins connu, moins
familier que ses mains : une grande personne est toujours à demi cachée dans l'ombre aux yeux d'un
enfant ; le regard, le sourire sont trop loin de lui, trop
au-dessus de lui. Mais ces mains qui le bordaient, le
lavaient, le caressaient étaient à sa portée. Il les avait
dessinées de mémoire dès qu'il avait pu tenir un
crayon et il n'avait oublié ni les petites traces laissées
par l'aiguille sur l'index, ni la cicatrice sur le qua-
trième doigt où elle s'était brûlée en retirant sa balle
tombée dans le feu, ni le lacis des veines sur le poignet, là où s'achevait la longue manche.

– Tu as fini tes devoirs ? demanda-t-elle.

– Oui, maman.

– Eh bien, prends un livre. Ne touche pas ceux de ton père.

Il prit un livre et fit semblant de lire. Son regard quittait à chaque instant les pages et allait d'un objet à l'autre dans la pièce, comme s'il les comparait à quelque image intérieure. Il finit par demander :

– Maman, nous avons une gentille maison, n'est-ce pas ?

– Je crois... Oui... Pourquoi me demandes-tu ça ?

Et aussitôt elle s'en voulut d'avoir prononcé ces mots. Elle savait bien qu'il ne répondrait pas. Un enfant – et il n'était encore qu'un enfant – ne s'explique jamais. Celui-là surtout... Et elle savait aussi ce qu'il avait voulu dire : « Puisque nous sommes bien chez nous, puisque cet appartement est joli, propre, bien arrangé, pourquoi mon père le fuit-il ? »

Sur la cheminée, entre un petit vase d'argent plein de branches de houx et une lampe, il y avait quelques photographies qu'Yves avait vues là de tout temps : celle de Mme Pain, jeune fille, mince et souriante, aux cheveux légers, celle d'Yves lui-même à trois ans, celle des deux petites sœurs, celle de Martial Brun. Yves avait toujours regardé cette dernière avec une étrange curiosité. On lui avait dit : « C'est un cousin de ta mère, tué pendant la guerre. Il était médecin. »

Ce soir encore, comme il le faisait souvent, Yves s'approcha de la cheminée et prit le cadre. Cet homme maigre, barbu, aux yeux enfoncés, avec son uniforme et ses décorations, lui paraissait appartenir à un autre âge. Il le considérait avec étonnement et attention. Il était mort six ans avant sa naissance, dans une grande guerre. Cela le rattachait en quelque sorte à tout un fabuleux passé de l'Histoire, de légende et cela le rapprochait en même temps d'Yves lui-même : car Yves, comme tous les garçons de cette génération, croyait qu'il était voué à la guerre. Dans cinq, dix ans ou vingt ans, elle éclaterait. Tous semblaient la haïr, et cependant tous l'attendaient, comme on redoute et comme on attend la mort, ou plutôt comme un oiseau fasciné par le serpent tremble et baisse la tête sans songer à fuir. La guerre... Il gardait le cadre entre ses mains. Il vint s'asseoir près de Thérèse :

– Il a été tué au commencement ou à la fin de la guerre ?

– Qui donc ?

– Ton cousin.

– Au bout de quelques mois.

– Comment a-t-il été tué ?

– Je ne te l'ai jamais dit ? Il est mort, dit Thérèse, en allant chercher sous les balles un blessé que l'on avait abandonné.

Yves ferma les yeux pour mieux se représenter la scène qu'il imaginait avec une netteté, une vivacité presque douloureuses. Ces grands champs de boue de la guerre, si souvent détruits, un soldat agonisant entre les barbelés, un autre qui rampe vers lui à la lueur des fusées, qui finit par le toucher, par le soulever, par l'emporter. Puis tous deux sont atteints par une rafale de mitrailleuse. Tous deux tombent et la mort, avant de broyer et de disperser leurs os, les mêle l'un à l'autre de telle sorte que ces combattants ne sont plus seuls, mais unis à leurs frères d'armes, aux cadavres déjà tombés et à la terre. Mais Thérèse lui raconta la fin de Martial :

– L'homme qu'il a sauvé vit encore. C'est un paysan de Bourgogne. Après la guerre, il m'a écrit et il m'a dit ce que Martial avait fait pour lui, comment il était revenu le chercher quand tous l'avaient abandonné. Ce n'était pas sur le champ de bataille, mais dans une maison bombardée, à quelques kilomètres des lignes. La cave où le poste de secours était installé venait d'être inondée. Le paysan m'a écrit : « Votre mari a été bien brave, Madame. Il est resté près de moi toute la nuit. Il m'a tenu la main. Il est mort pour moi. C'était un brave homme. »

– Votre mari ? répéta Yves.

– Oui, dit Thérèse qui avait rougi sous son regard. J'avais épousé mon cousin Martial en 1914. Nous n'avons été mariés que quelques mois.

– Pourquoi ne me l'as-tu jamais dit, maman ?

– Je ne sais pas. Je ne pensais pas que cela pût t'intéresser.

– Mais moi...

Il s'arrêta.

– Toi ?

– Oui, moi, je ne suis pas son fils, n'est-ce pas ?

– Le fils de Martial ! Mais réfléchis, mon chéri : il est mort six ans avant ta naissance.

– Oui, c'est vrai... C'est dommage...

– Qu'est-ce que tu dis ? s'écria Thérèse. Es-tu fou ?

– J'aurais aimé être son fils. Il a une bonne tête, et puis c'est bien, c'est brave ce qu'il a fait là.

– Mais, Yves, ton père s'est conduit aussi bravement. Il n'était pas beaucoup plus vieux que toi, il n'avait pas dix-huit ans quand la guerre a éclaté. Il s'est engagé, il s'est battu dans l'Aisne, en Champagne, partout. Il a été blessé, décoré. C'est un brave. Tu peux être fier de lui.

– Je crois, dit Yves, que je me serais mieux entendu avec l'autre...

– Il ne faut pas dire ça, mon enfant.

– Maman, vous n'avez jamais eu de fils, ton premier mari et toi ?

– Non.

– Alors, tu trouves ça juste, qu'il soit mort sans laisser personne derrière lui pour le... enfin, pour le regretter, quoi ?

– Mais je l'ai regretté... Je l'ai pleuré...

– Personne pour l'admirer, non plus ? Oui, je sais bien. Tu vas me dire que tu l'as admiré. Ce n'est pas la même chose. Si j'avais été son fils...

– Tu es un peu son fils, comme celui de tous les soldats qui sont morts pour toi, dit Thérèse.

Il la regarda, mordit sa lèvre inférieure et finit par murmurer :

– Papa a vécu, lui...

– Tu n'aimes donc pas ton père ? demanda Thérèse en lui saisissant les mains, en cherchant ses yeux.

– C'est lui qui ne nous aime plus. Ne me raconte pas de blagues, maman. J'ai quinze ans, je sais des choses. Je sais que vous voulez vous séparer.

Thérèse hésita un instant, puis résolut de lui dire la vérité. Oui, ils ne s'entendaient plus ; ils se sépareraient, mais lui, naturellement, devrait toujours aimer et respecter son père.

– Tu sais qu'il ne faut pas juger ses parents, Yves ?

– Je sais. Je ne le juge pas. Enfin, il est libre... Mais je ne le comprends pas.

– Hélas, on ne comprend jamais ses parents.

196

– Mais je te comprends, toi, dit le jeune garçon en embrassant sa mère.

Il reposa pendant quelques instants sa tête sur l'épaule de Thérèse, puis il montra le portrait de Martial qui avait glissé sur le tapis :

– Et je le comprends, lui.

Troisième partie

« 1936-1941 »

1

L'affaire des pièces d'avions, amorcée en 1936, n'aboutit que deux ans plus tard : des techniciens avaient affirmé que ces pièces américaines ne convenaient pas aux avions français ; il y avait une question d'alliage de métaux qui rendait leur emploi dangereux. La question fut discutée à la Chambre. « Mais, avait dit Raymond Détang, je me charge de la Chambre. On fera discuter ça un matin, devant des bancs vides. Nous n'allons pas nous laisser arrêter par ces empêcheurs de danser en rond. Que me font les techniciens ? Ce sont des spécialistes et les spécialistes ne voient jamais que *leur* côté des problèmes. Il est bien plus vaste, de plus grande envergure qu'ils ne peuvent l'imaginer. L'industrie de l'aéronautique doit s'inspirer justement de la légère difficulté existante pour surmonter d'une manière brillante, d'une manière... française, je ne puis mieux dire, Messieurs (il parlait devant un comité d'experts). Vous savez ce que j'entends par là ? Une conception hardie, virile qui tire parti des défauts de l'œuvre. Je vois d'ici nos ouvriers, nos ingénieurs, nos savants travaillant d'arrache-pied à ce problème, se passionnant pour lui, lui trouvant la solution, car il est impossible qu'ils ne la trouvent pas. Qu'y a-t-il d'impossible au génie français, Messieurs ? Je n'ai en vue, et je n'aurai jamais en vue que la grandeur de la France et la puissance de son aviation, car, Messieurs, il ne faut pas oublier en quel temps nous vivons. L'orage gronde à l'Est. Que direz-vous à vos concitoyens, que direz-vous à vos fils, destinés peut-être à monter sur ces avions pour défendre la ligne Maginot, lorsqu'ils vous reprocheront de ne pas avoir fait tout ce qui était en votre pouvoir pour fortifier notre aviation ? Que leur direz-vous ? Vous aviez entre vos mains, s'écrieront-ils, toutes les ressources de l'industrie américaine, et vous n'avez pas su en profiter ? Vous avez permis à nos adversaires de s'en emparer ? Car je ne vous cache rien, Messieurs, il est question d'une commande pour le compte d'un Etat voisin... Pourquoi avez-vous hésité, reculé ? Pour une misérable question de détails ? Vous ne faisiez donc pas confiance au génie de votre pays ? Ah, Messieurs, laissons-nous aller. Remettons-nous-en à ce clair et lumineux esprit français qui se joue des difficultés... que dis-je ? qui s'élève plus haut lorsqu'il les affronte, comme l'oiseau des cimes qui semble puiser ses forces dans un air irrespirable aux faibles ! »

Enfin, ces Messieurs du Comité des Experts s'étant mis d'accord, la commande fut passée par l'entremise de Bernard Jacquelain, directeur depuis quelques mois d'une agence privée, financée par Mannheimer et Détang.

Ni Bernard, ni Détang ne savaient avec certitude ce qu'il fallait penser de cette affaire de pièces d'avions : les spécialistes s'étaient divisés en deux clans et ne parvenaient pas à se mettre d'accord. La question n'avait pas tardé d'ailleurs à sortir du domaine de la technique pure. Il s'y mêlait des considérations idéologiques et politiques.

– Au fond, personne n'y comprend rien, disait Détang à Bernard. J'ai sur ma table six rapports qui se contredisent. Pourquoi veux-tu que je croie ceux qui crient « haro » sur le baudet et m'empêchent ainsi de faire une affaire brillante, quand des hommes de grande valeur m'affirment que je peux marcher ? On me dit : « C'est une question très grave. » Mon petit, il n'y a pas de question grave à l'heure où nous sommes, parce que, si on voulait vraiment considérer les choses dans leur complexité et dans leur gravité, il n'y aurait qu'à se tirer une balle dans la tête. Pour ça, on aura toujours le temps... Alors, que veux-tu ? il n'y a qu'à se fier à sa jugeote et la mienne me dit que ce serait dommage de rater ça parce que trois imbéciles sur six s'attendent à être payés pour changer d'avis. Et je ne le ferai certainement pas. J'ai de la conscience, moi ! Je n'achète pas les hommes. Tout se passe au grand jour.

Bernard voulut étudier la question et se trouva submergé par un flot de rapports contradictoires et d'exposés techniques.

Jusqu'en 1937, chaque pièce d'avion avait été façonnée séparément, suivant les méthodes de l'artisanat. A cette époque, les sociétés nationales de constructions aéronautiques et des sociétés privées furent dotées d'un outillage qui leur permettait de produire les avions à la chaîne. Ce fut un coup très dur pour Détang. Mais on conserva la méthode ancienne pour certains types d'appareils. « L'aviation française n'en sera que plus riche, dit Détang. Il faudra d'une part utiliser les pièces américaines, et de l'autre, les avions conçus selon les plans nouveaux. Nous nous trouverons mieux pourvus que nous ne l'avions espéré. Quand je vous dis qu'en France, de la difficulté vaincue jaillit la victoire ! »

« Moi, après tout, ça ne me regarde pas, pensait Bernard. J'espère bien qu'il ne se trouvera personne pour saboter sciemment l'aviation nationale. Qu'ils examinent la chose d'un point de vue technique, pratique, et qu'ils prennent leurs responsabilités. Pour moi, je ne suis qu'un courtier. »

D'ailleurs, toute l'année 1938, Bernard la vécut comme emporté par un torrent furieux. Il dormait quatre heures par nuit. Mannheimer le chargeait d'affaires multiples. On jonglait avec les chiffres. Entre ses mains coulaient des millions, ou plutôt les symboles, les signes de ces millions. Il maniait des papiers qui les représentaient, mais lui-même était tellement à court d'argent qu'il lui arriva plusieurs fois de ne pas pouvoir payer à Thérèse sa pension (ils avaient convenu d'une certaine somme qu'il lui verserait).

« Mais je m'acquitterai le mois prochain, lui écrivait-il. Mon rêve est de mettre de l'argent de côté pour Yves, rien que pour lui dès qu'il aura vingt ans. Je me souviens de ma jeunesse, des rages où me jetait mon dénuement. Je l'épargnerai à mon fils. Yves a une nature ferme et sage ; l'argent ne sera pas un maître pour lui, mais un bon serviteur. »

Thérèse et Bernard ne se voyaient presque plus. Selon les plans établis, il était venu habiter chez sa femme au retour d'un de ses voyages. « Non, c'est affreux, lui avait dit Thérèse le troisième jour, j'aime mieux une franche séparation. Les petites t'ont oublié ; elles s'attacheront de nouveau à toi et elles souffriront lorsque tu nous quitteras. »

— Je ne te laisserai pas Yves...

— Je sais. Yves a dix-sept ans. Il n'est pas question de lui cacher la vérité. Il peut aller chez toi aussi souvent que tu le voudras. Mais, je t'en prie, ne reviens pas ici.

— Jamais, Thérèse ?

Ils étaient seuls dans le petit salon si calme. Il aurait voulu garder sa femme. Il n'était pas détaché d'elle, ni des enfants. C'était même étrange à quel point il tenait à eux, se disait-il. Il aurait voulu leur donner le bonheur. Mais Thérèse ne demandait pas le bonheur ; elle voulait son mari. Mais il était... il n'avait pas le temps. Il y avait trop d'agitation, trop de plaisirs, trop de soucis aussi sur cette terre pour lui permettre de se consacrer à ce cœur fidèle. « Brave Thérèse... Au fond, il n'y a qu'elle... » Il songeait qu'un jour, très tard, quand il aurait tout goûté, enfin, tout connu, tout épuisé, qu'il serait las des fêtes de Vaucresson, autour de la piscine de Mannheimer, et des folles nuits de Juan-les-Pins, et des heures qu'il passait avec Renée Détang à Fontainebleau, quand il serait las des plaisirs que donne l'argent et des angoisses que donne l'argent (mais angoisses et plaisirs sont inséparables... C'est un double aiguillon qui fouaille, excite, blesse la bête humaine), oui, quand, enfin, tout cela l'abandonnerait, il reviendrait à Thérèse. Il eut la coquetterie de lui demander si elle le reprendrait, si vraiment, un jour, elle pourrait lui pardonner. Pendant plusieurs nuits, ensuite, il rêva de son regard : elle avait dit oui ; elle avait levé les yeux sur lui, elle avait même souri avec effort : « Oui, va, je soignerai tes rhumatismes. » Ils avaient parlé avec abandon, avec plus de confiance même qu'ils n'en avaient montré l'un à l'autre, jadis.

— Tu n'es pas méchant, mon petit, pourquoi me fais-tu souffrir ?

— Tu souffres parce que tu le veux bien. Il faut composer, il faut transiger avec la vie, avec l'amour, avec tout. Tu es restée la femme de cet admirable et stupide Martial qui disait : « On ne transige pas avec sa conscience en des choses de ce genre. » Ma pauvre Thérèse, tu es destinée à être une victime, et tous ceux qui pensent comme toi. Cette liaison avec... qui tu sais... tu en fais un monstre. Ce n'est plus la passion pourtant, c'est l'intérêt, l'habitude... Elle-même me conseille de revenir à toi. Je pourrais te promettre de ne plus être qu'un ami pour elle. Mais, tu comprends, je ne peux pas lâcher ce monde. C'est ma vie, ma carrière.

— Tais-toi, tu me fais horreur !

— Thérèse, le monde est méprisable. Les hommes sont bêtes, lâches, vaniteux, ignorants. Personne ne nous saura gré de nous montrer scrupuleux et désintéressés. Crois-moi. J'ai appris à la guerre des leçons qui ne s'oublient pas... Par pudeur, par une sorte de respect humain, je te laisse élever ton fils dans les idées de la famille Brun. J'ai tort. Je devrais lui ouvrir les yeux.

— Tu l'as déjà fait, va... murmura Thérèse.

A la suite de cet entretien, les deux époux se séparèrent. Bernard n'avait pas pris d'appartement ; il habitait un hôtel parisien. Deux ou trois fois par an il invitait Yves chez lui, et ils partaient tous les deux pour de courts voyages en auto. Dans la pensée du père, cela devait servir à les rapprocher l'un de l'autre, leur permettre de longues conversations, des confidences, mais jamais ils ne purent s'y résoudre. Ils semblaient éprouver de la honte quand ils étaient ensemble. Souvent même, les entretiens commencés sur un ton cordial s'achevaient presque en querelles.

Au cours de l'hiver 1938-1939, Bernard et son fils partirent ainsi seuls tous deux pour Megève. Le jeune homme montrait une joie naïve à l'idée de voir, pour la première fois, la neige, d'apprendre à faire du ski.

« Je ne donnerai mon adresse à personne, se dit Bernard. Je ne m'occuperai que du petit. Huit jours pour faire la paix avec mon fils, car je sens bien qu'il m'en veut. Il faut que j'apprenne à le connaître et que j'essaie de me faire aimer de lui. Il verra que je ne suis pas un compagnon pédant et désagréable. Quand j'avais son âge, je me serais contenté d'un père à ma ressemblance. »

Ils partirent donc ensemble un soir de janvier. En écartant le store bleu qui voilait la vitre, on voyait une campagne noire sous un ciel pur et glacé.

– Espérons qu'il neigera, dit Bernard. Il avait beaucoup compté sur ce premier soir en wagon pour le rapprocher de son fils. Il l'interrogerait sur ses études, sur ses projets d'avenir. Il lui parlerait de Dieu, de la politique, des femmes, de tout ce qui peut passionner un adolescent. « Mais j'aurais dû le faire plus tôt, pensait-il. Il n'a plus quinze ans ; il en a dix-huit. A cet âge, moi, j'allais m'engager. »

Et le souvenir de sa jeunesse le rendit silencieux et timide, car, entre parents et enfants, l'obstacle, ce n'est jamais l'homme que l'on est devenu, mais celui qu'on a été. Il scellait la bouche du père, cet enfant de vingt ans qui n'existait plus.

Ils se contentèrent d'échanger les plus banales paroles, puis Yves s'endormit. Bernard resta tard dans la nuit debout dans le couloir. Il fumait et regardait la petite lampe bleue vacillante au plafond.

Il n'avait donné son adresse à personne à Megève, mais l'hôtel était plein d'amis. Dès le lendemain, Yves et lui étaient conviés à un déjeuner qu'offrait la femme d'un parlementaire connu. Les hommes étaient en costume de ski, avec leurs grosses bedaines tendues sous les chandails de couleur, les joues rougies, non par l'air pur qu'ils n'avaient pas encore respiré, mais par le vin et les apéritifs pris au bar. Les femmes étaient maigres et peintes. Des vieillards parlaient de la Russie, de Dantzig, de l'Allemagne, de la guerre prochaine. Ils mangeaient une darne de saumon verte et décrivaient la ruée des avions ennemis sur les villes françaises : « Et il n'y a rien à faire, rien. Dès la première nuit, frtt ???, tout est ratissé. » Aux rognons flambés à la sauce madère, ils reprenaient en chœur : « Heureusement que c'est le pays du miracle ! Quand on le croit mort, v'lan ! un coup de reins, il étonne le monde ! » A la bombe glacée, arrosée d'une nappe de chocolat brûlant, ils confiaient à leurs voisins la teneur des rapports reçus par le ministère des Affaires étrangères : « Tout ça, hein, c'est entre nous. » Un homme, à barbe et moustaches noires, à l'accent toulousain, démontrait que les Allemands étaient sous-alimentés et ne pourraient faire la guerre. Ils étaient d'accord pour déplorer l'état de désunion dans lequel se trouvait la France : « Il nous faut une poigne, un chef », disaient-ils. Et à travers le tumulte des voix, des verres entrechoqués, des éclats de rire, on entendait un son aigu de fifre : une femme qui demandait à un ancien président du Conseil : « Mais pourquoi, monsieur le Président, ne prenez-vous pas le pouvoir ? Mais prenez donc le pouvoir, monsieur le Président », comme elle lui aurait offert une tranche de foie gras. Le Président, petit et replet, les cheveux blancs en mousse légère, hochait la tête sans répondre d'un air circonspect et gourmand et semblait dire : « Hé, hé, pourquoi pas ? Le pouvoir... Diable !... Il faudra y penser. »

Yves éprouvait une impression d'irréel, de cauchemar. Il avait souvent rêvé, enfant, après avoir lu des livres d'aventures, qu'il était dans une caverne pleine de bêtes jacassantes. Voici qu'il retrouvait cette impression pénible et grotesque. Au dessert, on alluma les cigares et leur fumée augmenta son malaise. Il jetait des regards pleins d'envie sur le parc couvert de neige que l'on apercevait à travers les vitres. A la fin, il n'y put tenir. Qu'ils parlent donc, qu'ils palabrent, qu'ils organisent à leur gré l'Europe, qu'ils démolissent (en paroles) l'Allemagne et l'Italie, qu'ils trafiquent d'armes ou de portefeuilles entre deux portes ! Pour lui, il ne voulait plus les voir. Il profita d'un moment d'inattention de son père et se glissa hors de la salle. Il prévint le portier : « Vous direz à M. Jacquelain qu'il ne s'inquiète pas, que je rentrerai ce soir. – Prenez garde, Monsieur, le temps va changer. » Il s'enfuit dans la direction de la montagne.

2

Jamais Yves ne devait oublier la journée de solitude qu'il passa dans les montagnes de Savoie. Le temps changeait en effet. La neige commença à tomber, couvrant les sentiers. Des jeunes gens montaient devant lui, leurs skis sur l'épaule. Il regrettait de n'être pas équipé comme eux, mais ce qu'il voulait surtout, c'était se trouver seul, respirer un air pur et mettre de l'ordre dans ses pensées. Jusqu'ici, sa vie intérieure avait été celle d'un adolescent : pas de raisonnements, des sursauts d'admiration ou de révolte ; pas de réflexions, mais d'aveugles désirs. Il fallait apprendre à se faire une tête d'homme. Savoir exactement ce qu'il voulait et agir selon sa volonté. Tout d'abord, bien reconnaître quels étaient les caractères de son père et de sa mère, car il sentait que le fond de la question était là : suivre l'un ou l'autre. « Juger ses parents est un mal, certes, pensait-il. Mais de ce mal ils sont les premiers responsables. Ce sont eux qui me forcent à ce choix. » Il avait toujours été, comme il disait naïvement, « du côté de maman », mais ce n'étaient que des raisons sentimentales qui le poussaient vers elle, et cela ne suffisait pas. Il ne voulait pas être injuste. Il voulait essayer de comprendre son père. Ce n'était pas un méchant homme. Ce n'était pas un malhonnête homme. Il avait une intelligence aiguë, brillante. Il avait du courage, ce qu'Yves estimait préférable à l'intelligence. Il savait qu'il s'était bien battu en 1914. La grand-mère Jacquelain lui avait fait lire des lettres que son père écrivait du front, à dix-huit, dix-neuf, vingt ans, au milieu du danger et des privations de toutes sortes. C'étaient des lettres émouvantes, délicieuses, pleines de hardiesse et de drôlerie. Dans l'une, il parlait du fils qu'il aurait un jour : « Que j'aurai de plaisir avec lui ! Quand il grognera pour aller au collège les matins de pluie, j'aurai beau jeu à lui répondre : "Qu'est-ce que tu aurais dit s'il avait fallu passer la nuit dans les bois comme ton père en 1915, dans la flotte jusqu'à mi-corps, les ripatons pleins d'eau ?" Ça me permettra de me prélasser au lit jusqu'à midi. Ah, ce sera le bon temps... » – « Tout n'est pas laid à la guerre, écrivait-il encore. Un shrapnell vient d'éclater, et il en est sorti un panache d'un blanc rosé qui ressemble à de la mousse de sorbet... »

A lire ces lignes, Yves avait eu envie de pleurer sur son père comme sur un disparu. Pourtant, il n'était pas mort. Il était revenu et avec quel cynisme, quelle âpreté il s'était mis à vivre !

« En somme, si on me demandait ce que je pense de lui, se dit Yves, je serais obligé de dire : "Il fait partie d'une coterie malfaisante qui, par veulerie, aveuglement ou trahison raisonnée, fait le malheur de la France", et puisqu'il appartient à ces gens, puisqu'il trafique avec eux, puisqu'il partage leurs gains et leurs plaisirs, il serait donc... un malhonnête homme ? Oh, non, c'est affreux, je ne peux pas dire ça ! Et pour-

tant... Ce Détang... Ce Mannheimer... ces femmes...
Et ce qu'il y a de plus terrible là-dedans, c'est qu'on
a presque honte de les juger du point de vue moral,
car de cette morale ils ont fait quelque chose de grotesque, d'enfantin, qui ne mérite que le rire. Si je
disais à mon père : "Mais enfin, il est mal de te servir
d'un homme comme Détang et de lui rendre en
échange des services que je ne connais pas, mais que
je devine d'une nature trouble et malfaisante ! Il est
mal d'augmenter le chômage dans le pays en achetant
à l'étranger ce que nous pourrions fabriquer sur
place ! Il est mal de spéculer sur la baisse du franc,
comme le fait Mannheimer. Il est mal de frauder le
fisc et d'envoyer ton argent hors de France, comme
tu t'es vanté devant moi de le faire..." Que me
répondrait-il ? Il hausserait les épaules. Il se moque-
rait de moi, tellement le sens de l'honneur, de la
probité, de l'effort est annihilé en lui. Annihilé, pourquoi ? Par qui ? S'il était ainsi, s'il avait toujours été
ainsi, je comprendrais... Mais il a été différent. Il y a
eu une période dans sa vie où il a été généreux,
enthousiaste, plein d'amour. Maman, il l'a aimée. Elle
n'avait pas d'argent lorsqu'il l'a épousée, lui qui met
l'argent au-dessus de tout maintenant. Ils se sont
séparés, mais il l'aime encore, et elle l'aime, et moi...
C'est affreux de ne pouvoir respecter son père. Pourtant, il demeure quelque chose en lui de vivant, de...
Je ne sais comment dire... Quand il regardait ce matin,
avec moi, de ma fenêtre, les champs de neige, quand
il disait : "Petit, il n'y a que ça de bon sur la terre",
il était sincère : il était encore le Bernard Jacquelain
de vingt ans qui comparait l'éclatement d'un shrapnell à la mousse rose d'un sorbet... Mais que lui a-t-il

manqué pour être digne d'amour, digne d'estime ? Quoi ? Sa volonté ? Non, il n'est pas faible. Il est énergique. Il sait ce qu'il veut. Le sens moral ? Pourquoi ? Et pourquoi toute une partie de sa génération en est-elle dépourvue comme lui ? Pourquoi ont-ils peur ? Car ils ont peur de tout. Ils passent leur vie à trembler pour leur peau, et pour leur argent. Pourquoi ces gens qui, à vingt ans, se sont battus avec un courage qui a forcé l'admiration du monde entier et de l'ennemi lui-même, pourquoi ont-ils l'air maintenant de se moquer de leur pays, de ne tenir à rien ni à personne qu'à eux-mêmes ? Pourquoi, ayant donné leur vie pour rien, vendent-ils à présent leur âme pour des francs-papier ? »

Perdu dans ces réflexions, il marchait au hasard dans la neige. Un petit vent âpre s'était levé et soufflait dans son cou et derrière ses oreilles. Cela faisait du bien, cette bise aigre qui mordait sa peau. On était bien, loin des gens. Il avait toujours été sauvage. Enfant, il avait rêvé d'imiter Alain Gerbault, de fuir l'Europe (mais ce qui le tentait, ce n'était pas le repos des îles, mais les manœuvres sur la mer, les tempêtes et le danger). Oui, il était bien tout seul. Tout s'apaisait. On avait des hommes et des choses une vue calme, sans passions, implacable et nette. Son père... il avait voulu sauver sa vie. Il ne s'était jamais résigné à l'abandonner, cette vie unique. Il ne s'était pas donné tout entier ; il avait réservé une partie de lui-même ; il était demeuré défiant, réticent, égoïste, que ce fût dans la guerre, ou dans la paix, ou dans l'amour.

« Moi, je ne ferai pas comme lui, se dit Yves. Qui veut sauver sa vie la perdra. Cette vie, je l'offre. Je la jette tout entière. Je saurai me sacrifier, moi, s'il le faut. »

Une étrange, une prophétique tristesse s'emparait de lui.

« Ce sont eux qui nous jettent au sacrifice, songea-t-il. Ils disent qu'il y aura la guerre, qu'elle est inévitable et prochaine. Ce sont eux qui l'ont préparée. Ils prétendent qu'ils la craignent. Je ne sais pas, c'est peut-être vrai, mais, par moments, ils paraissent la souhaiter. Ou peut-être les fascine-t-elle ? Peut-être se sont-ils tellement avancés qu'ils ne peuvent pas reculer maintenant et qu'ils se sentent tout au bord d'un abîme ? Mais ce qui est sûr, c'est que dans cet abîme, les jeunes tomberont les premiers. »

Il avait gravi la montagne de plus en plus vite. Il s'arrêta, essoufflé. Il marchait depuis longtemps. La courte journée d'hiver finissait. Le couchant était rouge.

– Signe de vent, dit un paysan qui passait.

Non loin de là se trouvait une auberge où Yves entra et commanda un goûter de lait et de pain bis. La salle de l'auberge était vide, mais dans un coin, sur une botte de paille, dormait une chienne avec six petits chiots. Quand Yves voulut les caresser, la chienne, d'abord, montra les dents, puis, après avoir considéré Yves avec attention, elle lui abandonna ses enfants. Yves prit un des petits chiens, le glissa sous sa veste et sortit. Il faisait presque nuit. La neige brillait par places. Yves se pencha et essaya de voir Megève, mais une brume épaisse cachait la ville. On ne distinguait même pas les torrents qui coulaient le long de la montagne, brisant les glaces ; on les devinait seulement à leur odeur de cave fraîche et on entendait un bruit profond et solennel. Très long-temps Yves demeura immobile, caressant le chaud pelage du petit chien qui soupirait et grognait doucement. Yves pensait à bien des choses, les unes précises et coupantes, les autres confuses comme des rêves. Dans toute vie d'homme digne de ce nom, il y a une heure où l'on prend parti, où on se décide irrémédiablement pour ou contre un modèle d'existence.

« Il me faut la solitude, pensa Yves, et la propreté... Quelque chose qui ressemble à cette montagne, quelque chose d'austère, d'âpre et de fort. Je veux vivre loin des villes, loin des gens. Je ne veux pas m'enfermer dans un bateau et je ne veux pas faire de carrière brillante, tout cela m'importe peu. Si j'étais croyant, je me ferais prêtre. »

Il fit quelques pas dans la neige et respira l'air pur et parfumé de la montagne.

« Je serai aviateur, pensa-t-il. Je sais bien ce que mon père me dirait... que je suis naïf, qu'il y a autant de combines et de trafics dans ce métier-là que dans un autre. Je sais bien... Mais il y a l'effort et le risque qui sauvent tout. Et là, au moins, c'est un boulot qui exige le don de soi tout entier. Que dira maman ? songea-t-il encore. Hein, petit vieux, murmura-t-il en posant sur le sol le petit chien qui se hâta de se sauver, la queue de travers : qu'est-ce qu'elle dira ? Et qu'aurait dit celui... celui qui aurait tant voulu être mon père, je suis sûr, celui qui est mort, peut-être, avec l'espoir qu'il laissait un fils ? Oui, qu'aurait dit Martial Brun ? Et que dira le père réel, et non celui du rêve ? »

Il croyait l'entendre :

– Mon petit, réfléchis. Tout cela est très joli, mais...
il n'y a pas grand-chose à gagner là-dedans, tu sais ?
C'est vrai qu'on a des femmes.

Des femmes ! Les sous et l'amour ! Le bifteck et
le lit... Il secoua farouchement la tête et rentra à
l'auberge. Il avait un peu d'argent ; il passerait la nuit
dans une petite chambre nue et claire. Il envoya à
Megève un gamin porter une lettre à son père :

« Tu me pardonneras, lui écrivait-il, de n'être pas
revenu ce soir, mais ces gens que nous avons rencontrés m'écœurent et tu as partie liée avec eux.
Pardonne-moi. Je ne veux pas être dur ni insolent.
Mais je sais que tu ne seras pas fâché, que tu te
moqueras simplement de moi quand je t'aurai dit que
je ne veux plus voir ni entendre personne dans le
monde où tu vis. J'ai sur moi mon billet de retour.
Je rentrerai seul à Paris demain. Encore une fois,
pardon, papa. Je t'embrasse.

YVES. »

3

Bernard apprit la mort de Mannheimer par un coup de téléphone. C'était une nuit étouffante d'août. Il avait passé la soirée chez les Détang, dans leur maison de Fontainebleau. Cet été 39, personne ne se décidait à quitter Paris. Il y avait chez les Détang un grand dîner. Dès le potage, le mot « guerre » ayant été prononcé par un des convives, Renée Détang s'écria :

– Non ! Assez ! Vous retardez ! C'est périmé, vous ne savez donc pas que la guerre est impossible ? Mon mari a vu le président de la Banque des Pays Scandinaves. Il paraît que la guerre est impossible, parce que les Allemands manquent de wagons. Vous ne le saviez pas ? Voyons, c'est la dernière nouvelle. Aussi, je vous en prie, parlons d'autre chose !

Le dîner avait été très gai. Détang se montrait particulièrement en forme ; les années n'avaient pas de prise sur lui. Il était plus gras, il avait le teint plus fleuri que jamais. Bernard le connaissait depuis si longtemps qu'il ne le regardait plus. Ce soir-là, il fut frappé par un trait qu'il n'avait pas remarqué ou qu'il avait oublié : les yeux de Détang, ces yeux brillants et vides. Ils rappelaient la surface étincelante des miroirs ; ils réfléchissaient le monde extérieur ; ils étaient gais lorsque l'atmosphère était joyeuse ; ils s'embuaient de mélancolie pour répondre à la tristesse des gens, mais en eux-mêmes ils n'exprimaient rien. Il s'approcha de Bernard et lui toucha l'épaule.

– Dis donc, tu pars avec nous ? Nous serons à Cannes lundi en huit. De là, un petit voyage à Londres.

Puis il baissa la voix pour faire une remarque à propos d'une femme qui passait. Quand il parlait femmes, le sang montait derrière ses oreilles en un flot lent de pourpre sombre.

– Au fond, je n'aime que ça, et de plus en plus, dit-il d'une voix changée, basse et rauque. Il quitta brusquement Bernard.

Le même homme, deux heures plus tard, réveillait Bernard pour lui annoncer la mort de Mannheimer. Le financier hollandais avait joué à la baisse du florin et perdu. Le florin n'avait pas été dévalué. Mannheimer, ruiné, venait de mourir. Il entraînait dans sa débâcle beaucoup d'affaires apparemment solides et prospères, entre autres celle de Bernard Jacquelain qui, huit jours auparavant, lui avait prêté tout ce qu'il possédait. Quant à Détang, il avait misé aveuglément sur Mannheimer :

– Je suis foutu, dit-il à Bernard : ça m'apprendra à mettre tous mes œufs dans le même panier. On m'avait offert de jouer à la hausse du florin hollandais. J'ai refusé. J'avais confiance en ce métèque. La confiance me perdra. J'aurais dû le faire expulser. Tu m'écoutes, Bernard ?

– Je t'écoute, répondit Bernard, après un silence.

– Tu trinques salement, toi aussi ?

– Je perds tout.

– Ah, mon vieux, ma première pensée a été de me faire sauter la cervelle. Puis, je me suis dit que pour ça il serait toujours temps.

– Il y a longtemps que tu le sais ? demanda Bernard.

– Depuis cinq heures de l'après-midi.

Il raccrocha. Bernard poussa un profond soupir et se leva. Il éprouvait cette sensation d'incrédulité étrange qui suit l'annonce d'un désastre. « Allons donc ! Une chose pareille m'arriver, à moi ? Ce n'est pas possible ! » On ne s'habitue facilement qu'au bonheur, qu'au succès. A l'échec, l'instinct humain oppose d'invincibles barrières d'espoir. Ces barrières, il faut que le sentiment du malheur les enlève une à une et alors seulement il pénètre dans la place, jusqu'au cœur même de l'homme qui, peu à peu, reconnaît l'adversaire, le nomme par son nom et s'épouvante.

« Il n'y a qu'à recommencer, avait pensé Bernard. Ce sont des choses qui arrivent. Je trouverai des crédits. »

Avec calme et lucidité d'abord, puis fiévreusement, puis avec une rage désespérée, il avait cherché autour de lui des appuis. Cette banque de Londres, ces Américains, cette grande compagnie française. Allons, allons ! Il n'était pas n'importe qui ! Il était Bernard Jacquelain ! Mais... au fait... Bernard Jacquelain, qu'est-ce que c'était ? Est-ce qu'il avait apporté quelque chose de nouveau, de valable en ce monde ? Du génie ? Une somme de travail considérable, une invention quelconque ? Non. A y bien réfléchir, il avait édifié sa fortune par des coups de téléphone, des conversations, des déjeuners, une espèce de savoir-faire, d'entregent, la faculté de parler de tout, d'être au courant de tout, quelque chose qui ressemblait au vrai travail comme la fumée à la flamme. Quatre-vingt-dix-neuf pour cent des carrières parisiennes faites en ce dernier quart de siècle étaient pareilles à la sienne. Ce n'étaient plus des affaires, mais des spéculations. Ce n'était plus de l'argent, mais des papiers, des symboles, des signes, des abstractions... au fond, une espèce de jeu mortel. Mortel. Bernard laissa échapper un sourd gémissement. Tout à coup la conscience du désastre se précipitait en lui comme un flot, emportait toutes les fragiles espérances. Il était perdu. La banque de Londres, celle de New York, la société française dont il connaissait si intimement le président, tous le laisseraient tomber, parce que personne n'avait d'intérêt à le sauver. Au contraire. Depuis dix ans, il y avait eu trop de scandales financiers en France ; chacun aurait peur, craindrait d'être compromis en venant en aide à un ancien ami de Mannheimer... un ami, une victime, qu'importait ? On fuirait Bernard. Détang, le premier. Les hommes étaient lâches. Il était abandonné, ruiné. Oui, il se débattrait. Il chercherait à trouver des délais, des crédits. En vain ! D'ailleurs, il avait été heureux. On ne pardonne pas cela. On lui ferait payer sa chance, maintenant. Il n'y aurait pas assez de boue en France pour la jeter sur lui, pour l'empêcher de se relever. Qu'est-ce qu'il avait derrière lui ? Ni famille, ni groupe puissant. Des relations. Ce n'était pas grand-chose. Toutes-puissantes dans le succès, elles sont les plus faibles des affaires dans l'échec. Un appui qui cède lorsqu'on veut y porter la main pour se retenir, il le savait. Le krach, l'effondrement. Sans remède. Détang, déjà, sans doute, crevait de peur qu'à la faveur du scandale on ne découvrît les vieilles histoires, celles des pièces d'avions, par exemple (au fait, comment cela s'était-il terminé ? Il savait qu'il avait touché sa part, le reste... Incidemment, Détang lui avait appris qu'on avait fini par « coller ça au ministère de l'Air, mais ça n'a pas été sans mal, et il a fallu débourser plus de vingt pour cent en pots-de-vin »). Si jamais cette vieille affaire ressurgissait, on en profiterait pour l'accabler, lui, Bernard, qui n'avait été qu'un comparse.

Pour la première fois une sourde terreur l'agita. Ce qu'il avait fait, en somme, et qui était si courant dans certains milieux, cela méritait peut-être le châtiment qui s'abattait sur lui ? Mais aussitôt il chassa cette pensée. Quelle blague... Il n'avait escroqué personne. Il n'avait pas trahi, ni volé. Le krach lui-même, du point de vue pénal, était sans reproche. Il avait été jeté par le hasard au milieu d'une bande de gens qui se partageaient les honneurs et la fortune. Presque malgré lui, il avait été poussé au premier rang. Il aurait été fou de ne pas faire comme les autres. Pourquoi se serait-il abstenu ? Pourquoi ? Au nom de quoi ? Tous tripotaient, tous mentaient, tous intriguaient. Seulement, les uns étaient hypocrites, et les autres, non. Il avait complaisamment étalé le scandale ; il s'y était complu ; il avait joué dans la fange avec une joyeuse et cynique ardeur. Il viendrait une génération (il pensait à Yves) qui lui ferait payer cher non pas le péché lui-même, mais l'ostentation du péché. Peut-être... il ne savait pas... Il se sentait très las. Il ouvrit la fenêtre et aspira plusieurs fois l'air chaud et qui semblait coller à l'intérieur de sa gorge comme une poix. Il pensa à la mort. Il était désespéré. Renée ? Depuis longtemps elle avait cessé de tenir à lui. Et lui ? Il ne se faisait pas d'illusions. C'était bizarre, il avait toujours cru qu'il était l'homme du monde le plus dépourvu d'illusions. Il s'apercevait maintenant que personne, au contraire, n'avait échafaudé autour de lui avec plus de soin, les fumées, les mirages, les mensonges. Il s'était cru riche, puissant, aimé. Il se découvrait pauvre, faible et seul. Renée, comme Détang, le laisserait tomber. Il le pressentait ; il en était sûr. Un jour, Détang lui avait dit : « Dans la vie, comme dans un bateau naufragé, il faut couper les mains de ceux qui veulent s'accrocher à votre barque. Seul, on surnage. Si on s'attarde à sauver les autres, on est foutu ! »

Il attendit le jour avec impatience pour se présenter chez Détang. On ne le reçut pas. On lui dit que Détang était sorti. Renée de même fut invisible. Il courut jusqu'au soir. Il alerta tous ses amis. Il téléphona à Londres et à New York. Il essaya désespérément de se sauver ; il aurait pu, peut-être, pensait-il, en menaçant Détang d'indiscrétions, de bavardages, lui faire peur, soutirer de lui quelques secours, mais cela, il ne pouvait pas le faire. C'était trop bas, trop lâche. Un sursaut de pudeur morale arrêtait la tentation : « Ah, non, hein, pas de ça ! Ce serait le dernier coup ! Je ne pourrais pas regarder Yves en face, après ça. » Yves... Tout bas, il dit : « Et Thérèse ?... » Il se trouvait dans la rue. Il se laissa tomber sur un banc, si pâle qu'un passant s'approcha de lui et lui demanda s'il était malade. Il dit que non, le remercia, se souleva, reprit sa marche. Il allait, il se dirigeait aveuglément à travers les rues parisiennes. Il reprenait le chemin de son ancien quartier. Il ne le comprit que lorsqu'il fut dans la rue qu'il avait habitée autrefois, cette terne rue, avec ces rideaux de guipure aux fenêtres, ces chats qui pleuraient dans le ruisseau, le bruit des cloches de Saint-Sulpice et des fontaines sur la place.

Comme un somnambule, il franchit la chaussée. Il prit à son trousseau de clefs la plus petite, plate et ouvragée, dont il ne s'était pas servi depuis trois ans ; il cria un nom à la concierge ; il monta trois étages. Il ouvrit une porte. Il était chez lui.

4

Le père et le fils partirent ensemble le jour de la déclaration de la guerre, Bernard pour la Lorraine, Yves pour un camp d'aviation en Beauce. Comme on entre dans une maison où on a vécu autrefois, comme on se dirige à tâtons parmi des meubles familiers, ainsi, sans secousses, sans effort apparent, les Françaises retrouvèrent leurs habitudes de l'autre guerre. Elles se rappelèrent par exemple qu'il ne faut pas accompagner jusqu'à la gare l'homme qui va partir, que le dernier baiser doit être donné chez soi, loin de la foule, dans une chambre un peu sombre, que le soldat s'éloignera sans tourner la tête et qu'il ne faudra pas verser de larmes alors, comme si on gardait en réserve d'instinct tous ses pleurs, pour l'avenir.

Dans le vestibule, Mme Jacquelain (très vieille maintenant, la figure pâle et ridée, toute petite, avec des yeux bleus innocents et vagues) et Thérèse embrassèrent les hommes qui allaient partir. Les deux filles de Thérèse, âgées de six ans et quatre ans et demi, sautaient d'un pied sur l'autre, ne comprenaient rien et avaient envie de rire sans savoir pourquoi. Geneviève, l'aînée, avait paru d'abord étonnée et attristée par ce départ. C'était une enfant blonde aux yeux gris, qui ressemblait à Bernard, tandis que la plus jeune avait la peau douce et mate et les yeux noirs de sa mère. Geneviève avait demandé d'une petite voix troublée quand papa et Yves allaient revenir. On lui répondit « bientôt ». Cela la rassura tout à fait et elle se mit à rire avec sa sœur. Des deux hommes, celui qui partait au front, au danger, était Bernard, mais « il y a la ligne Maginot », pensait Thérèse. Yves, pendant trois mois, serait à l'abri. Ensuite... les périls de l'air, les combats dans l'espace, les bombes... Dieu ! Quel cauchemar ! Tout était semblable à un rêve fumeux et sinistre : quinze jours auparavant son mari lui avait été rendu. Par quel miracle ? En réponse à quelles ardentes prières ? Dieu seul le savait. Il était arrivé, ce moment qu'elle attendait depuis trois ans, ce moment pour lequel elle avait vécu, qu'elle avait imaginé plus de mille fois : le bruit de la clef dans la serrure, une voix hésitante : « Thérèse, tu es là ?... », cette grande forme d'homme dans le vestibule et soudain, tout près d'elle, ce visage altéré par l'angoisse... Oui, elle avait vu tout cela en rêve avant de le vivre... Et la nuit qui avait suivi... dans ses bras, son mari, secoué de sanglots secs, cruels, sauvages, où l'orgueil blessé et le remords se mêlaient à l'amour, puis son sommeil détendu et confiant et, pour elle, cette paix divine ! Hélas, hélas, quinze jours seulement, et la guerre ! Elle perdait Bernard deux fois. Ce qu'il y avait d'affreux, d'inhumain dans cette guerre, pensait de son côté Mme Jacquelain, c'est qu'on retrouvait le passé d'une manière qui n'appartient qu'aux rêves, ou, peut-être, à la survie, à ce qu'on peut imaginer de l'enfer. Tous ces départs de l'autre guerre, le premier avec son bruit de fanfare et d'armes, les autres, après les permissions, de plus en plus tristes, résignés et mornes, tous revenaient à l'esprit de la vieille Mme Jacquelain. Par moments, elle s'y perdait un peu ; elle se tournait vers son petit-fils et l'appelait « Bernard » d'une voix tendre.

Thérèse elle-même éprouvait une sensation étrange et funèbre de dédoublement. Elle était elle-même, et elle était une autre, la Thérèse d'autrefois qui demeurait seule, mariée d'une nuit et bientôt veuve. Martial... Le petit vestibule étouffant semblait plein de fantômes. Les morts, si discrets à l'ordinaire, reprenaient tout à coup leurs places, leur importance de vivants. On songeait à eux ; on les regrettait ; on murmurait : « S'ils voyaient ça... » et : « Heureusement qu'ils ne voyaient pas ça. » On invoquait leurs vertus ; on se montrerait digne d'eux. Bernard ressentait une inexplicable et sourde honte. Il aimait mieux les départs d'autrefois, certes. « J'étais innocent alors, se dit-il avec amertume. J'allais à cette boucherie comme au bal. Maintenant, je sais... » Il se rappela le temps où il croyait à tout : à la haute sagesse du gouvernement, à l'alliance anglaise, à la supériorité de la baïonnette sur l'obus. Il se demandait si Yves avait les mêmes illusions. Il ne comprenait pas Yves. Yves détestait la guerre. Il donnait sa vie, aurait-on dit, à quelque chose qui était par-delà la guerre, qui, peut-être même, n'avait rien de commun avec la guerre. Il donnait sa vie simplement.

Les paroles, cependant, s'échangeaient, quotidiennes :

– Que tu auras chaud dans le train !

– Tu n'oublieras pas, n'est-ce pas, Thérèse, d'expédier les lettres laissées sur mon bureau ?

– Non, sois tranquille...

Les lettres ! Les affaires ! Le krach ! L'argent ! La guerre était bienfaisante parce qu'elle interrompait toutes les poursuites. Mais il resterait à Thérèse bien peu d'argent pour vivre.

Il s'approcha de sa femme et lui baisa le front et la joue sans rien dire. Il partit le premier, et Yves derrière lui ; la porte se referma et Thérèse se laissa tomber sur une chaise, sans larmes, les lèvres serrées.

– C'est trop. Deux fois dans une vie, c'est trop ! dit la vieille Mme Jacquelain d'un accent de revendication passionnée, comme si Thérèse était responsable de la guerre.

Les enfants, un instant interdites, s'étaient ressaisies et sautaient autour de Thérèse, essayant de lui prendre les mains. Elle les repoussait avec douceur et sentait son cœur se briser.

– Viens, maman, viens, maman, répétaient-elles en voulant l'entraîner. Elle leur résistait, parce que ses jambes tremblaient et parce qu'elle redoutait le retour dans la salle à manger qu'ils venaient de quitter, où elle verrait les cendriers pleins de bouts de cigarettes, les chaises écartées de la table, les couverts des hommes, ces hommes que lui prenait la guerre. Ce supplice, elle en gardait le souvenir... Ces vêtements qu'il faut ranger, ces livres qui ont encore un peu de cendre de pipe entre leurs pages, cette odeur d'eau de lavande et de cigares qui s'évapore lentement, ce lit froid et vide.

Les enfants levaient les yeux et, voyant leur mère immobile, s'inquiétaient. Elle semblait froide et calme pourtant. Avec l'âge et les chagrins une sorte de lumière en elle s'était éteinte, ou plutôt ne palpitait que rarement, une faible lumière là où, autrefois, il y avait eu une si vive flamme. Elle se leva enfin avec un soupir :

– Venez, mes petites, nous allons ranger.

Heureusement qu'il restait cela aux femmes. Heureusement que les mains vides pouvaient s'occuper à plier, à caresser les vêtements et le linge. Heureusement que les larmes pourraient tomber enfin, ce soir, une à une, sur des raccommodages. Heureusement qu'il y avait des courses à faire, les enfants à soigner, le dîner à préparer... Heureux, heureux le sort des femmes !

5

Deux mois après la mobilisation, Bernard se trouvait dans une petite ville de Lorraine, grise et froide. La guerre, pour lui, n'était pas commencée encore ; il ne connaissait qu'un ennemi – la solitude, la pire, celle qui vient du cœur et qui vous accable au sein d'une foule. Le monde, brusquement, s'était refermé devant lui comme un rideau de théâtre s'abaisse et cache tout à coup la scène brillante ; on est seul ; on quitte, bon gré, mal gré, la salle de spectacle si chaude et agréable où on oubliait la vie. On retrouve le vent, les rues noires. Pendant vingt ans, il s'était cru comblé par le sort ; il avait eu des amis, de l'argent, une passion, des plaisirs. Désormais, plus rien. Tout avait fui. Tout ce qui était délicieux, superficiel, léger l'avait abandonné. Il n'avait pas un sou. Ni pouvoirs, ni relations, ni maîtresse. Une femme fidèle, des enfants, c'était immense, mais... les méritait-il ? Jamais auparavant il ne se fût posé cette question. Maintenant, elle sonnait sans cesse à ses oreilles. Son existence n'avait pas été marquée seulement par l'échec (il s'imaginait sous les traits d'un fou qui a ramassé des cailloux au bord d'une route, au clair de lune, qui a cru qu'il remplissait ses poches de diamants, mais ce fou avait recouvré la raison, hélas !). Non, ce n'était pas l'échec seul qui le torturait, mais la pensée que sa vie, peut-être, avait été malfaisante. Il avait été mauvais père, mauvais mari. Une fois, il pensa : « Mauvais citoyen », mais là le vieil homme se réveilla en lui et ricana : « Non, tu cherres ! » Malgré tout, il ne pouvait se défendre d'un sentiment pénible de remords. « Chacun de nous, à un moment quelconque de sa vie, se trouve n'avoir qu'un compagnon – soi-même – songeait Bernard, mais, généralement, c'est quand on est très vieux, ou à l'instant de la mort. Pour moi, cette confrontation avec mon image, c'est la guerre qui me l'aura donnée. Je suis comme un homme enfermé dans une chambre avec un miroir, et qui se regarde, qui compte ses rides, ses cheveux blancs, ses tares... Pouah ! l'horreur ! On n'est sauvé alors que par la sottise et la vanité qui nous aveuglent un peu... le contentement de soi-même, la conviction profonde que l'on a été un homme bien, un homme propre... Oh, Dieu ! J'ai honte... J'ai honte lorsque je reçois les lettres, les colis de Thérèse, les photos des enfants, les nouvelles de mon fils et tout ce que je vois autour de moi, tout ce désordre, cette corruption, ce gâchis. Je pense que j'en suis indirectement responsable, que tout cela a été causé par des malins comme Détang et moi... » De nouveau il chassait cette pensée : elle lui semblait naïve.

Jusqu'ici, il y avait toujours eu un remède à portée de l'esprit lorsque surgissaient ces soupçons, ces doutes : un seul remède – le divertissement. Le cinéma, un bon spectacle de music-hall, un dîner fin, une femme, ou, simplement, une conversation prestement vive, cynique, enjouée avec des gens de son bord (quel plaisir lorsqu'on a constaté que les autres ne valent pas mieux que vous, sont aussi légers, indifférents, frivoles, égoïstes, secs et dépravés que vous l'êtes vous-même ! Que le monde alors semble un lieu accueillant, une sorte d'étable chaude où se vautrent les bêtes dans une fange molle et douce !). Il cherchait ce divertissement dans sa vie nouvelle, mais ne trouvait rien. Place de l'Eglise, il y avait deux cinémas l'un en face de l'autre ; des clochettes au timbre grelottant qui annonçaient le début des séances sonnaient dans le brouillard ; on donnait là des films qui, dix ans auparavant, faisaient pâmer les belles amies de Bernard. Dans la salle obscure, dans cette foule de soldats et de gens de province, en regardant les ombres sur l'écran gris qui vacillait, en entendant les voix aigres et lointaines comme les sons d'un disque usé, il se sentait pris d'une tristesse profonde. Les années écoulées, les amitiés féminines, légères et tendres, Renée surtout, que tout cela était loin ! Et cette guerre sournoise qui ne ressemblait pas à l'autre, à la grande, quand, mais quand cesserait-elle ? Combien de mois, d'années s'écouleraient dans cette petite ville froide et ténébreuse ? Les dernières années, les meilleures ? Il n'avait pas le courage alors d'attendre la fin de la représentation ; il sortait en bousculant ses voisins ; il retrouvait la rue solitaire, les lumières voilées, les reflets bleus aux vitres, ce bleu sourd, uniforme qui versait au cœur une sorte de torpeur désolée. Parfois le bruit de la sirène et des détonations proches saluaient la venue d'un avion ennemi. Il restait à Bernard le choix entre la caserne, la chambre d'hôtel, la salle du Grand Café. Il s'y réfugiait à l'ordinaire. Il ne parlait à personne.

Il jetait un coup d'œil sur les journaux de Paris ; il écoutait le gramophone. Ce fut là, un soir, qu'il apprit la mort de son fils.

Il était seul ; il avait commandé un café noir qu'il ne buvait pas. Dehors, il pleuvait. On lui apporta un télégramme mouillé. Le fils de son hôtelière, un gamin de dix ans, à qui il achetait des bonbons parfois, ne l'ayant pas vu entrer depuis le matin et sachant qu'il passait ses soirées au Grand Café, avait eu la pensée de venir le relancer là. Il lui glissa le télégramme dans la main et sourit en le regardant d'un air interrogateur et timide. Bernard, surpris, déplia la dépêche et lut :

« Avion Yves capoté ce matin et pris feu aérodrome Bourges. Notre fils tué. Viens. Fais l'impossible. – Thérèse. »

Il leva les yeux, aperçut l'enfant qui n'avait pas bougé et qui paraissait très effrayé. Il pensa :

« Mais qu'est-ce qu'il fait là, celui-là ? »

– M'sieur, qu'est-ce qu'il y a ? demanda le petit qui l'aimait et qui le voyait pâlir ; un ton gris de cendre envahissait lentement le visage de l'officier. Bernard ne répondit pas ; il mit la main dans sa poche, en retira quelques sous et les poussa machinalement vers le petit garçon. Celui-ci se sauva. Bernard reprit le télégramme. De nouveau le malheur éveillait en lui une incrédulité profonde, puis, peu à peu, une dénégation furieuse. Non ! son fils ne pouvait pas être mort. Non ! Pas cela. Pas son fils. Mort sans gloire, dans un accident stupide ! Pourquoi, un accident ? Pourquoi l'avion ? Oh, il n'aurait jamais dû permettre... Il savait mieux que tout autre pourquoi certains appareils étaient perdus dans des accidents qui paraissaient inexplicables, pourquoi il n'y avait pas assez de tanks, pas assez de chars, pourquoi les armes étaient insuffisantes, pour quelle raison le désordre régnait, pourquoi, pourquoi... Il savait. Il jeta autour de lui des regards affolés. Il lui semblait que tous devinaient, tous pensaient : « Il a assassiné son fils. » Il demeurait immobile, les yeux fixes, très pâle, sans force pour se lever, pour quitter ce lieu bruyant. Maintenant, le désespoir montait en lui, quelque chose d'à peine humain, de primitif, de sauvage, qui grondait en lui comme un flot : « Mon fils, mon petit, mon enfant, mon fils unique... Ce n'est pas possible ! Ce n'est pas toi... Dieu n'aurait pas permis ça ! Y a-t-il un Dieu ? Oui, puisqu'Il me punit. Mais qu'Il me punisse, qu'Il me châtie, qu'Il me tue, mais pas toi ! Qu'Il te laisse vivre ! Non, non, c'est trop tard. Il n'y a pas de miracle à espérer. Il est mort. Mais je deviens fou... Ce n'est pas ma faute. Cette histoire d'avions, ça n'a rien à faire avec ça... Tous les jours des accidents et jamais je n'ai pensé... Et maintenant cette idée me hante, me tue... »

Il rejeta la tête en arrière d'un mouvement violent et aperçut la caissière qui le considérait avec intérêt. Elle le connaissait bien ; elle le trouvait bel homme et aimable.

– Ce ne sont pas de mauvaises nouvelles ? demanda-t-elle.

Il se tut un instant, l'air égaré.

– Hélas, oui, répondit-il enfin. Croyez-vous que je puisse téléphoner à Paris ? Demandez-moi une communication avec Paris.

Il donna le numéro de téléphone de son appartement et attendit.

Une heure passa. Autour de lui des officiers jouaient aux dominos ; d'autres lisaient ; d'autres discutaient bruyamment. On entendait les chocs des boules de billard ; les portes de la cuisine battaient. Quelqu'un avait mis en marche un gramophone qui jouait un air vieux de plusieurs années, un air vulgaire et insistant, où revenaient les paroles :

T'en fais pas, Bouboule !

Machinalement, ses voisins fredonnaient :

T'en fais pas, Bouboule,
N'attrape pas d'ampoules,
Et tout ça finira très bien...

On appela Bernard au téléphone. Là, dans cette cabine vitrée, avec ces graffiti sur les murs, ces inscriptions : « Titine et Suzette », « J'aime Lili », avec ces dessins obscènes et le bruit du café autour de lui, il entendit la douce voix brisée de Thérèse lui confirmer l'accident mortel (jusqu'ici il avait conservé un espoir dément que tout fût une erreur, que la Croix s'éloignât de lui). Il s'entendit demander :

— Son corps ? A-t-on retrouvé son corps ?

Oui, les restes avaient été sauvés et retirés hors de l'avion en flammes. Les deux jambes étaient brisées, le visage intact et même sur son cœur demeuraient deux petites photos que sa mère lui avait données.

— Ah, oui ? Oui ? murmura Bernard avec avidité, trouvant une sorte de consolation folle dans la pensée que son fils l'aimait, que son fils gardait sur lui les portraits de ses parents, car ce ne pouvaient être que ces photos-là.

– La tienne et la mienne, Thérèse ? L'enfant avait nos photos sur lui ?

– La mienne, oui, dit Thérèse tout bas, avec effort et avec une pitié infinie. L'autre...

Elle hésita :

– L'autre était celle de Martial.

– Ah ? fit Bernard.

Elle entendit le petit sanglot rauque qui le secouait. Il dit très vite :

– A demain. Je vais demander une permission. Quand est-ce qu'on ?...

Les mots : « Quand est-ce qu'on l'enterre ? » ne passèrent pas ses lèvres.

Elle comprit.

– Jeudi, dit-elle. A onze heures.

Ils se dirent adieu. Il ouvrit doucement la porte. Il entendit les deux officiers, ses voisins, parler à la caissière :

– Un de mes camarades qui a étudié la question affirme qu'il existe une série de coucous destinés fatalement à s'écraser sur le sol dès leur première sortie. Des pièces qui auraient été achetées en Amérique et qui ne conviendraient pas à nos appareils. Il y a une question d'alliage de métaux...

– Ce malheureux jeune homme, dit l'autre.

Tous deux se turent brusquement en voyant apparaître Bernard. Il comprit que la caissière n'avait pu s'empêcher de lire le télégramme oublié sur la table et qu'elle avait annoncé la nouvelle aux officiers. Ceux-ci se soulevèrent respectueusement quand Bernard passa auprès d'eux. Il les salua et sortit. Dehors, la rue froide, grise, calme, les brouillards qui flottent sur le fleuve et entretiennent dans l'air une odeur doucereuse, fade et humide de marais. Ténèbres dans la ville. Au ciel, de petites étoiles si lointaines... Derrière lui, le son strident, nasillard du disque qui s'achevait :

> *T'en fais pas, Bouboule,*
> *T'es un type à la coule,*
> *Te mets pas les nerfs en boule,*
> *Les pruneaux seront pour les copains.*
>
> ....
> *T'en fais pas !... et tout finira très bien.*

– Oui, chaque fois que l'homme a dit : « Moi, au fond, je m'en fous... », chaque fois que l'homme a pensé : « Si ce n'est pas moi qui en profite, ce sera un autre », chaque fois qu'une femme a murmuré : « Tu es trop bête aussi... Regarde les autres... », chaque fois, chaque fois... chacun a, sans le savoir, aidé à trancher le fil d'une vie innocente. Lorsque je signais aveuglément le contrat préparé par Détang, lorsque je songeais cyniquement : « Je ne veux pas connaître le fond de l'affaire. Je ne suis qu'un honnête courtier... », chaque fois que j'empochais l'argent, je sabotais de mes propres mains, aurait-on dit, l'avion où mon fils a trouvé la mort. Et si cet accident-là n'est dû qu'au hasard ? Si ma conscience inquiète me reproche un crime que je n'ai pas commis, alors c'est que d'autres avions sont tombés à cause de moi, d'autres enfants sont morts à cause de moi, Bernard Jacquelain, qui n'étais pas plus méchant ni plus malhonnête qu'un autre, mais qui aimais le plaisir et

236

l'argent. Comme tous, mon Dieu, comme tous ! Ne voulant pas être dupes, évitant de prendre au tragique nos petites affaires, nos petites combines, ne croyant pas au pire et persuadés que :

> *T'en fais pas, Bouboule*
> ....
> *Et tout finira très bien !*

6

L'armée avait été battue dans les Flandres, battue
à Dunkerque, battue sur les bords de l'Aisne. Tout
était consommé maintenant. Il n'y avait plus que les
civils pour garder au cœur une invincible espérance ;
dans les cafés du Lot-et-Garonne, on établissait
encore une ligne de défense imaginaire au sud de la
Loire, mais les militaires n'avaient plus de ces illusions. Les militaires savaient que l'armée était
perdue ; ils voyaient même approcher le jour où il n'y
aurait plus d'armée, où, dans la masse d'un peuple
en fuite, les soldats disparaîtraient comme, pendant
la tempête, les débris d'un vaisseau s'enfoncent dans
la mer. Des régiments avaient perdu leurs chefs ; des
groupes d'hommes erraient, perdus parmi les fuyards.
Dix soldats échappés par miracle à l'ennemi marchaient derrière un officier harassé, au maigre visage
barbu, aux yeux brûlants de fièvre. L'officier était
Bernard Jacquelain.

Après la prise de Dunkerque, où il s'était battu
avec une sorte de sauvage désespoir, il avait pris le
chemin des dunes avec les débris du régiment, fait
tout entier prisonnier. Ils étaient demeurés quatre
jours dans les sables, sans vivres, souffrant surtout du

manque d'eau ; jamais, songeait Bernard, il n'oublierait cette soif atroce qu'irritait encore la vue de la
mer. Pris entre le feu des Allemands et des Anglais,
ils avaient creusé dans les dunes, pour se mettre à
l'abri, de grands trous, des espèces de tombes qui,
pour quelques-uns d'entre eux, morts des suites de
leurs blessures, avaient été des tombeaux véritables.
Sur le point d'être rejoints par les Allemands, les sur-
vivants s'étaient jetés à la mer et avaient nagé le long
des côtes, sous les bombes, dans la confusion inima-
ginable de la mer où flottaient pêle-mêle des tonneaux
de vivres de l'armée anglaise, les épaves des embar-
cations coulées, les vivants et les morts. Enfin, Bernard et ses dix compagnons avaient retrouvé des
lignes qui étaient encore aux mains des Français.
Mais, la nuit même, attaqués par les chars ennemis,
ils avaient dû fuir, et, depuis, la retraite continuait
parmi les voitures belges, hollandaises, françaises qui
se frayaient un chemin vers le Sud, parmi les enfants
égarés, les femmes qui accouchaient dans les fossés,
les criminels de droit commun qui couraient les
routes, les camions des ministères chargés d'archives,
les autos du gouvernement bourrées de dossiers
verts qui s'envolaient par les portières. Des canons,
des charrettes, des voitures d'enfant, des tandems,
des brouettes, des troupeaux de vaches, encore
des canons sur leurs plates-formes camouflées, des
mitrailleuses couronnées de feuillage, des chevaux
fourbus, des hommes... Sur la route, des armes jetées
comme une ferraille inutile, sur les ponts des voitures
brûlées, bombardées ; d'autres sur les berges des
fleuves, par terre des valises ouvertes pleines de linge,
de provisions, de lettres, parfois d'argent ou de bijoux

qu'on ne ramassait même pas, car on semblait être parvenu aux derniers jours du monde, quand l'or n'a plus de valeur et que les toits s'écroulent sur vos têtes.

Parfois les civils, lorsqu'ils apercevaient les uniformes des soldats, demandaient avidement :

– Alors ? Alors ? Est-ce que, enfin, on les repousse ?

Une femme, en pleurant, dit à Bernard :

– Mais, enfin, vous qui êtes un officier, expliquez-moi la cause de cette défaite, de cette abomination ? Pourquoi ? Monsieur, j'ai perdu mon mari en 1914. J'ai deux fils, tous deux se battent, et bravement, j'en suis sûre. Tous les Français ont fait leur devoir. Qui nous a trahis ? Qui nous a perdus ?

Bernard baissa la tête et ne répondit rien.

Certains les insultaient ; dans une maison où ils demandèrent à manger, les réfugiés qui campaient dans la cuisine crièrent que c'était une honte, qu'ils n'avaient que ce qu'ils méritaient et qu'ils ne s'étaient pas défendus. Mais, le plus souvent, les gens les regardaient passer avec une morne indifférence.

Dans un village, au seuil d'une auberge, un petit garçon qui jouait dans la poussière se leva, s'approcha de Bernard et lui demanda en rougissant s'il voulait un verre de bière.

– C'est maman qui est la patronne. Elle a dit de vous offrir à boire, parce que vous êtes soldat, comme papa... qu'on ne sait pas ce qu'il est devenu, acheva l'enfant avec tristesse.

Bernard regarda longuement le beau petit garçon aux yeux noirs qui ressemblait à Yves. Ou peut-être le voyait-il ainsi ? Tout lui rappelait son fils.

– Voulez-vous de la bière ? répéta l'enfant, que son silence étonnait.

– Oui, je te remercie, j'ai bien soif, dit enfin Bernard.

Le petit disparut dans la maison et revint au bout d'un instant, rapportant une canette de bière et un verre grossier. Bernard but puis sortit un peu de menue monnaie de sa poche, mais l'enfant la refusa :

– Maman a dit qu'elle vous l'offrait.

Bernard demeura seul, sur le banc, au soleil. C'était une journée orageuse ; sans cesse au loin grondait le tonnerre et les gens qui croyaient entendre le canon l'écoutaient avec crainte.

Les soldats avaient trouvé à manger et ils voulurent partager avec Bernard un melon et un quignon de pain. Mais sa gorge serrée ne laissait pas passer les aliments. Il mâchonna un croûton et le laissa sur le banc à côté de lui. Puis il cacha son visage de ses deux mains et fit semblant de dormir. Ses camarades le considérèrent un instant et l'un d'eux dit à mi-voix :

– La mort de son fils lui a fichu un rude coup. Moi, je ne le connais pas depuis bien longtemps. Il paraît que c'était un garçon assez rogue et désagréable avant la mort de son petit.

Un grand gars à l'allure paysanne qui coupait son pain en tranches et le poussait dans sa bouche avec la pointe d'un couteau s'arrêta et regarda Jacquelain :

– Pauvre type !

Ils s'aperçurent alors que Jacquelain pleurait ; une larme roula entre ses doigts serrés. Les hommes avec délicatesse se détournèrent et affectèrent de plaisanter et de rire entre eux pour donner à leur lieutenant le temps de se remettre.

Au bout de quelques instants, Bernard parut plus calme ; il alluma sa pipe et s'enfonça dans une profonde et amère songerie. Sans cesse coulait sur la route le fleuve d'autos. On apercevait des visages pâles, harassés, souillés de poussière. Des enfants dormaient, roulés en boule sur des valises. Passa un char à bancs où des vieillards (un hospice évacué) somnolaient, la tête sur des ballots de linge. Passa une ambulance, qui allait au pas comme les autres véhicules. Passa une petite Citroën, pleine d'enfants qui pleuraient : le gamin qui conduisait paraissait avoir quinze ans ; il n'y avait pas une grande personne avec eux. Passa un vieux taxi parisien à demi défoncé où on avait couché un jeune homme, blessé ou malade ; une dame âgée était assise près de lui et lui éventait doucement la tête. Cette voiture s'arrêta. La dame demanda un verre d'eau. Tandis qu'on la servait, Bernard s'approcha et regarda le garçon étendu.

– Ah, Monsieur, c'est affreux, murmura la vieille femme : il a dix-sept ans. On venait de l'opérer, et on a évacué l'hôpital la nuit venue. Je ne sais où m'arrêter. Il va mourir. Pourquoi ce désordre ? Pourquoi cette imprévoyance ? Combien de temps faudra-t-il courir les routes ? Ah, Monsieur, que de fautes...

– Oui, Madame, vous avez raison, dit Bernard avec effort et, la saluant, il s'éloigna. Il fallait repartir. Les Allemands approchaient. Ils marchaient sur Paris, et l'armée française fuyait devant eux. Le petit groupe formé par Bernard et ses dix hommes suivait également la route de Paris. Certains disaient qu'on allait livrer bataille sur la Seine.

« Quelle bataille ? songeait Bernard : elle a été livrée et perdue. Et ça ne date pas d'hier, ni, comme les gens le croient, de l'entrée des Allemands en Belgique. La bataille de France est perdue depuis vingt ans. Quand on est rentré de la guerre en 1919 et qu'on a voulu se donner du bon temps pour oublier quatre années perdues dans les tranchées, quand on a été corrompu par l'argent facile, quand toute une classe a pensé et dit : "Moi, après tout, je m'en fous, pourvu que je fasse mon beurre..." Je l'ai pensé. Je l'ai dit, je l'ai cru, comme les autres. Moi, moi, moi... Ah, les pauvres innocents qui se demandent pourquoi nous en sommes là... Mais c'est parce que l'un s'est dit : "Ah, tant pis, moi d'abord..." et l'autre : "Tout ça, c'est très gentil, mais moi..." et le troisième : "Il s'agit de sauver sa peau." Tous, nous avons voulu sauver notre peau, notre vie. Tous ! Et nous l'avons perdue... »

Ils marchaient. La nuit venait. L'air sentait une odeur irrespirable de poussière et d'essence. Bernard marchait et, machinalement, il répétait à voix basse :

– Perdue... Perdue... Nous l'avons perdue...

La terre devenait noire, mais le ciel de juin était éclairé d'une faible lumière et dans le tendre crépuscule volaient, planaient, régnaient sans rivaux les avions ennemis.

7

Par suite d'un ordre venu on ne savait d'où, à dix heures la colonne des réfugiés dut abandonner la route directe vers Paris. Une partie rebroussa chemin, une autre fut détournée vers Melun. Bernard croyait retrouver les lignes françaises dans la forêt de Fontainebleau, mais il reconnut bien vite qu'il s'était trompé, que la forêt était peuplée de réfugiés et que le gros de l'armée reculait toujours vers le sud. La forêt ressemblait à un vaste campement de Bohémiens. Les gens dormaient, mangeaient, mouraient sur la mousse (la forêt avait été bombardée).

Sauf le melon et le quignon de pain mangés à midi, Bernard et ses compagnons n'avaient pu trouver d'autres vivres. Bernard seul ne sentait pas la faim ; il ne souffrait plus. Il n'avait qu'un désir : le sommeil. Mais ses soldats, derrière lui, murmuraient :

– Mon Dieu ! La soupe ! Un verre de vin !

Et l'un d'eux, le paysan, s'écria :

– Qu'elle est grande, la forêt !

Bernard soupira. Cette forêt de Fontainebleau, combien de fois, en quelques tours de roues, il l'avait traversée ! Forêt pleine de muguet, d'amoureux, de paisibles promeneurs, maintenant lieu d'asile (combien précaire !) d'un peuple désespéré. La nuit était pleine d'appels, de cris vains :

– Maman, j'ai peur ! Jacques, Jacques ! A-t-on vu mon petit Jacques ? Je l'ai perdu pendant le bombardement. Est-ce qu'on peut me céder un litre d'essence ? Est-ce que vous avez une bouteille de lait pour un enfant ? Est-ce que quelqu'un ne pourrait pas me prêter une couverture pour mon père malade ? Monsieur, Monsieur, mon mari a été blessé dans le bombardement. Il ne m'entend pas, il ne me répond plus. Où puis-je trouver du secours ? Il va mourir.

Bernard s'éloignait à grands pas, si vite que les hommes harassés n'arrivaient plus à le suivre. Ils disaient :

– On n'en sortira donc pas, de cette maudite forêt ?

– Je crois, mon lieutenant, qu'on revient sans cesse sur nos pas, dit un soldat.

– Non. Suivez-moi. Je connais une maison où nous passerons le reste de la nuit. Ce n'est pas loin d'ici.

Ils se trouvaient au centre d'une clairière en forme d'étoile. Il hésita, s'orienta, prit un sentier à gauche.

– Suivez-moi ! Courage !

Ils allaient trouver la maison des Détang. Elle était à deux pas de là, sur la chaussée, cette demeure opulente, pleine de lits moelleux, de larges divans, les armoires bourrées de provisions, les caves de champagne. Où étaient les maîtres ? Partis, sans aucun doute, ayant fui devant le premier souffle du désastre. Ils devaient avoir franchi la Loire bien tranquillement. Derrière eux, les ponts avaient sauté, projetant jusqu'au ciel des pierres en feu, de l'acier tordu et, parfois, des débris humains. Mais les Détang étaient à l'abri. Sans doute, à cette heure, passaient-ils la frontière avec leur argent, leurs bijoux, leurs malles, laissant se débrouiller comme ils pouvaient ceux qui n'étaient pas malins, ceux qui n'avaient pas su placer leur fortune en sûreté, à l'étranger, quand il était temps encore, ceux qui n'avaient pas compris, pas prévu, ceux qui avaient eu confiance.

Peut-être Bernard se trompait-il ? Détang pouvait très bien hésiter encore entre deux partis : la fuite et sa situation politique compromise, perdue, et l'attitude de celui « qui fait son devoir jusqu'au bout » et escompte pour l'avenir de fructueux renversements d'alliance ? Bernard croyait l'entendre :

– Avant tout, ne pas être dupe ! Peser froidement le pour et le contre. Penser à moi. *Ma* situation... *Mon* train de vie. *Mon* pouvoir. *Ma* maison, *ma* femme.

Mais, avant tout, il y avait l'argent de Renée, depuis longtemps déposé à l'étranger. Rien ne prévaudrait contre ça. L'influence, les relations, la renommée, tout passait après l'argent. Bernard l'avait-il oublié ? Il aurait dû s'en souvenir.

Il fit encore quelques pas et aux hommes :

– Vous êtes arrivés.

C'était une très belle maison, toute blanche, entourée d'un grand parc. Bernard poussa la grille. Elle n'était pas fermée. La porte d'entrée résista.

– Ça ne fait rien, dit Bernard. Il y a un volet qui ferme mal au rez-de-chaussée. Le voilà. Entrons. Par ici, c'est le salon.

– C'est chez vous, mon lieutenant ? demanda un des hommes.

– Chez moi ? Non. C'est la maison d'un de mes

246

amis. Elle est bourrée de provisions. Vous mangerez tous, si les réfugiés ne l'ont pas visitée avant nous.

Ils avançaient dans le salon, l'un derrière l'autre, faisant crier leurs godillots sur le beau parquet. Les fenêtres étaient soigneusement camouflées ; de grands rideaux de velours sombre étaient tirés devant les croisées. On pouvait allumer sans crainte. Les lustres brillèrent doucement, éclairant les vastes pièces dans le plus affreux désordre. Certes, les Détang étaient partis. Tout le criait. Des bouts de ficelle, du papier d'emballage traînaient à terre. Le secrétaire de Raymond, vide, béant, montrait ses tiroirs ouverts. Que de lettres, que de papiers compromettants avaient été retirés de là et jetés à la hâte dans une valise, ou déchirés, ou brûlés. Bernard souleva le tablier de cheminée, vit les traces récentes d'un feu et sourit.

Voici le petit salon de Renée, voici le coffret à bijoux, trop lourd à emporter, que l'on avait vidé de son contenu ; les boîtes ouvertes étaient jetées à terre. Bernard imagina les bijoux cousus dans un sac de peau, cachés entre les seins de Renée, ses seins lisses et froids. Oh, Dieu, la mépriser, la détester, l'aimer encore ! C'était elle qui l'avait perdu. Il murmura comme un exorcisme :

– Thérèse...

Cependant il guidait les hommes vers la salle à manger. Partie l'argenterie, dévalisés les dressoirs. Ils n'avaient rien oublié. Leur voiture devait être pleine à éclater. Si beaucoup de gens se sauvaient avec tant de bagages, rien d'étonnant que la fuite fût si longue et pénible...

« Voilà, songeait Bernard : ils ont vulgarisé le mal qui, autrefois, était l'apanage d'une petite société restreinte et qui, par cela même, ne pouvait être trop nuisible. Ils ont démocratisé le vice et standardisé la corruption. Tout le monde est devenu malin, jouisseur, profiteur. Alors... embouteillage dont les coupables ont pâti comme les autres. Il y a une sorte d'ironique et amère justice dans tous ces événements. Ironique et terrible », pensa-t-il encore.

Les soldats, un instant interdits, avaient senti, eux aussi, s'éveiller en eux des instincts de pillage.

– Quand je vous dis que c'est contagieux, murmura Bernard.

Ils avaient découvert la cuisine, fracturé les placards ; ils revenaient dans la salle à manger en portant des boîtes de foie gras, de conserve, du sucre, du café, du chocolat ; deux d'entre eux cherchaient la cave.

– Plus bas, à gauche, cria Bernard. Enfoncez la porte !

Et quand ils furent rentrés, chargés de bouteilles, il dit doucement :

– Mangez. Buvez, mes pauvres enfants. Tout cela est à vous.

Lui-même avait faim tout à coup. Il coupa une tranche de pâté, but une coupe de champagne et, laissant ses camarades attablés, il sortit de la pièce et marcha longtemps à travers la maison déserte.

Il entra dans la chambre de Renée ; il s'approcha du grand lit. Partout le désordre, les signes visibles de la panique. Les draps traînaient à terre ; il imagina le jaillissement du corps demi-nu hors des couvertures, quand Détang était venu la réveiller. Elle avait dû courir, dévêtue comme elle était, à la cachette aux bijoux, les sortir du coffret, les cacher entre ses seins. Elle n'avait tremblé pour aucun être vivant ; elle n'avait regretté personne. Pas un enfant, pas un chien, pas un vieux serviteur... Elle n'aimait que ces pierres, froides et étincelantes comme elle-même.

– Est-ce que je l'ai aimée ? se demanda Bernard à haute voix.

Il semblait s'éveiller d'un rêve. Son corps... oui. Ses épaules, ses hanches, oui... Mais cette mère aux yeux de proxénète, cette canaille de mari... Il la revit couchée entre ses bras et se rappela sa manière de donner et de recevoir l'amour, quelque chose de brutal, de cynique, d'avide, de dur qu'il y avait en elle... Mais s'il en avait parfois souffert, il n'avait jamais compris les raisons de cette souffrance. Il aurait eu honte de la juger d'un point de vue moral. Pendant vingt ans, il avait étouffé en lui l'instinct qui le portait à dire : « Ceci est bien ; ceci est mal. » Il baissa la tête et se détourna du grand lit.

Il traversa la pièce voisine ; elle contenait les placards aux robes. Quelques-unes avaient été jetées à terre ; il les repoussa du pied, songea qu'elle avait dû emporter les plus belles. Demain, ou le mois prochain, dans quelque boîte de nuit, à Lisbonne, à Rio ou à New York, elle danserait, gracieuse, indifférente ; des hommes la courtiseraient ; elle parlerait des moments atroces vécus pendant la bataille de France ; elle se ferait plaindre : « Nous avons tout abandonné, tout perdu... Notre vie était en danger... » Leur vie, leur précieuse vie... Pourquoi avait-il rencontré cette femme ? Pourquoi l'avait-il écoutée ? Il tenait encore à elle pourtant. Elle était entrée en lui comme un venin.

– J'ai un accès de vertu, parce que je suis fatigué et malheureux, se dit-il tristement. Mais si les choses s'arrangeaient... La guerre va finir. Tout se tassera. Des gens comme Raymond Détang surnageront toujours. Et moi...

Non ! Il y avait la mort de son fils. Directement ou indirectement, il en était responsable.

– Il est juste, mon Dieu, que je sois puni, murmura-t-il.

Quand il revint dans la salle à manger, ses compagnons dormaient. Les uns s'étaient couchés par terre, les autres n'avaient même pas quitté la table et ronflaient, le front appuyé sur leurs bras. Aucun n'avait eu la force de chercher un lit. Il fit comme eux ; il jeta des coussins sur le tapis, près de la fenêtre et s'étendit, le visage dans le creux du coude. Mais il ne pouvait pas dormir. La pensée de son fils ne le quittait pas. Que de temps perdu, que d'années perdues pour l'aimer... Il avait été pris tout le temps par ses histoires d'amour, ses rêves de fortune. Son enfant grandissait à ses côtés ; à peine s'il le voyait. Il abaissait parfois sur lui un regard distrait et songeait : « Quand il aura quinze ans, je m'occuperai de lui... » Puis : « Quand il aura dix-huit ans, je lui apprendrai la vie. J'en ferai un homme. » Mon Dieu ! était-il possible que l'enfant eût été tué dans un des avions achetés par lui ? Comment n'avait-il pas imaginé plus tôt l'accident, le crime ? Non ! Il n'avait rien imaginé, rien vu que l'argent. Ce n'était pas son affaire. Il y avait en France des ingénieurs, des techniciens, des responsables. Et tous, sans doute, avaient pensé comme lui, s'étaient dit que d'autres, plus haut, se débrouilleraient. Et ainsi, de bas en haut... Tous. Puis, les coupables avaient pris peur et s'étaient enfuis. Il demeurait un pays dévasté, un peuple nu, écrasé, sans armes.

Il s'endormit et rêva de son fils. L'enfant le voyait et ne le reconnaissait pas ; il le laissait approcher de lui, puis s'écartait d'un bond léger et se sauvait en courant. Il courait si vite quand il avait douze ans... ses mèches noires lui tombaient dans les yeux. Il rêva aussi de Martial Brun. Il y pensait souvent maintenant, depuis qu'il avait appris que sur le corps de son fils une petite photo de Martial avait été retrouvée. Pourquoi ? Que signifiait Martial aux yeux d'Yves ? En rêve, il se prit à murmurer : « Tu sais, ce n'était pas un type bien épatant. Il y en avait des milliers comme lui. Il a fait une belle guerre, mais moi... » Il poursuivait l'ombre d'Yves, le fantôme d'Yves, mais Yves ne l'entendait pas. Il franchissait d'une enjambée une clôture métallique qui sonnait doucement. En retombant de l'autre côté, ses pieds touchèrent le gravier qui cria sous ses pas, qui cria...

Bernard, brusquement réveillé, se frotta les yeux et entendit le bruit de bottes sur le sable du jardin. Dans la nuit transparente de juin, il vit deux, trois, cinq, dix hommes qui s'approchaient de la maison. Des soldats ? Il se pencha. Il y avait quelque chose d'insolite dans leurs uniformes, quelque chose qu'il ne reconnut pas tout de suite et qui, brusquement, arrêta son cri dans sa gorge. Les uniformes verts, les longues bottes... c'étaient des Allemands, déjà des Allemands.

Il se pencha, secoua l'épaule de son voisin, lui mettant la main sur la bouche du même mouvement pour étouffer sa protestation de surprise. L'homme réveillé, mit quelque temps à comprendre, puis murmura :

– On est prêt.

– Réveille les autres, dit Bernard tout bas.

Les Allemands étaient déjà dans le vestibule. Les Français attendaient, désemparés, anxieux.

– Qu'ils nous prennent donc, et que ça finisse, dit enfin l'un d'eux. La guerre est finie.

Mais ses camarades ne voulaient pas se rendre :

– J'ai une femme et des gosses, moi !

– Qui est-ce qui nourrira mes vieux ?

Ils entouraient Bernard, attendant de lui le salut. Ils étaient pris comme dans une souricière. Il connaissait la maison, lui. Y avait-il une autre issue ?

Oui, l'entrée de service.

– Filons par là.

Mais quand ils arrivèrent devant la porte des cuisines, ils entendirent parler allemand : impossible de se sauver par là. Ils remontèrent dans la salle à manger. Bernard réfléchit et dit :

– Nous allons nous barricader ici avec des meubles, puis je vais tirer sur eux. Pendant ce temps, vous sortirez par la fenêtre. Vous tâcherez de profiter du premier moment de surprise pour vous sauver. Je continuerai à tirer. Ils sont dix, comme nous. Ils ne se jetteront pas tous à votre poursuite, car ils croiront que plusieurs hommes défendent la maison. Vous risquez d'attraper un mauvais coup, mais tant pis ! Il n'y a pas d'autre parti à prendre.

– Vous serez descendu, mon lieutenant.

– Ça ne fait rien, dit Bernard. Il s'approcha de la fenêtre, compta à mi-voix : « Une, deux, trois. » Simultanément, il tira un coup de feu dans la direction des ennemis et ses dix camarades sautèrent de la maison sur la pelouse. Les Allemands ripostèrent. Un homme fut atteint et tomba. Les autres gagnèrent la forêt. Bernard tirait toujours. Comme il l'avait prévu, le gros de la troupe demeura sur place. Deux ou trois soldats se lancèrent à la poursuite des fugitifs. Une grêle de balles perça les murs de la pièce, mais, par miracle, Bernard ne fut pas touché. Il continuait à tirer. Il ne pensait à rien. Il goûtait enfin une sorte de paix.

Le combat dura assez longtemps. Quand il cessa, quand les Allemands eurent défoncé les portes, ils trouvèrent Bernard, adossé au mur, ayant jeté son arme inutile à ses pieds, les bras croisés. Il n'était pas blessé. Il se rendit sans opposer de résistance. La même nuit, on lui fit rejoindre une compagnie faite prisonnière dans la forêt de Fontainebleau et il partit pour l'Allemagne.

8

Malheureux ? Non. Il n'était pas malheureux. Ses compagnons de captivité, ainsi que lui-même, n'étaient pas habitués encore à considérer leur vie comme réelle. C'était un cauchemar qui, tout à coup, prendrait fin, brusquement, comme il avait commencé. On ouvrirait les portes ; les barbelés tomberaient. On leur dirait : « Vous êtes libres. » Chaque soir on pensait : « Un jour de moins... » Un jour d'écoulé ; un jour qui les rapprochait de la délivrance. Le moment le plus dur était celui du réveil. En rêve, on retrouvait son pays et sa famille, quelque plage française au bord de la mer, le sourire d'une femme, des voix d'enfants. On ouvrait les yeux et on reconnaissait le dortoir, ses murs faits de planches grossières. On entendait le murmure des prêtres prisonniers qui, à l'aube, disaient leurs messes, chacun devant un petit autel portatif au pied de son lit. Cela tenait du couvent, de la caserne, des pires années d'internat... A quarante ans... « C'est pénible à nos âges », disait le voisin de Bernard, un homme à cheveux blancs, à la figure lasse et usée. On parlait de libérer les anciens soldats de la guerre de 1914, mais on disait tant de choses. L'atmosphère du camp était propice aux rêveries, aux illusions, aux mensonges ; on chuchotait, de bouche à oreille, les nouvelles les plus étranges. « Vous allez rentrer, vous avez de la chance », disaient à Bernard les jeunes, ceux qui de la vie n'avaient connu, au sortir de l'école, que l'enfer de Dunkerque ou la fuite vaine sur les routes de France et qui consumaient maintenant leurs vingt ans dans ces plaines de neige. Rentrer ? Pour retrouver quoi ? Comment les recevrait-on en France, eux, les vaincus ? Qu'était devenue la France ? Ils ne savaient rien ; ils ne pouvaient pas l'imaginer. Ils la recréaient selon leurs désirs et leurs colères. L'amour et la haine en eux n'étaient pas apaisés. Ils fermentaient au contraire, les empoisonnaient de leur violence. Parfois, dans le silence de la nuit, on entendait un prisonnier soupirer, sangloter, invectiver quelqu'un d'inconnu ou appeler avec désespoir une femme invisible.

Le camp était bâti dans une plaine de neige. C'était le premier hiver des prisonniers en Allemagne. L'hiver et la guerre ne finiraient jamais, semblait-il. Tantôt les flocons de neige tombaient en une chute molle et pressée ; tantôt des grains durs comme du sable voltigeaient dans l'abri ; mais c'était toujours la neige, son silence, une triste et aveuglante blancheur à l'horizon ; on ne voyait plus la terre depuis septembre. Il n'y avait ni forêts, ni villes, ni montagnes visibles. A peine quelques vallonnements, quelques creux légers, quelques plis du blanc linceul qui devaient être, à la belle saison, des prés, des champs, des plaines ? Les prisonniers ne savaient pas ; ils étaient arrivés au camp à l'automne dernier. Très loin, un fil étincelant semblait être une voie ferrée ou une

rivière couverte de glace. Ils le contemplaient longuement. C'était un chemin, une issue vers le monde des
vivants. Eux ne vivaient pas. Pas tout à fait. Ils abolissaient le présent. Ils refusaient de le reconnaître. Ils
fuyaient les souvenirs du passé qui leur amollissaient
le cœur ; ils redoutaient l'avenir. Ils accomplissaient
machinalement les gestes de la vie. Ils travaillaient,
lisaient, se promenaient, mangeaient, organisaient des
jeux, des spectacles, mais seule une partie d'eux-
mêmes agissait ; l'autre dormait d'un douloureux
sommeil et ne se réveillerait qu'au jour béni (quand
viendrait-il ? quand ?) où on leur dirait : « Eh bien,
voilà, c'est fini. Rentrez chez vous. »

« Quand ? Mon Dieu, quand ? Quand donc finira
l'épreuve ? » Bernard pensait quelquefois que si on
avait pu ouvrir les cœurs de ses compagnons, on
aurait trouvé ces paroles imprimées dans la chair saignante. Mais ils les prononçaient rarement à voix
haute. Ils avaient honte. La vie du camp les avait
réduits à une étrange uniformité ; ils se ressemblaient
tous. Ils ne redevenaient eux-mêmes, ils ne retrouvaient une personnalité distincte que lorsqu'ils faisaient les gestes de leur ancien métier, lorsque le
cordonnier ressemelait une paire de bottes, que le
curé disait sa messe, que le professeur préparait une
conférence pour les étudiants prisonniers qui désiraient poursuivre leurs études, ou lorsque arrivaient
lettres et colis de France.

Alors, le jaloux laissait paraître son tourment sur
les traits d'un visage à l'ordinaire gris et morne ;
l'amoureux, les yeux brillants, les lèvres entrouvertes,
fixait longtemps du regard un point invisible dans
l'espace ; l'ambitieux qui sentait que d'autres, à Paris,

prenaient sa place, mordait ses poings dans une fureur muette, et les simples, hochant la tête, disaient à mi-voix :

– Paraît que la femme a du mal à s'en tirer, toute seule...

Ou :

– Chez nous aussi, il fait froid, à ce qu'on m'écrit.

Ou encore :

– Il y a une mortalité sur les vaches... Tout s'en mêle... Le gosse va sur ses dix mois. Pensez que je ne le connais même point...

Quelqu'un alors répondait :

– Penses-y pas, va, mon petit gars. Ça n'avance à rien...

De nouveau chacun se replongeait dans son rêve. Cela n'empêchait pas les discussions bruyantes, les rires, les jeux de cartes ou de dames, ou, entre intellectuels, des controverses passionnées sur les lectures d'autrefois, les théâtres d'autrefois (« Tu te rappelles Dullin dans *Richard III* ? Mon vieux, un soir, en 1930, Ludmilla Pitoëff... »), mais l'âme profonde de chaque prisonnier, cette part de soi inaliénable, incommunicable à autrui, s'endormait de nouveau, retrouvait le sommeil sauveur et le songe, la petite phrase désolée, la question obsédante, presque machinale, à laquelle il n'était pas de réponse (pas encore...) : « Quand ? Mon Dieu, quand ? »

La longue soirée s'écoulait. La neige tombait. A intervalles réguliers, une lumière éclairait l'espace et les fils barbelés brillaient alors de toutes leurs petites pointes aiguës, comme une forêt de cactus.

On entendait sur le sol gelé le craquement des bottes, le bruit des crosses de fusils frappant la terre sonore, des commandements brefs, un roulement de tambour au loin. Dehors, tout n'était que ténèbres. C'était l'heure où les citadins pensaient aux villes perdues, aux grappes de lumières sur les boulevards parisiens, aux grands réflecteurs blancs à la porte des théâtres, aux gares étincelantes, aux reflets rouges sur le ciel de Paris... Une mauvaise heure encore, un mauvais moment à passer. C'était l'instant où s'amorçaient les confidences, pudiques, inachevées. On ne parlait pas de soi, ni des siens, mais d'une manière abstraite, volontairement froide, impersonnelle, on amorçait une conversation qui tournait toujours autour du même thème : « Quand enfin rentrerait-on ? Quand finirait la guerre ? » Chacun cherchait sans cesse la signification d'une épreuve si cruelle. Les prêtres (ils étaient nombreux au camp) connaissaient seuls la paix, la certitude : la souffrance était un don de Dieu. « Réjouissez-vous, vous qui pleurez », disaient-ils. Mais les hommes que le siècle retenait dans ses rets ne comprenaient pas ; ils s'indignaient, se révoltaient et continuaient à chercher douloureusement, en vain, un sens à leur mal. Ils frappaient du poing, aurait-on dit, une muraille muette ; leurs coups n'éveillaient pas d'écho.

Bernard s'était lié, d'une sorte d'amitié réticente, à son voisin, professeur dans un lycée de province, ancien soldat de Verdun et des Flandres comme lui, un homme aux cheveux blancs, au visage grave et froid. Il était marié ; il avait des enfants ; sa femme l'attendait. Il parla d'elle à Bernard, lui montra ses photos, et à son tour Bernard décrivit Thérèse et ses deux petites filles.

— Moi, dit le professeur, et un sourire tendre et

timide éclaira ses traits, habituellement austères et calmes, moi, quand je ne dors pas, je me rappelle toutes les années passées avec ma femme. Nous sommes mariés depuis vingt ans. Chaque soir, j'évoque une année, une seule, d'un réveillon à l'autre. Je m'interdis de chercher plus loin ; je fais durer le plaisir. Je commence par l'année d'avant cette guerre et, peu à peu, je remonte jusqu'à celle qui a suivi l'armistice et où nous nous sommes rencontrés, ma femme et moi. J'en ai pour vingt soirées. Ensuite, mon Dieu, je recommence. C'est inouï combien de trésors j'arrive ainsi à mettre au jour... Des choses que j'avais oubliées... Des robes qu'elle portait, des airs qu'elle chantait, les mots de nos enfants... Des instants aussi... Par exemple, ma petite fille qui entre en courant dans la salle à manger, un jour d'été, vêtue d'un tablier rose. Croyez-vous que j'avais oublié ce tablier ? Je recrée le passé. Il me semble que je vais le toucher comme... comme un visage... Je me trouve, imaginez-vous, chaque soir plus riche. Je m'aperçois que j'avais une vie si comblée, si pleine. Il faut une circonstance exceptionnelle, une maladie ou une épreuve comme celle que nous traversons, pour nous faire reconnaître cette plénitude de vie.

– Moi, la mienne me paraît vide, murmura Bernard.

Vide... Malgré les plaisirs, l'argent et l'amour. Il n'avait rien savouré. Il avait goûté tous les fruits et dans sa hâte de les dévorer tous, il n'avait pu que les approcher de ses lèvres et les jeter aussitôt, sans apaiser sa soif.

« Je suis puni. Je suis justement puni », se disait-il parfois.

Mais, à d'autres moments, il s'adressait avec une sorte d'aigreur à quelqu'un d'invisible :

– Pourquoi m'as-tu donné cet esprit inquiet ? Cette âme insatisfaite ? Je n'ai pu me contenter de ma vie, de la femme qui m'était donnée, mais tout n'était pas mauvais dans ce désir d'activité, de joie, de bonheur ? Toute existence forme une sorte de grille dont la clef n'est donnée que rarement, ou jamais, ou quand il est trop tard pour s'en servir. Est-ce que je chercherai toujours la mienne en vain ?

Un matin, on emporta son voisin, malade, à l'infirmerie. Tandis que la civière passait près de Bernard, il lui chuchota :

– Si vous sortez avant moi, mon vieux, vous avez mon adresse. Vous irez voir ma femme. Vous lui direz tout ce que...

Il s'interrompit :

– Et puis non, vous ne lui direz rien du tout... Seulement que je n'ai jamais perdu l'espoir et que je la reverrai. Oui, dites-lui cela : « Votre mari était convaincu qu'il vous reverrait. »

Le lendemain, Bernard apprit que le professeur était mort. Il fut très affecté de cette nouvelle. Mais comme un rai de lumière parfois, passant dans une chambre obscure, éclaire justement un objet égaré, cette mort, lui sembla-t-il, lui fit découvrir la clef qu'il cherchait, la clef à sa propre existence et celle de toute existence. Avant toutes choses, se dit-il, il fallait être fidèle. Cet homme mort la veille, Thérèse, son fils, ces prêtres qui, dans le camp de prisonniers, célébraient leurs messes quotidiennes à l'aube, les soldats de la Grande Guerre, tous avaient eu une vertu : la fidélité. Mais lui, Bernard, et bien d'autres de sa génération, s'étaient glorifiés de ce que leur cœur était changeant, inconstant, trop vaste, avaient-ils pensé, pour se contenter d'un seul amour, d'une seule femme, d'un seul Dieu... Il aspirait à une vie plus étroite, il voulait s'astreindre à des lois simples et dures qui le plieraient et lui façonneraient l'âme. Cela ne durerait pas longtemps peut-être ; il se retrouverait bientôt avide de liberté, mais, pour le moment, il lui fallait cela...

Les corvées de la matinée s'accomplirent, puis revinrent les longues heures où les prisonniers jouaient aux cartes, relisaient de vieilles lettres, regardaient tomber la neige. Depuis le matin, Bernard se sentait souffrant ; il resta couché, une couverture jetée sur lui, les bras croisés derrière la tête. Les pensées qui l'occupaient étaient peu nombreuses, mais elles ne le laissaient pas en repos ; il essayait de les chasser, mais en vain. Il songeait à son fils mort, et il songeait à sa femme qui l'attendait. « A vingt ans, quand j'étais si fier de moi-même, si quelqu'un m'avait dit que mon fils, mon propre fils réserverait tout son amour, toute son admiration – et avec justice – à ce pauvre Martial que je considérais comme un fieffé imbécile ! Et voilà... Un quart de siècle plus tard... Cet homme qui n'a été ni brillant, ni beau, ni riche, ni très intelligent a une auréole de gloire, que moi, Bernard Jacquelain, je n'aurai jamais. Car il est clair que mon fils voyait en lui un héros, héros à lorgnons, à gilet de flanelle, à l'obscure vertu, mais vainqueur. Tandis que moi... »

Il pâlit et mit sa main devant ses yeux :

– Qu'est-ce qu'il y a ? Tu vois un fantôme ? dit un de ses compagnons de captivité en le regardant.

Oui, un fantôme... C'était l'heure où ils apparaissaient. Morts ou absents, leurs ombres peuplaient le camp. Il les voyait mieux que ses camarades. Il sursautait alors et commençait à marcher entre les tables et les bancs, le long de la baraque où il était enfermé. Tantôt il se disait : « Tout est fini. Je mourrai ici, et, d'ailleurs, à quoi bon revenir ? » A d'autres moments, il pensait : « Mais je suis jeune encore, je suis vigoureux, je suis plein de santé. La vie ne peut pas être finie pour moi. »

9

Quand Thérèse se levait, la ville était plongée
encore dans les ténèbres. C'était le deuxième hiver de
la guerre, froid et plein de neige. On ne la balayait
plus, et, comme il y avait peu de voitures, elle ne
s'écrasait pas, comme autrefois, sous leurs roues ; elle
formait une espèce de fange noirâtre qui traversait les
souliers en mauvais état et glaçait les pieds des passants. Il y avait beaucoup de misère à Paris ; elle se
cachait encore ; on ne la voyait pas dans les rues qui,
malgré la guerre et la défaite, avaient gardé un air
d'opulence et d'insouciance ; elle se dissimulait avec
honte au cœur des maisons sans feu ; autour des
tables maigrement servies, elle avait sa place. Les
ouvriers, les paysans la connaissaient moins que les
petits bourgeois, les employés, les anciens rentiers
qui, depuis longtemps, n'avaient plus de rentes. Ainsi
Mme Jacquelain avait vu fondre d'abord ses revenus,
puis son capital ; maintenant elle ne possédait plus
pour vivre que ce que Thérèse pouvait lui donner, et
ce n'était pas grand-chose. Il y avait l'allocation due
aux femmes des prisonniers et quelques milliers de
francs placés autrefois par M. Brun à la Caisse
d'Epargne au nom de sa fille.

Vivre avec ces ressources infimes tenait du miracle, mais Thérèse accomplissait ce miracle jour après jour ; ses filles mangeaient à peu près à leur faim, étaient habillées chaudement – que de chandails défaits, lavés, retricotés, que de robes patiemment raccommodées, de linge rapiécé dans le silence de la nuit ! La seule chose qu'elle ne parvenait pas à se procurer était du charbon, et pendant les jours les plus rigoureux de l'hiver, les enfants et la vieille Mme Jacquelain restaient au lit dans le petit appartement glacial. Mme Jacquelain se plaignait. « J'aurais bien voulu être à votre place », pensait Thérèse. Ses jambes lui faisaient mal après les longues stations, dès le matin noir, devant les magasins à demi vides, après les courses dans le métro et l'ascension journalière de ses cinq étages. Le soir, la vaisselle faite et les enfants endormis, elle s'accordait un instant de répit, de loisir ; elle s'asseyait un instant devant la table desservie ; elle cachait son visage dans ses mains et imaginait l'instant du retour : celui où elle entendrait le pas de Bernard derrière la porte, sa voix, cette petite toux basse. Comme elle l'aimait ! Ni l'absence, ni le temps, ni l'âge – ses cheveux grisonnaient – ni l'infidélité de Bernard, ni tout ce qu'elle avait deviné de sa vie, rien n'effacerait cet amour. Elle se reprochait parfois de penser moins au fils mort qu'à l'époux vivant. Mais le pauvre petit Yves n'avait plus besoin que de larmes et que de prières, tandis que Bernard dépendait d'elle plus peut-être que son fils ne l'avait jamais fait. Il fallait, avant toutes choses, lui permettre de subsister, s'arranger pour qu'il eût des colis, du tabac, des douceurs dans la limite du possible, des vêtements chauds pour passer l'hiver. Il fallait qu'il eût des journaux et des livres, et, surtout, il fallait qu'à distance il sentît cet amour, ce dévouement qu'elle lui avait voués. Elle se rappelait la rivale partie. « L'a-t-il oubliée ? Pense-t-il encore à elle ? » Elle avait toujours été jalouse : son cœur était pétri de jalousie et de tendresse fidèle ; seule, dans la petite salle à manger aux coins d'ombre, elle imaginait les lettres qu'elle lui écrirait, lettres chargées de passion, de reproches et de cris amoureux. Mais alors son regard tombait sur la glace au-dessus de la cheminée, et elle voyait son visage, son teint fané, ses cheveux qui devenaient semblables à de la mousse d'argent (les cheveux de la vieille Mme Pain) et ses grands yeux anxieux, brûlés par les larmes. « C'est trop tard... C'est ridicule, je suis une vieille femme. Je n'ai pas su le retenir quand j'avais vingt ans. » Ce sentiment de pudeur, de regret retenait sa main lorsqu'elle lui écrivait. Ses lettres, malgré elle, étaient brèves. « S'il a changé, si l'épreuve l'a mûri, il comprendra, mais s'il est resté le même, alors, à quoi bon ? » pensait-elle. Jamais elle ne lui parlait de ses difficultés. A quoi bon ? il s'inquiéterait. Il était tourmenté de remords, elle le savait bien, parce qu'il savait sa famille démunie, parce qu'il n'avait rien fait pour elle lorsque c'était encore possible. Aussi s'ingéniait-elle à le rassurer : « Je me tire d'affaire. Nous ne manquons de rien. Ta mère et les petites sont aussi heureuses qu'il est possible de l'être en ce triste temps. Pour moi... »

Ici, elle s'arrêtait. Que pouvait-elle lui dire ? Elle était une femme finie. Elle n'avait plus ni jeunesse, ni beauté. « Pour toi, pour ton service j'ai tout gaspillé », songeait-elle parfois avec tristesse, mais sans amertume. Il n'y avait pas de fiel dans son cœur. Mais elle ne se faisait pas d'illusions : elle était vieille. Si la guerre n'avait pas éclaté, si les deuils, les chagrins, le travail n'avaient pas ruiné sa force et sa santé, elle aurait pu avoir encore quelques belles années, lorsque Bernard était revenu vers elle... Cela même, ce souvenir la ranimait : « Il est revenu une fois. Je le croyais perdu pour moi et je l'ai revu, je l'ai miraculeusement retrouvé. Une seconde fois, et au moment où je désespérerai, il me sera rendu ! » Elle se redressait ; elle reprenait la tâche quotidienne, sans cesse interrompue, sans cesse renaissante ; elle reprisait (mais où trouver de la laine demain ?), elle raccommodait (mais c'était sa dernière pelote de fil), elle calculait ce qui restait de tickets de viande pour finir le mois ; elle mettait des pièces aux pantoufles usées. Elle se levait parfois et allait jeter un châle, un pardessus sur un des lits, car le froid était cruel. Par moments, quand ses paupières étaient trop gonflées et douloureuses, elle se levait ; elle éteignait la lampe ; elle écartait le rideau noir et elle regardait la ville éteinte, la ville inexprimablement noire et silencieuse. C'était l'hiver, la guerre ; tous deux ne finiraient jamais, semblait-il. Il n'y aurait jamais de printemps, ni de paix. Jamais les lampes ne se rallumeraient le long de ce boulevard désert. Jamais ne reprendraient vie ces immeubles vides. Pourtant, dans le centre de Paris et pour des privilégiés, l'existence continuait, sensiblement la même qu'avant la guerre. Il y avait des restaurants chers, des femmes parfumées, des spectacles brillants, des hommes bien nourris. Mais dans ces maisons, sous chaque toit, près de chaque lampe, que de deuils, que de larmes, que d'amers souvenirs !

Machinalement Thérèse tapotait de son dé la vitre gelée. Il neigeait encore. La neige tombait sur les camps de prisonniers, sur les barbelés, sur ces forêts profondes qu'elle imaginait au cœur de l'Allemagne. Que devenait-il, son prisonnier ? Comment le reverrait-elle ? Et quand, mon Dieu, quand ? Quand finirait cette guerre ?

La pendule battait dans le silence. Thérèse, avec un soupir, reprenait sa tâche.

Cependant, l'argent manquait. Les deux femmes réunirent leurs ressources ; tout ce qui était vendable fut examiné, soupesé avec soin (à Paris, on recherchait l'argent, l'or, les pierres précieuses). Quelques modestes bijoux, des cuillers d'argent, les chaînes d'or des fillettes, cadeaux de Bernard, les boutons de manchettes de Bernard et sa montre, tout partit peu à peu. On se cachait des enfants pour sortir les objets des écrins où on les avait enfermés au commencement de la guerre. « Les petites commencent à comprendre ; il ne faut pas les impressionner », disait la grand-mère. Mais elle s'aperçut bientôt que rien n'amusait davantage Geneviève et Colette que ces conciliabules, ces chuchotements des grandes personnes qui fouillaient les tiroirs et maniaient avec des doigts tremblants des médaillons, des bagues, des couverts. La blonde Geneviève, rieuse et hardie, sautait de joie en répétant :

– Que c'est amusant, mon Dieu, que c'est amusant !

On triait avec soin tous ces trésors ; on détachait des rubans fanés ; Thérèse confiait à ses filles le soin de les plier soigneusement : tout servait, le moindre brin de fil, une aiguille, un bouton d'acier. Tout manquait. Pour certaines familles de la petite bourgeoisie française, l'existence devenait semblable à celle des naufragés. On faisait des rations de café, de chocolat, de fromage ; une épingle découverte sous le volant d'un jupon était une trouvaille ; on épargnait les chiffons ; on thésaurisait les vieux journaux. Pour les petites, c'était un amusement sans cesse renouvelé. Puis les objets qui avaient quelque valeur étaient vendus par Thérèse. Elle revenait le soir à la maison avec un peu d'argent dans son sac : la journée du lendemain était assurée ; les enfants mangeraient à leur faim. Elle cherchait du travail, mais comme elle ne pouvait quitter Mme Jacquelain, presque tout le temps malade, ni les fillettes, encore trop jeunes, elle ne trouvait aucune occupation. Un jour elle se rappela qu'elle avait été sans rivale autrefois pour la confection de fleurs de feutre et de velours. Elle vida ses fonds de tiroirs, dépensa ses derniers points pour acheter du fil et confectionna avec de vieux gants un petit bonnet que la modiste du coin lui acheta. Dieu merci ! les femmes aimaient toujours s'habiller. On ne manquait pas d'argent pour les parures. Elle put ainsi gagner quelques sous. Un jour, la modiste qui la patronnait lui donna l'adresse d'une collègue, Mme Humbert ; elle a ouvert un atelier de modes ; elle vous prendrait quelque chose... »

– Mme Humbert ? J'ai connu quelqu'un qui s'appelait comme elle... Mais ça ne doit pas être la même personne, murmura Thérèse, et tout le passé revint comme un flot dans son cœur.

A quelque temps de là, elle se décida à aller rue des Martyrs, et, en effet, la modiste dont on lui avait donné l'adresse était la vieille Mme Humbert. A peine changée d'ailleurs, droite et impérieuse comme autre-fois, elle darda sur Thérèse le dangereux regard de ses yeux verts :

– Ma petite, c'est vous, quelle surprise !

Elle la fit entrer dans un salon noirâtre, plein de miroirs et de chapeaux juchés sur des champignons de bois. Il flottait entre ces murs une odeur de pous-sière et de parfum bon marché.

– Vous voyez, je suis à peine installée encore, minauda-t-elle, mais j'ai beaucoup d'espoir. C'est un quartier plein d'avenir.

– Où est Renée ? Qu'est-elle devenue ? Et votre gendre ?

Mme Humbert baissa mystérieusement la voix :

– A Rio, depuis plusieurs mois... C'est tout à fait entre nous, n'est-ce pas ? Je reçois de leurs nouvelles. Je suis heureuse de les savoir en sécurité. Pour moi, je n'ai pu me décider à quitter la France. On ne s'expatrie pas à mon âge. Est-ce que vous venez me commander un chapeau, ma chère petite ? J'ai tout à fait ce qu'il vous faut : un amour de petit feutre qui vous rajeunirait, vous aviverait le teint. Je vous trouve bien pâle. Et vous savez, du feutre d'avant-guerre ! J'ai eu connaissance d'un stock...

Mais Thérèse l'interrompit : non, elle ne venait pas en cliente, mais en quémandeuse. Elle sortit de son sac des échantillons de son travail, les bouquets, les guirlandes de feutre et de velours.

– Comment ? Vous aussi, on vous a lâchée ? s'écria amèrement Mme Humbert, révélant d'un seul coup la vérité.

– Bernard est prisonnier.

– Je n'ai besoin de rien, dit Mme Humbert en pous-
sant doucement Thérèse vers la porte.

Pourtant, elle était partagée entre le désir de la voir
partir et celui de se plaindre à elle. Dans le vestibule,
elle dit :

– C'est pour vos enfants que vous vous donnez tant
de mal ? Allez, ça n'en vaut pas la peine ! Vous savez
tout ce que j'ai fait pour Renée ? Eh bien...

Elle hésita :

– Nous sommes partis pendant la débâcle, Renée,
Raymond et moi, dit-elle enfin. Dieu, quel voyage !
A Poitiers, nous avons eu un accident de voiture. J'ai
été blessée et je suis restée sans connaissance sur la
route. Eux, pendant ce temps, ils ont filé. Ils ont passé
la frontière. C'est comme ça... Heureusement, dit-elle
en se redressant, que je me tire d'affaire en toute
circonstance. Revenez me voir. Je vous donnerai des
conseils. Il vous a manqué une mère, ma chère enfant.
Regardez-vous, vous vous négligez, vous vous laissez
aller, ce n'est pas bien. Est-ce qu'on a des cheveux
blancs ? Fi donc, dit-elle en montrant avec orgueil sa
propre chevelure, teinte en un jaune cuivré de feuilles
mortes : croyez-moi, Thérèse, si vous preniez soin de
vous-même, si vous vous habilliez gentiment, vous
n'auriez pas besoin de fabriquer des fleurs artificielles
pour vivre.

Déjà dans l'escalier, Thérèse entendit la vieille chu-
choter derrière elle :

– Revenez me voir. Je ferai peut-être quelque chose
pour vous. Je connais quelqu'un, un homme d'un
certain âge, qui cherche une amie distinguée...

Thérèse s'enfuit.

10

L'hiver finit. On crut qu'on n'aurait jamais assez de soleil et de lumière pour oublier les rigueurs de la saison passée, mais l'été apporta à Thérèse d'autres maux : les enfants eurent toutes deux la coqueluche ; anémiées, elles se remettaient mal. On étouffait dans le petit appartement ; on exécutait des travaux de terrassement dans la rue ; l'odeur du goudron, une âcre et irritante fumée, une sorte de morne éclat que répandait le ciel pâle emplissaient la cuisine où la famille vivait. Les autres pièces étaient condamnées : cela épargnait les plumeaux, le balai, l'encaustique. Après le déjeuner, Mme Jacquelain promenait ses petites-filles. Thérèse demeurait seule entre la fenêtre et l'évier ; le robinet fermait mal et une goutte d'eau tombait à intervalles réguliers, troublant le silence. Thérèse lavait les légumes, la vaisselle, le carrelage. Par moments elle s'arrêtait ; elle sortait tout doucement dans le vestibule et là, le cœur battant, l'ouïe tendue, elle écoutait le bruit de la porte cochère ouverte et refermée. La maison était à demi vide : certains locataires se trouvaient en zone non occupée, d'autres à la campagne. Il n'était pas téméraire d'attendre, d'espérer... Elle osait à peine prononcer

les mots : le retour. Pourtant, cela arriverait enfin...
D'autres étaient revenus déjà. Peut-être, le sien ?...
Peut-être, sans la prévenir, venait-il d'arriver à Paris ?
Peut-être franchissait-il en ce moment le seuil de
l'immeuble ? Elle croyait le voir. Elle appuyait ses
deux mains froides sur ses joues qui brûlaient ; le sang
se retirait de ses doigts glacés, de tout son corps, lui
semblait-il, pour affluer à sa tête douloureuse. Lui,
lui, c'était lui... Il passait devant la concierge. Le pas
s'était arrêté un instant. N'entendait-elle pas la voix
de son mari ? Que demanderait-il ? « Tout le monde
va bien, là-haut ? Ma femme est là ? » Thérèse répondait mentalement : « Et où serais-je, mon ami, mon
chéri, sinon ici, chez toi, à t'attendre, à soigner ce que
tu m'as confié : ta maison, tes enfants, ta mère ? » Le
pas, maintenant, s'engageait dans l'escalier. C'était un
pas d'homme jeune ; il faisait sonner les marches. Le
doute troublait l'âme de Thérèse : Bernard n'avait
plus vingt ans ; il avait subi une longue captivité ; il
ne monterait pas vers elle si légèrement, si gaiement.
A mesure que le pas se rapprochait, Thérèse devenait
plus triste. Celui qui venait sifflotait doucement : ce
n'était pas la voix de Bernard. Non décidément, rien
encore, rien cette fois-ci. Encore une journée perdue.
La nuit s'écoulerait vaine et vide. Une seconde
encore, un tressaillement d'espoir presque insensé :
elle percevait le souffle de l'inconnu derrière la porte.
Il sonnait ; il allait entrer : si ce n'était pas Bernard,
ce serait peut-être une nouvelle de lui, un de ses camarades libérés qui viendrait la voir, qui lui parlerait de
lui, ou quelqu'un porteur d'un mot, d'une dépêche :
« Arrive. Arriverai ce soir. » Oui, ce ne pouvait être
qu'un message de Bernard, sinon lui-même. Qui

d'autre pouvait venir ? Jamais personne ne la visitait. Les malheureux n'ont pas d'amis. Elle murmurait, les lèvres blanches : « Bernard... Mon Dieu, faites que ce soit Bernard... » Mais le pas, une seconde arrêté, reprenait, montait vers les étages supérieurs. Là-haut, dans les chambres de bonnes, quelqu'un attendait comme elle, peut-être ? Peut-être un prisonnier libéré... Mais ce n'était pas le sien... Peut-être l'amoureux d'une des petites bonnes qui habitaient la maison ? Qu'importe, ce n'était pas le sien. Rien pour elle. Personne. Elle retournait dans la cuisine.

Au mois d'août, voyant que les enfants dépérissaient, elle vendit son manteau d'hiver. C'était un petit-gris qui datait de douze ans, un des rares cadeaux de Bernard. A la saison suivante, on verrait. Peut-être ferait-il moins froid ? Il ne fallait pas trop penser à l'avenir, mais parer au plus pressé. Les fourrures se vendaient bien ; elle en retira un prix qui lui permit de louer une petite maison de paysans, à deux cents kilomètres de Paris. Elle s'y installa avec les enfants et la vieille Mme Jacquelain. Quel repos ! Il y avait un jardinet, un banc dans l'herbe, une petite source qui coulait dans une prairie. Pour la première fois depuis le commencement de la guerre, depuis le départ de Bernard et la mort de son fils, elle se sentit presque heureuse. C'était un triste bonheur, mais elle était calme et confiante. Elle avait tant travaillé ; elle avait tant donné d'elle-même qu'elle avait racheté, lui semblait-il, toutes les fautes commises par Bernard. Son amour n'était pas aveugle : les tendresses clairvoyantes sont les plus tenaces et les plus douloureuses. Elle n'oubliait pas la souffrance, l'abandon, mais, de tout son cœur, elle les pardonnait. Lui aussi, il avait souffert. Ce long emprisonnement était dur, à son âge, plus dur pour lui que pour d'autres, peut-être, car il n'avait pas la conscience tranquille. Elle l'avait bien compris à quelques phrases qu'il avait prononcées, presque malgré lui, aurait-on dit, quand il avait appris la mort d'Yves. Elle le plaignait. Elle ne savait pas de quoi précisément il s'accusait ; il n'avait jamais avoué qu'il se sentait responsable de l'accident survenu à son fils. Mais elle pensait : « Il a été le témoin (elle n'osait pas songer : le complice) de bien des mauvaises actions qui ont causé la défaite de la France et notre malheur. Elle imaginait ses nuits dans le stalag, et ses songes. Tout le plaisir, tout le pouvoir passés... les revoyait-il ? Il reviendrait. Mais quelle âme serait la sienne ?

« C'est qu'il n'est plus temps de recommencer notre vie, se disait-elle. Si j'avais vingt ans de moins que lui... Mais, à nos âges, le sillon est déjà tracé ; il faut marcher jusqu'au bout, coûte que coûte, et tant pis si la terre est mal préparée, pleine de cailloux. Tant pis, il est trop tard. On mangera un pain dur et amer. Tant pis pour nous. Nous avons mal semé notre champ.

Elle savait pourtant qu'elle n'avait rien à se repro-cher pour elle-même, mais elle admettait cette mys-térieuse réversibilité du mariage et que l'innocent devait payer pour le coupable. Mais aussi, elle avait confiance ; son propre effort, ses larmes, la mort d'Yves n'étaient pas perdus, mais porteraient leurs fruits. Peut-être dans un proche avenir ? Peut-être pour leurs enfants seulement, quand elle-même et Bernard seraient morts depuis longtemps ? Elle ne savait pas. Ces pensées l'occupaient sans cesse. C'était une femme aux traits fatigués, aux cheveux blanchissants, toujours calme et souriante ; on n'aurait pas pu deviner qu'il y avait tant de passion encore en elle. Un jour, parmi de vieilles lettres, elle retrouva une ancienne photo. C'était un groupe qui représentait Martial, Bernard adolescent, Renée et elle-même, et qui devait dater de 1911 ou 1912. Tout le passé, tous les vieux souvenirs accoururent en foule. Elle appela ses filles pour leur montrer le portrait : « Venez, venez vite voir papa quand il était petit ! » Ses yeux brillaient, ses lèvres tremblaient et souriaient :

– Que tu es jolie, maman, dit la petite Geneviève.

Elle jeta un coup d'œil à la glace et pensa qu'en effet, elle gardait encore des traces de beauté. Puis elle sourit tristement. Hélas, cela ne suffisait pas... Elle n'imaginait pas Bernard vieilli, Bernard changé comme elle. Mais quel qu'il fût, elle l'aimait.

C'était l'automne. La maison était louée jusqu'au 1er novembre. Thérèse se demandait parfois si elle n'agirait pas plus sagement en demeurant à la campagne tout l'hiver. Elle se chaufferait et se ravitaillerait plus facilement qu'à Paris, mais que dirait Bernard s'il revenait ?

Cependant les petites étaient guéries ; elles couraient dans le clos, jouaient sur la route, allaient chercher des œufs au poulailler. Les nuits devenaient froides. On cueillait le matin des pêches glacées ; le jus qui coulait dans la bouche était froid et parfumé comme un sorbet. La petite Colette ramassa une abeille morte au cœur d'un dahlia. On allumait les premiers feux : ceux de la maison qui répandent dans les petites pièces carrelées une odeur d'amandes grillées et de fumée, une senteur persistante et douce ;

ceux des champs qui brûlent les mauvaises herbes et préparent les prochaines récoltes. Autour de Thérèse, dans le bourg, sur la route, dans chaque maison, une femme attendait le retour d'un prisonnier. Elles étaient si nombreuses et si souvent Thérèse avait entendu le récit de leurs espoirs et de leurs déceptions (plus souvent qu'à Paris, où elle ne voyait personne et où les gens ne parlaient que du ravitaillement et de la vie chère) qu'elle perdait sa belle confiance du début. Tant de souhaits, tant d'amour, tant de travail dépensé... en vain... Ici, un enfant était né qui ne connaissait pas son père. Ailleurs, une vieille femme malade comprenait qu'elle allait mourir sans revoir ses fils prisonniers. Ailleurs encore, on s'épuisait à maintenir en état une petite exploitation agricole ; des femmes perdaient leur santé ; leur jeunesse s'usait à une besogne trop dure pour elles. On annonçait une mesure de clémence en faveur des combattants de l'autre guerre ; certains étaient déjà revenus, mais combien d'autres demeuraient absents encore. On parlait d'eux ; on gardait leur souvenir, mais, malgré tout, peu à peu, leurs traits s'effaçaient dans la mémoire, comme ceux des morts. Par moments, on s'habituait à cette absence. Parfois Thérèse elle-même imaginait ce qu'elle n'aurait jamais cru possible quelques mois auparavant : un hiver encore sans lui, un autre été, peut-être... Il faudrait bien vivre. Elle avait vécu après la mort d'Yves. Elle finirait peut-être ses jours loin du seul homme qu'elle eût aimé. Elle touchait à l'instant le plus dur de l'absence, celui où on s'habitue enfin à son mal, et, alors, on n'est plus qu'à demi vivant, car la douleur, c'était encore de la vie saignante, haletante, et maintenant cette douleur elle-même a disparu, faisant place à une morne résignation.

C'était un jour comme tous les autres jours. Le matin, il avait plu un peu. Les enfants étaient allées au bois ramasser des châtaignes. Elles étaient chaussées de sabots et sous leurs pieds des coques vertes piquantes craquaient et faisaient jaillir, comme de minuscules catapultes, des marrons lisses et vernissés. On trouvait encore dans la forêt des digitales aux longues tiges, les derniers cèpes et des tribus de champignons grisâtres, inquiétants, qui tentaient Geneviève.

– Tu es sûre que c'est du poison, maman ?

– Sûre, ma chérie.

Colette ôtait son sabot à la dérobée et posait son petit pied en chausson sur la mousse spongieuse et douce. Les deux petites filles secouaient les branches des arbres et il en tombait une averse légère et crépitante de pluie et de feuilles d'or.

A midi, comme on était loin de la maison, Thérèse offrit de se contenter pour déjeuner d'un en-cas qu'elle avait emporté, fait de tartines et de fromage de chèvre. Puis, comme plat de résistance et dessert à la fois, on cuirait des châtaignes sous la cendre. Bientôt elle réussit à allumer le feu entre deux pierres plates. Les enfants le regardèrent longtemps, fascinées par la belle couleur des flammes en plein jour, d'un rose de cuivre.

– On est bien, maman, dit la petite Geneviève. Elle poussa un soupir de contentement et se frotta comme un chat à la jupe usée de sa mère. Les châtaignes furent mangées, puis on explora la forêt jusqu'à ses extrêmes limites, jusqu'à l'endroit où commençaient les champs, les grands champs mauves, ravines tourmentées, qui retenaient le regard de Thérèse. Elle n'eût pas su dire pourquoi. Trempée de pluie et de sueur, cette terre féconde lui rappelait sa propre vie.

La journée entière s'écoula dans ces bois tièdes où demeurait une molle touffeur, comme si les branches, les herbes, les feuilles mortes eussent gardé des parcelles de soleil et de lumière, tandis que dans la vaste campagne soufflait le vent d'octobre.

Une odeur de fumée parvenait jusqu'à Thérèse. Partout des feux, ces bûchers purificateurs de l'automne. Lorsque enfin Thérèse et ses filles prirent le chemin du retour, le soleil se couchait déjà ; le ciel limpide et rouge annonçait pour le lendemain un temps froid. Les corbeaux criaient. La route parut longue aux petits pieds lassés ; Thérèse dut prendre à la fin sa plus jeune fille dans ses bras et la porter. Des flaques de boue miroitaient, toutes roses. Colette s'endormit bientôt sur l'épaule de sa mère. C'était un doux fardeau... un fardeau tout de même. « Au fond, j'ai toujours été seule pour les porter », songea Thérèse avec tristesse. Le crépuscule était venu ; il faisait froid. Elle se sentait faible et fatiguée. Elle écoutait d'une oreille distraite le babil des enfants ; elle leur répondait machinalement. Elle continuait cependant à suivre sa pensée ; une sorte de pulsation intérieure battait en elle ; une question, toujours la même, l'obsédait :

– Quand est-ce qu'il reviendra ?

Peut-être la fatigue physique en fut-elle la cause, ou la faim (car elle n'avait presque rien mangé pour laisser la plus grande part du déjeuner aux petites), mais elle s'abandonna tout à coup à quelque chose de pire que le découragement ; elle était envahie, pour la première fois de sa vie peut-être, par un noir désespoir. Oui, la première fois. Yves... Elle avait été consolée par la grandeur de cette mort et par sa conviction que tant de jeunes existences ne pouvaient être sacrifiées en vain, et par sa foi en la vie éternelle. Mais ce désespoir total, par sa profondeur, par sa sombre délectation n'avait jamais été éprouvé par elle. « Tout est fini », pensa-t-elle. Elle ne reverrait jamais son mari. Et, d'ailleurs, à quoi bon ? Elle avait toujours été dupe. Elle avait été trahie et abandonnée. Son fils était mort pour rien, puisque la France était vaincue. Bernard, s'il revenait, n'aurait pas un regard pour cette femme aux cheveux blancs que, même au temps de sa jeunesse, il n'avait pas aimée. A peine rétabli, il courrait à ses plaisirs. Mon Dieu, c'était lui qui avait raison, peut-être ?... A quoi bon tant de scrupules, tant de peines ? Personne ne lui en saurait gré. Elle se sentait abandonnée par les hommes et par Dieu. Tant de prières, tant de larmes... En vain... La guerre durait et durait. Son mari ne lui serait pas rendu.

Elle leva les yeux vers le ciel dans un instinctif mouvement de supplication et murmura :

– Si vous ne m'avez pas abandonnée, faites-le-moi savoir, Jésus, d'un signe, d'un seul ! Ne me tentez plus.

Mais le ciel rouge continuait à briller d'une pure clarté glacée. Le vent devenait coupant et mauvais. Après tout, ce silence, cette indifférence étaient peut-être les signes qu'elle demandait ?

Elle posa Colette à terre :

– Allons, marche un peu maintenant. Voilà la maison. Je n'en peux plus.

Etonnée par le ton de sa mère, habituellement si douce, Colette la regarda, ne dit rien et trottina derrière elle, tête basse. Geneviève, infatigable, courait en avant. Elles poussèrent la petite barrière grise à laquelle était attachée une sonnette. Un doux grelot retentit. Elles entrèrent dans la maison. Thérèse vit sa belle-mère assise devant la table, la tête dans ses mains.

– Elle dort, dirent les petites filles.

Thérèse s'avança ; la vieille femme ne dormait pas ; elle pleurait ; elle tourna vers Thérèse son visage tremblant où coulaient des larmes :

– Mon Dieu, Madame, qu'avez-vous ?

Mme Jacquelain balbutia :

– Bernard... Bernard... il arrive... ce soir... Il sera ici... Il est libéré... La dépêche... elle vous attend depuis onze heures, ma pauvre enfant !

Les heures qui suivirent furent semblables à un rêve. On s'agitait, on courait, on s'habillait, on cherchait une voiture (la gare était à quelques kilomètres). Il faisait déjà nuit lorsque les deux femmes et les enfants se trouvèrent sur la plate-forme découverte où soufflait un vent sauvage. Les étoiles brillaient et vacillaient ; les rails du chemin de fer luisaient faiblement. Les quatre visages se tendaient vers l'horizon avec la même expression de joie, d'incrédulité et d'angoisse, car à ceux qui ont souffert, le bonheur, tout d'abord, paraît improbable.

Les petites, qui avaient oublié leur père, se demandaient s'il était gentil, pas trop sévère, s'il jouerait avec elles, s'il leur achèterait des cadeaux. Mme Jacquelain imaginait presque être revenue de vingt-cinq ans en arrière et que du train surgirait un jeune homme au pas vif, aux yeux hardis, le Bernard d'autrefois. Et Thérèse... Thérèse seule n'avait ni pensée, ni souvenir. Elle n'était tout entière qu'attente et amour.

On entendit le bruit du train, comme un chuchotement porté par le vent ; puis des sonorités dures et métalliques s'y mêlèrent ; les roues martelaient un pont. Enfin, le fracas et la fumée de la locomotive. Des gens descendent... des femmes avec des paniers... des enfants... « Mon Dieu, où est-il ? Où est Bernard ? C'était un rêve... »

Puis, tout près d'elle, une voix :

– Tu ne me reconnais plus, Thérèse ?

Elle leva les yeux. Non, elle ne le reconnaissait pas, cet homme pâle aux yeux profondément enfoncés, à la démarche lourde, qui s'approchait d'elle et l'embrassait.

– Bernard, murmura-t-elle, et seulement lorsqu'elle sentit les lèvres de son mari sur sa joue elle comprit que c'était vraiment lui, et elle éclata en pleurs. Elle comprit également (un coup d'œil lui suffit, un soupir, le bref sanglot que Bernard étouffa en l'embrassant), elle comprit qu'il revenait changé, mûri, meilleur, et, enfin, à elle, à elle seule.

Irène Némirovsky
dans Le Livre de Poche

David Golder
n° 2372

Malade, trahi et abandonné par les siens, David Golder, financier redoutable, pourrait accepter la ruine de sa banque. Mais pour sa fille Joyce, frivole et dépensière, sur laquelle il n'a d'ailleurs aucune illusion, le vieil homme décide de reconstruire son empire, et entame cet ultime combat avec une énergie farouche… Paru en 1929, ce roman marquait les débuts d'une jeune romancière d'origine russe, aussitôt saluée comme un écrivain de premier ordre. Elle devait mourir en 1942 à Auschwitz. Irène Némirovsky est également l'auteur de *Suite française*, roman écrit en 1940, resté inédit jusqu'en 2004, et couronné à titre posthume par le prix Renaudot.

La Proie
n° 30620

« Rien n'est plus amer que de voir de surhumains efforts donner si peu de bonheur. Il ne reste qu'une consolation possible : se dire qu'il n'y a pas de bonheur. » Paru pour la première fois en 1938, ce roman aux ressorts stendhaliens raconte l'ascension sociale puis la chute d'un jeune ambitieux, Jean-Luc Daguerne, que l'amour pour sa belle mènera à sa perte. Sur cette trame éprouvée, Irène Némirovsky fait danser les mots avec humour et se joue brillamment des passions humaines et des cruautés du sort. Mais cette *Proie* doit pourtant beaucoup aux années 1930, à leur énergie tragique, à tous leurs espoirs brisés. C'est cette course folle vers le gouffre qui en fait la modernité.

Du même auteur :

Aux Éditions Albin Michel

LE PION SUR L'ÉCHIQUIER.
LE VIN DE SOLITUDE.
JÉZABEL.
LA PROIE.
DEUX.
LES CHIENS ET LES LOUPS.
LA VIE DE TCHEKHOV.
LES BIENS DE CE MONDE.

Chez d'autres éditeurs

L'ENFANT GÉNIAL, Fayard.
DAVID GOLDER, Grasset.
LE BAL, Grasset.
LE MALENTENDU, Fayard.
LES MOUCHES D'AUTOMNE, Grasset.
L'AFFAIRE COURILOF, Grasset.
FILMS PARLÉS, Gallimard.
DIMANCHE, Stock.
DESTINÉES ET AUTRES NOUVELLES, Sables.
SUITE FRANÇAISE, Denoël.